OS SEGUIDORES

OS SEGUIDORES

SARA SHEPARD

Tradução de Regiane Winarski

Rocco

Título original
FOLLOW ME
The Killer You Know

Copyright © 2017 *by* Alloy Entertainment, LLC and Sara Shepard

alloyentertainment

Original produzido por Alloy Entertainment
1325 Avenue of the Americas
Nova York, NY 10019
www.alloyentertainment.com

Todos os direitos reservados.
Nenhuma parte desta obra pode ser reproduzida ou transmitida por meio eletrônico, mecânico, fotocópia, ou sob qualquer outra forma sem a prévia autorização do editor.

Direitos para a língua portuguesa reservados
com exclusividade para o Brasil à
EDITORA ROCCO LTDA.
Rua Evaristo da Veiga, 65 – 11º andar
Passeio Corporate – Torre 1
20031-040 – Rio de Janeiro – RJ
Tel.: (21) 3525-2000 – Fax: (21) 3525-2001
rocco@rocco.com.br | www.rocco.com.br

Printed in *Brazil*/Impresso no Brasil

Preparação de originais
GISELLE BRITO

CIP-Brasil. Catalogação na publicação.
Sindicato Nacional dos Editores de Livros, RJ.

S553s
Shepard, Sara, 1977-
    Os seguidores / Sara Shepard; tradução de Regiane Winarski. – 1ª ed. – Rio de Janeiro: Rocco, 2022.
    (Os amadores; 2)
Tradução de: Follow me: the killer you know
ISBN 978-65-5532-188-3
ISBN 978-65-5595-095-3 (e-book)

1. Ficção americana. I. Winarski, Regiane. II. Título. III. Série.

21-73872
CDD-813
CDU-82-3(73)

Meri Gleice Rodrigues de Souza – Bibliotecária – CRB-7/6439

O texto deste livro obedece às normas do
Acordo Ortográfico da Língua Portuguesa.

Para Colleen e família

ANTES

ERA O DIA perfeito para uma festa. Naquela tarde fresca de verão, fazia apenas vinte e seis graus, o céu estava limpo e as ondas do Atlântico quebravam hipnoticamente abaixo das falésias. Ele se arrumou com uma calça de linho, uma camisa polo branca justa e chinelos de couro surrados. Quando jogou água nas bochechas, viu um rosto refinado e jovial no espelho. Ele fazia o tipo forte e silencioso. Teddy Roosevelt, talvez. Ele sorriu, satisfeito com a referência. Não foi Roosevelt quem disse *Fale com suavidade e carregue um porrete grande?* Talvez ele pensasse em si mesmo como Teddy naquela noite. Como uma piadinha interna.

Às 19h30, manchas rosadas e alaranjadas formavam um efeito degradê no horizonte. A praia estava vazia; um bando de gaivotas ocupava o banco de madeira do salva-vidas. Os convidados da festa seguiam para o luxuoso condomínio e clube da praia, com garrafas embaixo dos braços, celulares nas mãos. Depois do portão, velas tremeluzentes iluminavam as longas áreas de descanso perto da piscina, e balsas coloridas oscilavam na água límpida. Conforme os convidados iam ocupando o espaço, garrafas de cerveja eram abertas. Todo mundo começou a conversar e rir. Acordes de Bob Marley, Beach Boys e Dave Matthews se espalhavam pelo ar.

Teddy estava em uma espreguiçadeira, uma cerveja na mão, e viu Jeff Cohen, um destaque na paisagem da praia, andando com cuidado por uma corda esticada entre duas árvores. Quando Jeff chegou do outro lado sem cair, ele sorriu para Cole, cujo filme indie sobre freiras surfistas ganhara o prêmio principal em dois festivais no ano anterior.

— Quer tentar?

Cole riu.

— Isso não é bem meu tipo de coisa. — Ele ergueu a Nikon e tirou uma foto de Jeff pulando no chão.

Chelsea Dawson, ex-namorada de Jeff, abriu um sorriso paquerador para Cole.

— Cole, você vai ser um paparazzo famoso um dia.

Cole riu.

— Ah, eu tenho planos mais ambiciosos pra minha carreira do que ficar num estacionamento esperando celebridades. A não ser que seja *você*.

— Que nada, eu sou minha *própria* fotógrafa. — Chelsea tirou uma coisa da bolsa. Era um iPhone com capa rosa cintilante preso em um pau de selfie motorizado; quando ela apertou um botão, o dispositivo se esticou, luzes se acenderam e um miniventilador começou a girar. O cabelo louro dela balançou lindamente com o vento. Sua pele brilhou sob a luz dourada. O tom cobalto do vestido destacou os pontos azuis-aço nos olhos. Quando ela sorriu para a lente, a multidão fez silêncio. Todo mundo se virou e observou a perfeição que era Chelsea Dawson.

Ela examinou os resultados e clicou na tela. Momentos depois, o celular de Teddy apitou, mas ele não se deu ao trabalho de verificar o alerta. Ele sabia o que dizia: *postagem nova de ChelseaDFabXOXOX*.

Outro clássico de Bob Marley tocou nos alto-falantes. Alguém fez um mergulho perfeito do trampolim. Teddy decidiu olhar a fogueira. Na praia, os maconheiros estavam discutindo qual fudge de chocolate era melhor: da Cindy's, uma loja da região, ou da Lulu's, uma loja de outra cidade.

— Cara, todos os fudges são feitos pela mesma empresa, provavelmente numa única panela enorme — disse um cara de olhar vidrado.

— É uma *conspiração*.

Teddy riu com eles, mas se distraiu com uma voz familiar e intensa.

— Quando foi que você virou um desses haters?

Ele se virou na direção do som. Chelsea estava andando pela areia com os sapatos de salto na mão, o rosto contraído de dor. Jeff estava andando atrás dela, o cabelo comprido preso em um coque samurai descuidado, a parte de trás da camisa para fora da calça. Dois maconheiros também olharam para Chelsea e Jeff, mas logo voltaram para a discussão sobre fudge.

Jeff balançou um celular na cara dela. Na tela estava a postagem mais recente do Instagram de Chelsea.

— Olha, eu só não entendo por que você acha que precisa postar fotos mostrando os peitos pra dez mil estranhos — disse ele, tão alto que até Teddy ouviu. — Tem um milhão de fotos suas mais bonitas do que esta.

— Cinquenta e um mil, oitocentos e setenta e *três* estranhos — respondeu Chelsea.

— Beleza, então quase cinquenta e dois mil tarados agora sabem como seus peitos são. Como mulher, eu acharia que você...

Chelsea gemeu.

— Não venha com esse papo feminista pra cima de mim. Sua opinião não importa mais tanto assim. Além do mais, eu preciso fazer isso pra construir minha marca.

Jeff riu com incredulidade.

— Você não é uma Kardashian.

A expressão de Chelsea ficou rígida. Ela se virou e seguiu pela trilha que atravessava as dunas pela parte de trás dos apartamentos até o estacionamento público.

— Ei! — gritou Jeff. — O que eu falei de errado?

— Esquece.

— Você é mais do que um rosto bonito, Chel. Deveria ter mais respeito próprio.

— Eu *tenho* respeito próprio. — Os olhos de Chelsea estavam ardendo. — É você que não *me* respeita.

— Do que você está falando? Eu...

Chelsea amarrou a cara.

— Só me deixa em paz.

Jeff parecia ter levado um tapa na cara. Chelsea desapareceu no meio dos juncos. Depois de alguns momentos, Jeff se virou e se sentou em uma cadeira de praia em frente à fogueira, ao lado de um dos maconheiros. Ele ficou olhando as chamas com cara de quem estava quase caindo no choro. Os maconheiros pareceram reparar nele de repente.

— Você está bem, cara? — perguntou um, mas Jeff não respondeu.

Teddy respirou fundo, tirou o celular do bolso e escreveu uma mensagem.

Está tudo bem?

Ele imaginou Chelsea parando no meio do mato da praia. Remexendo na bolsa, pegando o celular que ele tinha dado a ela. Na hora certa, seu celular apitou baixo.

Estou bem. Obrigada.

Os dedos dele voaram. *Quer conversar? Posso ir aí.*

Um emoji de rosto jogando beijo apareceu. *Não precisa. Estou cansada. Amanhã conversamos.*

Ele apertou bem o telefone. Aquela foi a última chance dela, e ela estragou tudo. Tudo bem. Agora era hora de botar em andamento o plano que ele elaborou.

Teddy se levantou da forma mais discreta que conseguiu. Ninguém o viu se afastar da fogueira, mas mesmo assim ele escolheu seguir Chelsea por um caminho diferente do que ela havia tomado. Quatrocentos metros depois, um poste de luz fazia um círculo dourado na calçada, na cabana da praia e na estrutura de concreto onde ficavam os chuveiros e os banheiros masculino e feminino. Uma forma pequena passou pela luz perto do caminho da praia. Teddy suspirou, suado e ansioso.

Um carro passou, os faróis de xenônio ofuscantes. Teddy se agachou atrás dos vestiários, as coxas tremendo, o coração apertado no peito. Ele tinha ficado tão desesperado para se aproximar de Chelsea. Para que ela o conhecesse. Se ela tivesse lhe dado bola, se tivesse retribuído a gentileza que ele teve com ela, ele teria se aberto com ela, contado quem realmente era, de onde tinha vindo, como tinha ficado assim, quem era responsável por deixá-lo assim. Mas ela o afastou repetidas vezes, então só sabia o básico, as mentiras. Ela o conhecia pelo nome que todos usavam, um nome que ele abandonaria quando fosse para o local seguinte; Washington, talvez, ou Texas. Não era nem um nome tão bom quanto Brett Grady, que ele tinha usado em Connecticut. Ele gostou muito de Brett Grady. Às vezes, ainda se chamava assim quando estava sozinho, entediado ou na hora que acordava, quando não lembrava quem estava fingindo ser.

O homem antes conhecido como Brett Grady tirou a máscara do bolso. O pedaço escorregadio de tecido parecia energizado e eletrificado, como uma coisa viva. Ele a colocou no rosto e andou silenciosamente pela calçada. Ao lado da trilha, Chelsea estava junto ao bicicletário, a mão apoiada no guidão de uma bicicleta qualquer. Era tão bonita, a mão dela. Branca como leite. Com dedos longos. Elegante.

Era uma pena que ele provavelmente teria que quebrar todos os ossos dela.

NA MANHÃ SEGUINTE

UM

EM UMA MANHÃ abafada e úmida de julho, Seneca Frazier estava em uma ruazinha de paralelepípedos no centro de Annapolis, Maryland, usando o uniforme de mangas compridas da Annapolis Parking Authority. A roupa era cem por cento lã e muito abafada. Se não entrasse num ambiente com ar-condicionado em três minutos, ela desmaiaria de insolação.

Brian Komisky, o guarda que ela estava acompanhando, inspecionou um parquímetro ao lado de um Range Rover branco. Seus olhos cor de mel se iluminaram.

— Bingo! Mais um minuto e essa belezinha estoura o tempo. — Ele ofereceu o computador portátil cinza para Seneca, o que processava eletronicamente multas de trânsito. — Quer fazer a honra?

Viva eu, pensou Seneca enquanto esticava a mão para pegar o aparelho. Era uma vergonha que fazer um projeto de iPad pré-histórico cuspir uma multa de trinta dólares fosse o ponto alto do dia dela. Seneca não queria um estágio de verão na APA. Ela queria um estágio na polícia, e seu pai até a ajudou a conseguir a entrevista, ainda que meio contrariado, e ligou para um amigo no DP de Annapolis. Mas ela acabou indo parar na fiscalização de estacionamento público em vez de na investigação de crimes.

Ela e Brian inspecionaram mais alguns carros no quarteirão, mas todos tinham feito o pagamento dos parquímetros, então voltaram para a van dele. O suor escorria pelas costas de Seneca enquanto ela andava. Eles passaram por uma pequena butique chamada Astrid, e Seneca reparou num grupinho de garotas de vestidinhos curtos rindo por causa de alguma coisa no celular. Ela sentiu uma pontada. De acordo com seu pai superprotetor e preocupado, aquela vida superficial e colorida era a que ela *deveria* estar vivendo.

Em outro universo, talvez.

Brian ligou a van, e Seneca botou o ar-condicionado no máximo, aproximando o rosto da saída de ar. Brian olhou para ela antes de sair da vaga.

— Tudo bem?

Seneca tentou dizer para si mesma que o arrepio repentino que ela sentiu era do ar gelado.

— Neste momento, estou tentando não derreter — disse ela.

— Não é isso, Seneca. Você está distraída o dia todo. O que está ocupando sua mente?

Seneca suspirou. Era mesmo tão transparente assim?

— É um... garoto? — perguntou Brian gentilmente, diminuindo um pouco o ar-condicionado.

Seneca ficou vermelha.

— *Não!* — Mas era um pouco verdade. Ela estava pensando em um garoto. Só que não *desse* jeito.

Uma ruga se formou entre os olhos de Brian. Aos 24 anos, ele já era casado com a namorada do ensino médio, e Seneca entendia o que a esposa via nele. O cabelo acobreado era denso e ondulado, os olhos cor de mel eram gentis, e a altura impressionante sempre fazia Seneca se sentir segura. Ninguém se meteria com ela se Brian estivesse por perto. E ao dizer ninguém, ela estava falando de Brett Grady.

Ou qualquer que fosse o nome verdadeiro dele.

Começou três meses antes, quando ela e Maddox Wright, que se conheceram num site dedicado a casos arquivados chamado Caso Não Encerrado, investigaram o que aconteceu a Helena Kelly, uma garota de Dexby, Connecticut, que tinha sido assassinada. Eles se juntaram a Aerin Kelly, irmã mais nova de Helena; a Madison, a irmã postiça de Maddox; e outro frequentador regular do site, BGrana60 — Brett Grady. Juntos, eles descobriram que Helena estava tendo um caso com Skip Ingram, um homem bem mais velho, e que Marissa Ingram, esposa de Skip, provavelmente tinha matado Helena. Equipe do Caso Não Encerrado *desativada*.

Só que... não.

Foi só depois que Brett Grady saiu da cidade que Seneca percebeu que o suposto amigo não era quem disse que era. Quando ela se tocou de que o nome dele nem era Brett Grady, Seneca percebeu que Brett tinha oferecido todas as pistas que levaram a Marissa Ingram. Ele foi tão ardiloso que Seneca acreditou que tinha chegado a cada conclusão sozinha e que era uma solucionadora de crimes brilhante. E isso era uma melhoria em comparação a se sentir a garota que repetiu o primeiro ano na Universidade de Maryland, ou seja, a verdade.

Mas Brett sabia de tudo porque *ele* matou Helena. E ela não tinha sido a única vítima dele. Brett também tinha matado a mãe de Seneca, Collette, um assassinato que ela passara anos tentando resolver. Seneca acabou descobrindo uma série de outros casos que eram a cara de Brett, cada um envolvendo o desaparecimento de uma mulher loura de olhos azuis.

Seneca não ousou contar sua teoria para ninguém além de Maddox, Madison e Aerin, e só a discutiu em termos clínicos, em fatos verificáveis. Não a parte emocional. Não o pavor sufocante de todos eles terem sido enganados por uma pessoa que consideravam tão próxima. De terem trabalhado lado a lado com a pessoa que destruiu a vida deles. Ela estava desesperada para contar para a polícia, mas não tinha provas concretas de que Brett tivesse feito nada. Ela nem sabia o nome verdadeiro dele, a idade, nem de onde era. Se ao menos Seneca conseguisse encontrar Brett, segui-lo, descobrir alguma coisa sobre ele... mas ele tinha desconectado o celular. Ficado longe dos fóruns de discussão do CNE. Fechado as contas em redes sociais. Seneca se perguntou se Brett sumiu porque sabia que ela o desmascarara, mas, se fosse esse o caso, ela já não estaria morta?

No próximo sinal, Brian virou à esquerda com a van.

— Vamos fazer uma pausa e comprar sorvete pro almoço. Por minha conta. Quer confeitos? Casquinha?

— Tanto faz. — Seneca afundou no banco, constrangida por Brian achar que ela estava abalada assim por um *garoto*.

Brian parou do lado da sorveteria, um quiosque incrementado com janelinha de atendimento e uma área gramada por onde passava um riacho pantanoso da baía de Chesapeake. Seneca olhou com nervosismo pelo estacionamento de cascalho em busca de Brett, como fazia desde que ele sumiu naquela noite fria de abril em Dexby. Ela pensou no mapa que tinha montado na parede interna do armário. Cada alfinete no mapa correspondia aos locais dos casos que Brett comentou no CNE sob o pseudônimo de BGrana60, crimes que ele *também* poderia ter cometido. A marca dele era colaborar com uma prova simples e importante que dava nova vida ao caso, como tinha feito com os Ingram. Havia alfinetes no Arizona, em Washington, na Flórida, na Geórgia, em Utah, em Maryland, em Connecticut e em Vermont. Onde Brett apareceria agora? A única coisa que ela sabia sobre Brett era o que ele tinha feito no passado, não o que planejava fazer no futuro.

Um junco alto tremeu. Seneca ficou tensa. Um rato apareceu e correu para o meio do mato. Ela expirou, exausta de repente.

Ela e Brian pediram casquinhas de creme e se sentaram debaixo de um guarda-sol fino que não protegia muito do calor sufocante.

— Bom, você sabe o que dizem por aí — disse Brian. — Tem muitos peixes no mar.

Seneca lambeu o sorvete furiosamente para que não derretesse na mão e soltou um grunhido.

— Acho que você precisa sair com alguém — continuou Brian.

— Eu conheço uma pessoa.

Seneca ficou com as bochechas quentes.

— Brian, será que você pode parar? — Namorar era a última coisa na cabeça dela.

O celular de Seneca tocou. Enquanto ela remexia na bolsa, Brian olhou para um Honda Civic na frente de uma loja de antiguidades do outro lado da rua.

— Aquele filho da mãe está numa zona de carga e descarga. — Ele pegou a máquina de multas como se fosse uma pistola semiautomática.

— Não debaixo do meu nariz.

— Te encontro lá daqui a pouco. — Seneca pegou o celular e apertou os olhos para a notificação, mas o brilho era tanto que ela precisou fechar a mão em concha sobre a tela. Quando sua visão se ajustou, ela viu o alerta que tinha programado meses antes. Prendeu a respiração.

BGrana60 postou no Caso Não Encerrado!

Com as mãos tremendo, ela abriu o link. Um tópico do Caso Não Encerrado apareceu, sobre uma garota chamada Chelsea Dawson, que desapareceu numa festa em Avignon, Nova Jersey, na noite anterior. O comentário de BGrana60 era o quarto da lista. *Moleza. Só pode ser o ex, né? Eu estava na festa, vi os dois brigando. Foi SÉRIO.*

Opa, diziam as respostas dos ansiosos investigadores amadores. *Vamos investigar. A polícia precisa interrogá-lo.* Mas Seneca viu uma coisa bem diferente na postagem. Era como se um leve raio de sol tivesse surgido no céu depois de meses de chuva.

Brett Grady estava de volta.

DOIS

AERIN KELLY ESTAVA deitada em uma espreguiçadeira no convés superior de um iate de sessenta e seis pés chamado *That's Amore* no meio da baía de Newport. Ela estava fingindo dormir, mas o cara com quem ela estava saindo, Pierce, ficava mexendo na amarração da calcinha do biquíni xadrez dela, uma distração.

— Gata. — Apesar de ainda não ser nem meio-dia, o hálito de Pierce já cheirava a cerveja. — Gata. Eu *preciso* de você. Agora.

— Humm. — Aerin abriu um olho. Pierce estava sem camisa, exibindo o abdome duro como pedra que ele tinha obtido malhando arduamente com o personal, Jules. O cabelo estava todo arrepiado e ele usava óculos de aviador com lentes verdes feitos sob encomenda. Pierce sempre mandava fazer coisas sob medida. Ele achava que comprar coisas prontas era vulgar.

— Que bom, você acordou. — Pierce entregou um frasco para ela. — Você pode passar protetor nas minhas costas?

— Seus amigos não podem fazer isso? — Aerin gemeu.

Pierce sorriu para ela.

— Eu gosto mais quando *você* passa as mãos em mim.

Aerin colocou protetor solar na mão meio contrariada e massageou o ponto entre as omoplatas dele.

— Obrigado — disse Pierce. Ele deu um beijo nela e foi se juntar aos amigos.

Aerin se deitou e tentou ficar zen de novo. O dia estava mesmo perfeito: o ar de Newport estava quente, mas não abafado, as mansões que ocupavam a costa cintilavam como diamantes, e ela estava a bordo do maior iate do porto.

Helena aprovaria.

Ela se encolheu. Parecia que a irmã era um jingle comercial em repetição perpétua no cérebro. Aerin não *queria* pensar em Helena. Não queria imaginá-la *ali*. Ainda estava com muita raiva dela. Helena tinha mentido, tinha escolhido fugir com um homem mais velho e deixar a família para trás sem dizer nada. Aerin ainda amava a irmã, mas às vezes se perguntava se a tinha conhecido de verdade.

E Aerin realmente sabia o que tinha acontecido com Helena? O mundo aceitou que Marissa Ingram a tinha matado, mas a teoria de Seneca Frazier sobre Brett Grady fazia Aerin hesitar. Aerin não queria acreditar. O motivo de Marissa era nítido, claro e lógico, enquanto a ideia de que Brett, que ela *quase tinha beijado*, tinha cometido o crime não fazia sentido, era irracional e apavorante. Como sua irmã poderia ter *conhecido* Brett Grady?

Aerin se levantou. Uma mudança de ambientes sempre ajudava quando seus pensamentos caíam naquele buraco. No convés abaixo, Pierce e os amigos, Weston e James, estavam abrindo cervejas. Ela foi até eles, tirou uma Anchor Steam da mão de Pierce, tomou um grande gole e devolveu a lata com uma piscadela.

— Desculpa — disse ela, secando a boca. — Eu precisava disso.

O sorriso de Pierce foi deliciosamente escandalizado.

— Gata, pode roubar minha cerveja *quando quiser*. — Ele amava o fato de Aerin ser meio maluca. Tinha dito isso para ela quando eles se conheceram em uma festa em Paris, para onde os pais dela a enviaram por pena depois da prisão de Marissa Ingram, em vez de conversar sobre o que aconteceu. Eles tinham feito muitas promessas depois que tudo aconteceu, inclusive de passar mais tempo com ela e fazer terapia familiar, mas bastaram algumas semanas para eles voltarem a ser como eram antes.

Em vez de refletir sobre a dor em Paris, Aerin estourou o cartão de crédito na Chanel, comprando presentes para pessoas que ela mal conhecia. Ela foi a boates decadentes, tomou champanhe no gargalo e cambaleou para casa sozinha por bairros sinistros no meio da noite.

E, naquela viagem, em vez de enfrentar a possibilidade de que Brett Grady podia *ter* assassinado Helena, Aerin aceitou viajar para Nice com um cara que tinha acabado de conhecer. No jato particular de Pierce, ela deu uns amassos nele, tomou shots de tequila Patrón e depois começou tudo de novo. A primeira coisa que fez na villa da família de Pierce foi um striptease meio bêbada e uma corrida até a piscina, escorregando nas pedras no caminho e praticamente abrindo a cabeça.

Ela estava fazendo besteira? Claro. Cheia de problemas na mala? Tantos que quebraria a balança do aeroporto. Ciente de tudo? Óbvio. Mas o que ela poderia fazer? Terapia? Reaproximar-se dos pais distantes? Escrever uma redação para a faculdade explicando que ela era uma sobrevivente? Insira gargalhadas sarcásticas aqui.

O álcool se espalhando pelo seu fluxo sanguíneo começou a acalmar o cérebro frenético, mas ela ainda ouvia a britadeira dentro dela, vibrando e quebrando. *Anda. Faz alguma coisa.* Ela foi até o cockpit e se sentou na cadeira de couro.

— Podemos dar uma volta? — gritou ela para os garotos.

— Manda ver — respondeu West.

Aerin empurrou a alavanca que acionava o motor. O barco ganhou vida e passou por esquiadores aquáticos, por um navio de passeio com *Newport Ferry Tours* escrito na lateral e por um iate médio com um casal seminu abraçado na proa. Seu cabelo voava ao vento e ela adorou a sensação do ar no rosto. Empurrou a alavanca com mais força. O barco acelerou. A espuma branca batia no casco. Ela se sentiu tão poderosa. Empurrou mais a alavanca e soltou um grito louco que combinou com o rugido do motor.

— É! — gritou West, dando um soco no ar.

Aerin pegou uma boia e a jogou na superfície da água. O farol estava à frente e ela se concentrou nele. Como seria bater com o barco nos arredores rochosos? O barco ficaria destruído? Eles seriam catapultados longe? Morreriam?

Ela encontraria Helena se fizesse isso?

— Que incrível! — gritou Pierce.

Mas alguma coisa começou a mudar dentro dela. Aerin reparou na força com que estava segurando o volante. Seu coração estava disparado e ela estava sem ar. O pico de adrenalina tinha passado, e agora ela só se sentia... exausta. Péssima.

Ela desviou do farol, desacelerou e saiu da cadeira do capitão.

— Por que você parou? — gritou Pierce de onde estava.

— Porque nós quase batemos — disse Aerin com voz trêmula. Ela olhou para as mãos, de repente não as reconhecendo como suas.

— *Eu* quase bati.

Os garotos só riram, como se ela tivesse feito uma piada. Ela desceu a escada correndo para a cabine. Estava escuro e fresco lá, e ela afundou no banco de couro da sala de jantar elegante e respirou fundo algumas vezes, tentando não chorar.

— Gata?

Pierce estava na escada, uma expressão preocupada no rosto. Aerin sentiu um nó na garganta. Talvez ele fosse mais sensível do que ela pensava. E talvez, só talvez, ela finalmente estivesse pronta para falar sobre o que estava acontecendo. Mas, conforme seus olhos se ajustaram, ela reparou que ele estava segurando uma coisa. Era um frasco de protetor solar Banana Boat. Ele se virou e apontou para a lombar.

— Faltou uma parte. Estou ficando queimado.

Aerin sentiu vontade de jogar o frasco nele, mas se viu botando protetor na mão. O que ela esperava? Ela e Pierce não tinham esse tipo de relação. Eles não tinham *nenhum* tipo de relação, na verdade. Enquanto massageava os músculos dele, ela sentiu saudade de Thomas Grove, o policial que conheceu enquanto investigava a morte de Helena. Thomas teria reparado que ela estava enlouquecendo aos poucos. Thomas ia querer saber por que ela quase bateu um barco de um milhão de dólares.

Mentira, pensou Aerin. Ela nem falava mais com Thomas. Ele largou a polícia e foi estudar em Nova York pouco depois da prisão de Marissa Ingram, quando Aerin mais precisava dele. Devia estar se divertindo agora. Aerin provavelmente nem passava pela cabeça dele.

Uma coisa fez barulho. Aerin desviou o olhar para o bar de granito, onde tinha deixado a bolsa grande de couro creme da Chanel que Pierce comprara para ela na França. Algo estava fazendo barulho. Ela pegou o celular do bolsinho de seda. Seneca tinha enviado uma mensagem de texto. *Você tem que ver isso.*

Ela abriu o link. A manchete chamou sua atenção. *Chelsea Dawson, 21, desaparece em Avignon, Nova Jersey.* Ao lado do artigo havia a imagem de uma garota de vestido azul transparente. Aerin observou os olhos azuis da garota, o cabelo louro platinado, a covinha na bochecha esquerda. Seu sangue gelou.

Ela era idêntica a Helena.

TRÊS

MADDOX WRIGHT TERMINOU a corrida na esteira com três minutos a 17 km/h, os passos ecoando na LA Fitness de Dexby, Connecticut. Em geral, preferia correr ao ar livre, mas estava quente e úmido demais, até para um atleta de elite como ele.

Com a respiração pesada, ele apertou o botão de FIM, limpou o apoio para mãos e bebeu de uma garrafa cheia de leite com achocolatado. Ele achava nojento tomar aquilo depois de correr, mas John Quigley, seu futuro treinador da Universidade do Oregon, disse em seu livro best-seller, *O caminho do ouro*, que leite com achocolatado tinha a mistura exata de proteínas, carboidratos e gorduras para o pós-treino. Maddox queria ser o modelo de atleta em treinamento de Quigley.

— Oi.

Uma garota alta e gostosa, com olhos verdes e lábios brilhosos e beijáveis sorriu para ele do bebedouro. Quando ela chegou mais perto, Maddox percebeu que seu perfume tinha cheiro de cookies.

— Você arrasou. — Ela piscou os longos cílios. — É profissional?

Maddox deu de ombros modestamente.

— Vou tentar a classificação pras Olimpíadas no verão que vem, se tudo der certo.

A garota arregalou os olhos e esticou a mão.

— Sou Laila. Quer tomar um smoothie? Aí você pode me contar mais.

A voz de um instrutor explodiu numa sala próxima:

— *Acelerem o ritmo! Quero ver chutes mais altos!*

A língua de Maddox parecia coberta de gosma de chocolate. Ele limpou a garganta e falou:

— Pra falar a verdade, eu preciso ir pra casa.

Laila piscou, sem entender direito.

— Ah. Tudo bem.

Maddox abriu um sorriso educado e se apressou para a porta da academia. Alguém bufando com desprezo o fez parar, e ele viu sua irmã postiça, Madison, sentada no balcão que vendia equipamentos e roupas de ginástica. Ela estava olhando para ele com tanta indignação que parecia que Maddox tinha acabado de atravessar a academia pelado.

— O quê? — disse ele com rispidez. Não fazia sentido Madison estar ali. Sempre que Maddox perguntava à irmã se ela queria ir à academia com ele, a resposta típica era algo tipo *Bom, eu andei superrápido pelo Dexby Diamond Shoppes no meu sonho durante* horas *ontem à noite procurando a bolsa Gucci perfeita, então estou exausta.*

Madison prendeu uma mecha de cabelo preto liso e brilhoso atrás da orelha.

— Você acabou mesmo de dispensar Laila Gregory?

Maddox enrijeceu.

— Você acabou mesmo de me espionar?

Ele foi na direção da porta, e a irmã foi atrás.

— A Victoria's Secret acabou de contratar a Laila como modelo de passarela — sussurrou ela no ouvido dele.

Ele riu com deboche.

— Até parece que uma modelo da Victoria's Secret ia vir a este buraco.

— A família dela mora em Dexby. — Madison apontou para a fileira de aparelhos. — Volta lá e pede desculpas. Explica que você é um babaca em remissão. Isso pode ser um passo e tanto pra você, Maddox.

Maddox revirou os olhos.

— Mesmo se eu acreditasse em você, eu preciso me concentrar na corrida agora. Nada de garotas aleatórias.

— Só você dispensaria uma modelo da Victoria's Secret por uma *corrida*.

Maddox destrancou o Jeep, abriu a porta e jogou a bolsa de academia no banco. A bolsa caiu no chão e tudo que tinha dentro se espalhou. O telefone bateu na porta e a tela se iluminou, exibindo o papel de parede que Maddox tinha escolhido naquela manhã: uma foto de Seneca Frazier na noite da festa do Ritz-Carlton em Nova York, o cabelo escuro e cacheado no rosto, a pele negra brilhante, os cantos da boca repuxados num sorriso preguiçoso e meio bêbado.

Maddox correu para esconder a tela, mas foi tarde demais. Madison arfou.

— Aaaaahhh!

Ele enrijeceu.

— Não tem motivo para *aah*. — Ele se xingou por escolher aquele papel de parede. *Claro* que Madison faria perguntas.

A expressão da irmã era compreensiva.

— Pelo menos isso explica a situação com Laila Gregory.

— Não explica nada! — Maddox estava ciente de que sua voz tinha ficado uma oitava mais aguda. Mas por que Madison tinha um talento particular para descobrir os segredos mais particulares e constrangedores de Maddox?

Era verdade que ele pensava muito em Seneca. Não tinha chance com ela romanticamente, mas desde que ela fora embora de Dexby três meses antes, nenhuma garota chegou nem perto. Ele não conseguia parar de pensar no andar agitado e moleque de Seneca, na risada alta e na ruga que aparecia entre os olhos dela quando ela estava tentando entender alguma coisa. Ele reviveu o momento em que os dois se beijaram pelo menos duas mil vezes. Sempre que ela enviava um e-mail, o que vinha acontecendo com menos frequência, ele dava um pulo, parava o que estivesse fazendo, mesmo que fosse uma corrida, para ler. Mas os e-mails dela eram tão frios, tão escassos, só relatos sobre casos pelos quais Brett Grady tinha se interessado no Caso Não Encerrado. Não eram cheios de detalhes sobre livros que tinha lido e nem de músicas que tinha ouvido. Não havia atualizações contando se ela havia jantado no restaurante asiático favorito dela no centro de Annapolis. Parecia que ela estava fingindo que o que havia entre eles, aquela situação de quase terem alguma coisa, nunca tivesse acontecido.

Algumas vezes, Maddox escreveu e-mails para Seneca indo direto ao ponto, contando que ele ainda era louco por ela e que tinha medo de ela estar se tornando meio agorafóbica, por estar passando tempo demais trancada em casa, alerta atrás de Brett. Que ele não conseguia nem imaginar como ela devia estar arrasada. A traição que ele sentia não era nada em comparação ao que ela devia estar passando. *Eu estou aqui*, ele escreveu. *Nós estamos nisso juntos.* Mas, quando ele relia as palavras, tudo lhe parecia brega. Seneca era a última pessoa que queria ajuda não solicitada; talvez ele devesse deixá-la em paz. E, por isso, ele sempre escrevia uma resposta igualmente insossa para o e-mail e enterrava bem fundo a verdade.

Mas *Madison* não precisava saber disso. Ele olhou para ela de cara feia. A irmã tinha uma expressão arrogante no rosto, de quem tinha resolvido um grande mistério. Estava usando um vestido com estampa de corações e sapatos peep-toe com saltos cor-de-rosa grossos. O cabelo estava preso num rabo de cavalo alto e o cheiro era de quem tinha fumado meio quilo de maconha.

— O que você veio fazer na academia? — perguntou ele, mal-humorado.

— Eu vim atrás de você. Chegou uma carta. — Ela ofereceu a ele um envelope fino. *Maddox Wright*, dizia, com o endereço embaixo. No canto superior direito só havia um nome. *Brett Grady.*

Maddox sentiu o sangue sumir das bochechas.

A carta tinha um selo genérico da bandeira americana e o carimbo era de Cleveland, Ohio. Tinha sido escrita com uma máquina de escrever antiquada, mas havia algo errado com o alinhamento lateral, e as letras pulavam pela página. Maddox teve uma sensação estranha de estar olhando para uma ilusão de ótica.

Ele olhou para a irmã, que o observava com atenção, a expressão brincalhona já não mais presente no rosto.

— Ah. — Ele ia enfiar a carta na bolsa, mas Madison segurou o pulso dele.

— Não banca o idiota. O que Brett tiver a dizer eu também quero saber — disse ela.

Maddox sentia o coração disparado embaixo da camisa. Quando ouviu a teoria de Seneca sobre Brett pela primeira vez, achou que ela estava louca. Brett era um cara legal; eles tinham se dado bem um ano antes, no encontro do CNE. Mas, quanto mais ele pensava sobre isso, mais via que muito do comportamento de Brett durante a investigação *foi* estranho. *Será* que Seneca tinha razão? Seria possível que Brett tivesse usado um nome falso e mentido sobre quem ele era? Era tão difícil assim pensar que o assassino de Helena tinha influenciado a investigação o tempo todo para apontar para uma suspeita errada? Que por baixo do exterior aparentemente inofensivo de Brett se escondia um monstro? Essa possibilidade apavorava Maddox. Ele considerara Brett um amigo. Eles se divertiram juntos. Ele nunca achou que aquilo tudo era uma mentira.

Uma nuvem cobriu o sol e deixou o céu cinza-arroxeado. Os grilos começaram a cricrilar, um som dissonante e feio. Maddox teve uma sensação intensa nos ouvidos e olhou com nervosismo para trás, quase certo de que Brett estaria se esgueirando por ali. A tampa da caçamba de lixo enferrujada da academia bateu com o vento. Um olho imenso estava pichado na lateral, olhando para ele. Seus braços ficaram arrepiados.

De repente, Madison deu um pulo, arrancou o envelope da mão dele e tirou duas folhas de papel.

— Ei! — Maddox tentou pegar de volta, mas sua irmã tinha saído correndo pelo estacionamento.

— Nós dois vamos ler — respondeu Madison.

— Madison... — Maddox correu até ela, o sangue pulsando nos ouvidos. Havia palavras datilografadas em linhas apertadas no papel. Ele viu as palavras *E aí, Maddox* na primeira linha e teve a mesma sensação de quando pisava em um barco: sem chão, oscilante, inseguro de repente das regras do mundo.

O ar em volta dele ficou parado. Conforme ia lendo cada frase, seu estômago foi se contraindo de descrença. Ele leu a carta mais uma vez, tentando absorver o que Brett estava dizendo.

E aí, Maddox...

Espero que esteja tudo bem com você. Aposto que está querendo saber onde eu estou, né? Eu sei que você está procurando. Sei que vocês todos ainda conversam. Por isso mesmo, esta carta é pra todo mundo. Estou com saudade de vocês. Mas, olha, talvez eu tenha escondido alguns detalhes importantes quando nos vimos da última vez. Pensei em contar alguns deles agora, caso queiram saber.

Seneca, sei como você está louca por informações, então toma uma pérola: lembra quando vocês iam à Target comprar livros? Você sabia que a sua mãe flertava com uma pessoa no Starbucks enquanto você folheava os exemplares? Que até beijou uma pessoa?

E, Aerin, sabia que, quando uma certa loura bonita pegava o trem Metro-North para a cidade, ela sempre escolhia o lugar mais longe do banheiro? E sabia que o bar favorito dela na estação Grand Central era o Campbell Apartment, e que o velho com quem ela ficava não era o único cara com quem ela se encontrava lá? Aposto que não sabia.

Eu sei que vocês sabem o que eu fiz. E sei que querem me encontrar. Nossa história ainda não acabou. Estamos em ação de novo, pessoal.

Vocês receberam minha primeira pista, então venham me pegar. Mas, se pensarem em procurar a polícia pra mostrar isso, alguém vai morrer. Até a próxima.

Brett

— O que é *isso*? — sussurrou Madison, se afastando da carta como se fosse radioativa.

Quando Maddox tentou dobrar a carta, sua mão estava tremendo.

— N-nós temos que chamar a polícia.

— Você está louco? — gritou Madison. — Ele disse que alguém vai *morrer* se a gente fizer isso!

Dentro do carro, o celular começou a tocar. Atordoado, Maddox abriu a porta do Jeep e o encontrou no chão. Ele se perguntou se Brett estava *ligando* agora... mas foi o nome de Seneca que apareceu na tela. Seu coração despencou.

— Maddox? — disse Seneca quando Maddox atendeu. — Está aí? Estou com Aerin no telefone. A gente precisa falar com você.

Maddox ficou de pernas bambas. Pontos pretos surgiram em frente aos seus olhos. Suas cordas vocais pareciam estar embaralhadas.

— O q-que está acontecendo? — ele se ouviu dizer.

— Brett acabou de postar no Caso Não Encerrado. Tem a ver com uma garota que sumiu em Nova Jersey. A polícia não ficou muito preocupada de primeira, mas depois encontraram sangue no estacionamento perto da festa. Bate com o tipo sanguíneo dela. BGrana60 postou que acha que foi o ex-namorado dela. Ele disse que estava *na* festa.

— Chelsea Dawson é idêntica à Helena — disse Aerin.

Maddox sentiu um aperto no peito.

— Talvez seja *disso* que ele está falando na carta. A postagem é a primeira pista.

— Carta? — perguntou Seneca. — Que carta?

Maddox fechou os olhos.

— Brett me mandou uma carta. Agorinha. — A voz dele tremeu. — Madison encontrou na caixa de correspondência. A gente já ia *te* ligar.

— Oi, pessoal — disse Madison com relutância.

— Brett te mandou uma *carta*? — Seneca parecia perplexa. — Leia pra gente!

Maddox pensou no que a carta dizia e fechou os olhos. A última coisa que ele queria era lê-la em voz alta para Seneca.

— Hum...

Madison arrancou a carta da mão dele.

— *Eu* leio — disse ela, como se sentindo o motivo de ele estar tão hesitante. Maddox fez um movimento rápido e agradecido com a cabeça. Madison abriu as folhas de papel de novo e, com um olhar sombrio, começou.

QUATRO

SENECA TINHA IDO para o banheirinho da sorveteria, onde podia falar em particular. Ela ficou parada naquele lugar apertado, com desenhos de casquinhas de sorvete antropomorfizadas nas paredes, e ouviu Madison ler a carta. Quando as palavras foram sendo absorvidas, ela sentiu uma mistura quase surreal de raiva, choque, repulsa e angústia. E, para sua surpresa, sentiu vontade de cair na gargalhada. Só tinha acontecido uma vez antes, no enterro da sua mãe, no momento em que estavam fechando o caixão. Parecia que sua cabeça estava em curto-circuito.

Mas depois da vontade de rir veio a vontade de arremessar alguma coisa. Quebrar o espelho acima da pia minúscula do banheiro. Chutar a porta com tanta força até quebrar os ossos do pé. Ela se apoiou na parede, as emoções indo de repente na direção oposta. Agora, parecia que um buraco enorme estava crescendo dentro dela, transformando tudo em cinzas. Podia ser real? Podia ter sido assim que Brett e sua mãe se conheceram? Ah, Deus, ela *sabia* de que Starbucks ele estava falando, na frente da Target de Annapolis. Talvez até já tivesse visto Brett atrás do balcão servindo café para sua mãe.

Mas *beijado*? Brett e sua mãe tinham se *beijado*?

Seneca se inclinou sobre a pia, o estômago embrulhado. A ideia estava agora gravada no cérebro dela.

Quando a voz de Aerin soou no telefone, Seneca deu um pulo.

— Por que Brett escreveria essas coisas? — perguntou Aerin com uma voz baixa e aguda.

— Porque ele é louco — gritou Madison.

— Eu sei, mas por que confessaria?

— Ele não confessou nada — argumentou Maddox. — Tudo é tão vago. Não tem nada aqui pra contarmos pra polícia.

— O que você quer dizer? — declarou Aerin. — Ele está falando sobre a minha irmã, obviamente. Ele a stalkeou no Metro-North! E trabalhou no Starbucks; é uma pista *enorme*! A polícia pode pegar o histórico com o empregador e imagens dele nos vídeos de segurança da Target.

Target. Quantas vezes Seneca tinha ido lá com a mãe? *Podemos entrar rapidinho?*, Colette sempre dizia. *Preciso comprar algumas coisas. Eu compro um livro pra você.* Seneca se lembrava de uma ocasião específica, poucos anos antes da sua mãe desaparecer, em que ficou olhando o corredor de ficção no fundo da loja, feliz pela chegada de um livro novo de suspense. Ela ficou tão absorta no primeiro capítulo que só reparou quinze minutos depois que sua mãe não tinha ido ver como ela estava. E sua mãe estava... no balcão do Starbucks? Tomando um café com *Brett*? Seu estômago se contraiu.

— Seneca? — A voz de Maddox cortou as lembranças confusas. — Ainda está aí?

Seneca fez um som baixo no fundo da garganta.

— O que a gente vai fazer? — perguntou Maddox.

Seneca ouviu o pedido de desculpas na voz dele. Ela e Maddox foram próximos, tinham até se beijado. E, tudo bem, ela podia ter tido algumas fantasias com ele nos meses em que eles se separaram, mas as coisas tinham esfriado. Mesmo assim, ele a entendia. Ele entendia que a última coisa que ela queria fazer agora era criar estratégias. Ver os seus palpites confirmados. Ver suas preocupações, seus terrores, virarem verdade. Mas saber que Brett era o verdadeiro assassino não era satisfatório nem trazia sensação de vingança. Era como se ela estivesse sendo sugada por areia movediça. Era como se alguém tivesse lhe dado um soco forte no queixo e jogado o cérebro contra a parede do crânio. Mas uma coisa ficou clara para ela. Talvez Brett quisesse que ela sentisse aquilo. Que ficasse entorpecida. Destruída. Arrasada. Magoada demais para pensar. Talvez isso fosse parte do plano dele.

Ela se empertigou, determinada a não cair nos jogos mentais dele.

— Brett sabe o que está fazendo. Ele nos deu uma pista de onde está e tem a ver com essa garota desaparecida. Ele quer que a gente o encontre. Ele quer fazer um jogo.

Houve uma longa pausa.

— E a gente vai entrar nesse jogo? — A voz do Maddox tremeu.

Os sinos da porta de entrada da sorveteria tilintaram e Seneca ouviu vozes. Ela apoiou a cabeça na mão e pensou em tudo que tinha acabado de ouvir. Chelsea, loura e linda, se encaixava no tipo de Brett. Ele estava se escondendo e agora estava com a garota. A injustiça da situação, a *brutalidade*, fez com que ela fechasse as mãos em punhos. Mas por baixo do choque e da raiva, a empolgação cresceu. Brett estava de volta, finalmente. Na mira dela. E, com a nova informação sobre sua mãe, Seneca estava ainda mais determinada a acabar com ele.

— Sim — decidiu ela. — Acho que vamos.

Aerin inspirou fundo.

— Então a gente vai encontrar uma garota sequestrada? A gente pode fazer isso por nossa conta?

— Claro — disse Seneca, surpresa com a força na própria voz. — Nós já fizemos isso. Nós descobrimos o que Helena estava fazendo. Expusemos Skip e Marissa. Mesmo que eles não fossem os verdadeiros assassinos, foi bem mais do que a polícia descobriu. Pensem nas coisas que Brett escreveu sobre a sua irmã naquela carta, Aerin. Que ele a seguia. Que a *stalkeava*. Você sabe que ele entrou no Dakota. Você *sabe*. Não quer vingar a morte da sua irmã? Não quer torcer a porcaria do pescoço dele?

Houve silêncio. Seneca se deu conta de que estava falando muito alto e que estava de pé agora, os músculos contraídos. Ela se olhou no espelho. Sua pele estava vermelha. A boca estava repuxada. Os dedos apertavam a beirada da pia.

Aerin expirou baixinho.

— Quero. Quero de verdade.

— Madison? — perguntou Seneca. — Maddox? E vocês?

— Eu entendo vocês quererem encontrar o Brett, pessoal — disse Maddox delicadamente. — Mas ir pra Nova Jersey? Como a gente vai saber se o Brett ainda está lá?

— Porque ele *diz* que está. Na carta.

Houve sussurros; Madison e Maddox pareceram estar discutindo.

— Nós estamos dentro, cem por cento — disse Maddox quando voltou para a linha. — Mas, se não encontrar essa garota em uma semana, a gente tem que falar com a polícia.

Seneca hesitou. Brett era louco a ponto de cumprir a ameaça de matar Chelsea (ou talvez outra pessoa) se eles procurassem a polícia. Mas talvez Maddox estivesse certo. Se não conseguissem resolver aquilo em alguns dias, eles teriam que procurar a polícia. Ela estava quase concordando quando bateram na porta do banheiro.

— Ei, Seneca? — Era Brian.

Seneca abriu uma fresta da porta e abriu um sorriso de pedido de desculpas. Ela apontou para o telefone e falou apenas com movimentos labiais: *Meu pai*. Brian assentiu, e ela fechou a porta delicadamente.

Ela baixou a cabeça e mexeu no pingente de P que usava todos os dias pendurado num colar, aquele que tinha sido da sua mãe. Aquilo estava acontecendo. De verdade. Mas ela estava preparada para enfrentar o assassino da sua mãe?

Seneca pensou nela. No cheiro forte do hidratante que Colette aplicava no rosto todas as manhãs. No jeito obsessivo como ela passava protetor labial quando parava num sinal e depois de comer. No verão, tinha voltado a olhar álbuns de fotos antigos; havia uma foto da mãe parada na frente de uma árvore com um quadrado queimado no tronco. Ela estava com um vestido de alcinhas, segurando Seneca com três anos, com o rosto sujo, apoiada no quadril. Ela estava sorrindo para a câmera e parecia tão... inocente. O tipo de pessoa que era tão feliz sem esforço que espalhava felicidade para todo mundo em volta.

Brett tinha matado Collette imediatamente ou fez isso devagar? Será que ele tinha *tocado* nela? Seneca sabia que não era saudável ficar obcecada por esses detalhes, mas era quase como se quisesse provar que não tinha medo de encarar as coisas. Provar que tinha coragem. Provar que tinha coragem de procurar Brett. De enfrentá-lo. De acabar com ele.

No telefone, eles falaram sobre como iriam para Nova Jersey e o que fariam em seguida. Só depois que todo mundo desligou foi que Seneca se olhou no espelho novamente. A vermelhidão tinha sumido das bochechas, e seus olhos estavam vidrados e vazios. Ela percebeu que não parecia mais estar com raiva.

Parecia estar apavorada.

CINCO

MADDOX ACORDOU NA manhã de segunda com o aroma de J.Lo Glow nas narinas. Madison estava parada ao lado da cama dele com um vestido vermelho e rosa e saltos de doze centímetros.

— Por que você ainda não levantou? — sussurrou ela.

Ele deu um pulo, sobressaltado. Pela luz pálida e esbranquiçada que entrava pela janela, deu para perceber que ainda era cedo, mas ele ficou surpreso de ter conseguido dormir. Tinha passado o dia anterior inteiro estressado, fazendo malas e mapeando a rota correta e acompanhando as notícias. Durante horas na noite anterior, sua cabeça ficou girando de expectativa. Uma garota tinha desaparecido. Só *eles* sabiam quem era o culpado. E Brett estava por aí, os braços estendidos, esperando que eles fossem brincar.

Maddox estava morrendo de medo. Ele faria papel de medroso se admitisse o medo que sentiu na noite em que Marissa Ingram prendeu todos no banheiro na festa do Coelhinho da Páscoa com um caco de vidro no pescoço de Aerin... mas era *verdade*. E Brett era um *assassino*. E se aquilo fosse uma armadilha? A sensação era de entrar num tanque de tubarões só de sunga e máscara de snorkel. Mas ele pensou de novo na carta de Brett. No silêncio longo e incômodo de Seneca do outro lado da linha, depois que Madison terminou de ler. No tremor determinado na voz dela quando ela convenceu Aerin de que eles precisavam ir atrás de Brett. Ele faria qualquer coisa por Seneca. Não era só isso. Ao vê-la cara a cara, ele finalmente poderia falar com ela... e contar o que sentia.

Maddox saiu da cama e vestiu uma camiseta e uma bermuda. A casa estava silenciosa e parada; a mãe e o padrasto estavam dormindo no quarto no fim do corredor. Madison o seguiu na direção do banheiro, e ele olhou para ela com expressão cansada antes de fechar a porta.

— Você já pensou em como vai explicar a viagem pra mamãe e papai? — perguntou ele.

— Como *você* planeja explicar?

— Eu decidi fazer uns dias de acampamento de corrida em Jersey. Começa hoje. — Como tinha dominado o encontro nacional de corrida do ensino médio daquela primavera, ele recebeu vários convites de acampamentos de corrida de todo o país o convidando para ir de graça. Havia folhetos de programas na Flórida, no Maine, em Indiana e no Kansas na escrivaninha dele.

— Bom, não se preocupa comigo. — Madison puxou uma mala rígida enorme de rodinhas. Foi a que ela usara na viagem de três semanas para visitar os primos na Coreia no ano anterior. — Vamos.

Maddox olhou para a mala.

— Você planeja passar o verão inteiro fora?

Madison voltou para o quarto e apareceu com *outra* mala, essa um pouco menor e com um xadrez rosa alegre.

— Eu posso querer ser detetive, mas não preciso *me vestir* como uma. — Ela pegou as alças das duas malas e foi na direção da garagem. — Vamos!

ALGUMAS HORAS MAIS tarde, depois de ouvir *Lemonade*, da Beyoncé, no repeat, eles atravessaram uma pontezinha que levava à cidade litorânea de Avignon. Uma baía azul-acinzentada agitada deu lugar a um hotel chique e pretensioso chamado Reeds at Shelter Haven, e eles foram parar numa rua cheia de lojas de surfe, uma loja de caramelos coloridos e um lugar chamado Ralph's 5 & 10, com pranchas de morey boogie e colchões infláveis expostos na calçada. Era o meio da manhã e a rua estava cheia de veranistas. Uma lanchonete de panquecas estava com fila na porta. Maddox viu uma placa presa num poste telefônico. *Desaparecida*. Mostrava uma foto da garota que ele tinha examinado na noite anterior até ficar com os olhos borrados. *Chelsea Dawson. 1,65m, olhos azuis, cabelo louro*.

Chelsea era uma cópia perfeita de Helena. Na foto, ela segurava um filhote de labrador. Estava com uma pulseira Pandora com pingentes de cavalo e de câmera. Diferentemente das fotos ousadas que ela postava no Snapchat e no Instagram, naquela imagem Chelsea parecia uma garota que cantava músicas da Disney até os 12 anos e escrevia poesias sobre boy bands e unicórnios. Maddox segurou o volante com força, sentindo-se energizado. Eles iam salvar aquela garota *e* pegar Brett ao mesmo tempo. Tinham que conseguir.

— O que eu li sobre Chelsea foi o seguinte — disse Madison, seguindo o olhar dele até o pôster. — Ela é dos arredores da Filadélfia. A família tem casa aqui e vem para cá todo verão. Ela vai para o último ano na universidade de Villanova e, até este ano, era voluntária numa instituição de terapia equina para crianças com necessidades especiais. — Ela fez uma careta. — Eu não entendo garotas que gostam de cavalos. Qual é a atração de ficar recolhendo umas pilhas enormes de bosta com uma pá?

Maddox ficou impaciente.

— O que você sabe da noite que ela sumiu?

— Eu só estou dando uma imagem global. Como eu estava dizendo, ela gostava *muito* de cavalos... mas aí, começou com a conta no Instagram. Essa garota posta O TEMPO TODO. Em geral, selfies. As fotos eram bem inocentes no começo, mas foram ficando cada vez mais sexy. Ela foi de centenas de seguidores a *dezenas* de milhares. A conta dela não é fechada, e muitos comentários são bem pervertidos. — Madison franziu o nariz. — Mas eu acho que ela gosta da atenção.

Maddox mordeu a unha do polegar enquanto eles esperavam um grupo de crianças atravessar a rua.

— E se Brett acreditar que está fazendo um favor ao mundo ao matar essas mulheres? Ele vai atrás de mulheres que considera moralmente vergonhosas. Helena, porque saía com um cara mais velho. A mãe da Seneca porque... — Ele parou de falar, odiando pensar no assunto. — Ela o beijou e era casada. Quem sabe? Talvez tenha ido atrás de Chelsea porque acha que ela é narcisista.

— Pode ser — disse Madison, o olhar no celular de novo. — A última coisa que Chelsea postou foi da noite em que ela sumiu. Ela está seminua e praticamente quebrou o Instagram com a foto.

— Eu vi. — Era difícil não ficar olhando para Chelsea com aquele olhar sensual, os lábios carnudos e mamilos visíveis pelo vestido azul fino.

— A questão é que ela parece feliz. Acho que não tinha ideia de que alguém ia sequestrá-la no estacionamento na mesma noite.

Maddox estremeceu, apesar do calor do sol. Pensou nas últimas fotos que eles tinham visto de Helena antes de ela morrer, imagens rápidas que encontraram num app chamado Debaixo dos Panos. Na última foto, ela parecia esperançosa, feliz e apaixonada.

Ela também não sabia que algo de ruim aconteceria.

O grupo tinha combinado de se encontrar num café chamado Island Time, que tinha uma placa no estilo dos anos 1950 no estacionamento e telhado pintado de turquesa. Seneca tinha enviado uma mensagem de texto para Madison uma hora antes para avisar que já tinha chegado, e enquanto Maddox estacionava o Jeep, seu peito começou a queimar de nervosismo.

Madison empurrou a porta dupla e o sino tocou. Uma pessoa sentada a uma mesa nos fundos levantou o rosto. *Não encara*, pensou Maddox, mas não conseguiu evitar. Parecia que havia um beija-flor enfurecido voando na barriga dele. Seneca estava com a mesma jaqueta jeans de quando desceu do trem em Dexby na primeira vez em que eles se viram. As bochechas estavam adoravelmente rosadas, o cabelo até os ombros cheios em volta do rosto, e os olhos brilhantes e lindos. Era perturbador estar na presença de Seneca depois de passar tantas horas pensando nela. Ele tinha esquecido que ela era tão humana quanto todo mundo, com unhas tortas, um band-aid no dedo e um tênis desamarrado.

Seneca abraçou Madison primeiro e se virou para Maddox. Quando deu um passo à frente, ele teve medo de ela abrir os braços para um abraço... e depois teve medo de ela *não* fazer isso. Ele não sabia qual gesto o faria se sentir pior e por isso acabou só cruzando os braços.

— Oi. — Foi a única coisa que ele conseguiu dizer.

— Oi — respondeu Seneca, parecendo tão hesitante quanto ele, talvez até na defensiva. Era possível que o *oi* dele tenha saído cheio de pena. Seneca odiava pena.

Maddox trincou os dentes. *Para de baboseira.* Seneca estava sofrendo. A carta de Brett foi brutal. Ele precisava dizer que estava ao lado dela.

Mas a porta se abriu de novo e Aerin Kelly entrou, usando um vestido longo esvoaçante, óculos de sol redondos e uma bolsa com dois Cs entrelaçados na frente. Ela estava mais bronzeada, mais loura e ainda mais glamourosa do que quando Maddox a vira pela última vez.

— Desculpem o atraso — sussurrou ela. — Eu tive que pegar um trem, dois ônibus *e* um táxi pra chegar aqui.

— Maddox e Madison também acabaram de chegar — disse Seneca, e todos se sentaram. Ela olhou para Maddox com atenção. — Você teve sorte na pesquisa do Metro-North?

Maddox deu de ombros. No dia anterior, ele pesquisou sobre como identificar passageiros do Metro-North. Talvez houvesse um jeito de rastrear os bilhetes de trem do Brett de quando ele perseguia Helena. Mas não deu em nada.

— Ninguém dá o nome quando compra a passagem. E embora alguns trens tenham câmeras de segurança, a linha de Dexby não tem. A Grand Central Station tem um monte de câmeras de segurança que poderiam ter filmado Brett, mas precisaríamos de permissão da polícia para acessá-las. E, mesmo que a gente *tivesse*, duvido que tenham guardado imagens de cinco anos atrás.

— Eu olhei as postagens do Caso Não Encerrado — disse Madison, também parecendo frustrada. — São impossíveis de rastrear.

— Merda — murmurou Seneca, mordendo o lábio.

— A busca da Target também não foi bem? — perguntou Maddox com inquietação.

Seneca olhou a xícara de café.

— Eu liguei e perguntei se alguém se lembrava de um cara chamado Brett que trabalhou lá cinco anos atrás, tanto pelo nome quanto pela descrição. Ninguém lembrou, e não fiquei surpresa. Também me disseram que reciclam as fitas das câmeras de segurança a cada trinta dias, então não tem chance de o encontrarmos lá. Eles têm uma página no Facebook que vai até cinco anos atrás, mas também não encontrei nenhuma foto dele.

Aerin tamborilou as unhas na mesa.

— Você acha que Brett mentiu sobre ter trabalhado no Starbucks?

As feições de Seneca se iluminaram por uma fração de segundo, como se não houvesse nada que ela fosse amar mais do que se isso fosse verdade. Mas ela balançou a cabeça.

— Eu acho que ele está dizendo a verdade... até certo ponto. De qualquer modo, eu fiz contato com Darcy, do CNE. O nick dela é AForçaInterior, sabem? Ela ajudou a conseguir registros do Starbucks de um caso no Missouri em que o estuprador ia atrás de mulheres nos cafés de lá. Ela conhecia um contato corporativo no Starbucks. Eu perguntei se ela podia dar uma olhada no histórico de funcionários daquela filial. Ela disse que tentaria, mas que podia demorar. — Seneca prendeu uma mecha de cabelo atrás da orelha. — Não sei de que vai adiantar. Brett deve ter usado outro nome, com número de seguro social falso.

— A gente não tem certeza disso — observou Maddox. — E se a sua mãe foi a primeira vítima? Pode ser que ele tenha usado o nome verdadeiro e todos os nomes depois foram falsos.

Seneca se encolheu ao ouvir sobre a mãe.

— Pode ser. Eu também liguei para os hotéis onde ele se hospedou em Dexby em abril. Acontece que o Restful Inn e o Dexby Water's Edge não têm câmeras. O Ritz-Carlton em Nova York talvez tenha, mas eles apagam os dados de segurança depois de um mês.

— E cartão de crédito? — Maddox lembrou que Brett pagou pela suíte no Ritz-Carlton... *e* pela festança que aconteceu lá.

— Todos os hotéis dizem que ele pagou em dinheiro. — Ela massageou as têmporas. — Isso é como procurar agulha num palheiro, pessoal. A gente tem que *pensar*. Nós não sabemos o verdadeiro nome do Brett. Não sabemos quantos anos ele tem, de onde é. Alguém lembra como ele é, exatamente? Parece que, quanto mais eu penso nele, mais borrada a imagem fica na minha mente.

Maddox olhou para o teto chapiscado. Era estranho, ele também não conseguia lembrar. Brett era um daqueles caras cujas feições eram tão genéricas que ele ficava diferente a cada ângulo. Maddox pensou nas roupas dele, os tênis dourados e os suéteres enormes no Le Dexby Patisserie, o smoking pequeno demais no qual ele se espremeu na festa de noivado de Kevin Larssen, a camiseta de botão passadinha e a calça jeans skinny no Ritz-Carlton. O estilo dele era indefinido.

— E nenhum de nós tem foto dele? — perguntou Maddox por garantia. Eles usaram muito os celulares quando estavam juntos em Dexby. Ele tinha tirado fotos de *Seneca*.

— Não — respondeu Seneca.

— Ele me mandou mensagem de texto uma vez. — Aerin mexeu no celular e franziu a testa. — Mas eu não salvei e troquei de celular desde a última vez que vimos Brett...

Um som alto fez Maddox desviar o olhar para a televisão pendurada acima do balcão. Uma repórter com cabelo escuro e rugas em torno dos olhos estava no mercado Ralph's, pelo qual eles tinham passado, com dois adultos de olhos vermelhos de chorar.

— Os investigadores procuram uma veranista chamada Chelsea Marie Dawson que desapareceu — disse a repórter. — A srta. Dawson estava numa festa na noite de dez de julho, mas não voltou para casa. Testemunhas na festa dizem que a viram sair por um caminho escondido em meio às dunas, mas ninguém sabe dizer o que houve com ela depois. Quem tiver informações ligue para o número abaixo. O sr. e a sra. Dawson estão desesperados para receber a filha em casa em segurança.

A repórter fez sinal para o homem e para a mulher ao lado. O pai de Chelsea fez uma declaração implorando para que a filha voltasse para casa... e ofereceu recompensa para qualquer pessoa que tivesse informações. A mãe de Chelsea parecia em coma. Algumas fotos de Chelsea apareceram na tela, inclusive a foto meiga do pôster de Desaparecida. Um caroço se formou na garganta de Maddox, e ele afastou o olhar.

— É horrível, não é?

Um cara com boné dos Phillies estava atrás do balcão, dobrando um canudo. Ele tinha ombros angulosos, barba por fazer e prognatismo.

— Eu não acredito que isso aconteceu — disse ele baixinho, o olhar na tela. — Ela parecia tão doce.

— Você a conhece? — perguntou Seneca.

O cara, cujo crachá dizia *Corey*, manteve o olhar baixo.

— Não exatamente, mas a gerente, sim. — Ele levantou um dedo e correu até os fundos. Momentos depois, uma garota pequena com cabelo louro-escuro se aproximou do balcão. — Oi, eu sou Kate. Pois é, todo mundo está perguntando sobre Chelsea hoje. Eu não a conhecia tão bem, mas estava naquela festa. Na noite em que ela desapareceu.

Maddox se inclinou para o balcão.

— Você reparou em alguma coisa estranha nela?

Kate girou um anel de prata no dedo.

— Não. Ela ficou tirando selfies. Estava com um bastão de selfie novo, um negócio motorizado com ventilador... — Ela fez uma careta como se achasse o aparelho meio idiota, mas logo forçou a feição a ficar neutra de novo.

Maddox brincou com o guardanapo.

— Você conhecia todo mundo na festa ou havia muitos veranistas? Ela deu de ombros.

— Eu reconheci quase todo mundo. Foi em um condomínio ligado a um clube particular, e tinha lista de convidados para entrar. Eu ainda não acredito que isso aconteceu.

A porta fez barulho e novos clientes entraram.

— Corey? — chamou Kate na direção da salinha dos fundos. Corey não apareceu. Kate revirou os olhos e sorriu pedindo desculpas para Maddox e para os outros. — Desculpem, eu tenho que atender.

Maddox se inclinou por cima da mesa depois que ela saiu.

— A gente tem que botar as mãos nessa lista de convidados. Se foi só para convidados e Brett falou a verdade no CNE sobre ter estado na festa, ele andou fazendo amizades aqui. Alguém deve conhecê-lo.

— Mas por um nome diferente, obviamente. — Seneca tomou o que restava do café.

Madison olhou ao redor com agitação.

— Só pensem. Brett pode ter se sentado a *esta* mesa.

Seneca estufou os lábios.

— Não vamos perder tempo sentindo medo. Vamos jogar.

Aerin tamborilou as unhas feitas na mesa.

— Como?

Seneca estava prestes a falar, mas o noticiário voltou. Uma faixa grande dizendo *Últimas notícias* piscava na tela.

— Temos uma novidade vinda da delegacia de polícia de Avignon — disse a repórter com empolgação. — Fontes dizem que as autoridades têm um suspeito no caso Chelsea Dawson. O sr. Jeff Cohen, ex-namorado de Chelsea, de vinte e um anos, foi levado para interrogatório mais cedo. O sr. Cohen foi a última pessoa a ver a srta. Dawson, e testemunhas atestam que o casal tinha discutido naquela noite. Ninguém sabe o que o sr. Cohen fez entre as 23h e a manhã seguinte. Traremos mais informações assim que possível.

Uma foto de Jeff Cohen apareceu. Ele tinha sobrancelhas grossas, maxilar quadrado, olhos grandes e com contorno escuro e cabelo castanho ondulado preso em um coque samurai no alto da cabeça. Maddox fez uma careta. Ele não entendia esses penteados hipsters.

De repente, ele entendeu o que isso queria dizer. Virou-se para a mesa e, pela primeira vez, encarou Seneca. Quando Seneca o olhou, ele sentiu a conexão entre os dois.

— Foi pra ele que Brett apontou...

— No Caso Não Encerrado — disse Seneca, concluindo a frase e estreitando os olhos. — Por que não estou surpresa?

Ela pegou o celular, tocou na tela e começou a digitar. Depois que terminou, empurrou o aparelho pela mesa para os outros lerem.

O site do Caso Não Encerrado estava na tela, e Seneca tinha acessado a parte de mensagens particulares do site, na qual havia escrito um recado para *BGrana60*.

Recebemos sua carta, B. Estamos aqui. E vamos atrás de você.

SEIS

A PRIMEIRA COISA que Brett Grady fez quando entrou no quarto, que batizara de Central de Comando, foi verificar se o blecaute bloqueava totalmente a luz do sol. Depois, se afundou numa poltrona de couro e ligou o monitor.

A imagem da Câmera A surgiu. Chelsea estava deitada no sofazinho ao lado da cama. Ela não estava mais vendada. Tinha arrancado a venda assim que ficara sozinha, e depois arranhara as portas e janelas, desesperada para sair. Derrotada, ela olhava com expressão vazia para o teto. O cabelo estava sujo e embaraçado. O rímel borrado marcava os olhos. Os arranhões nos joelhos de quando ela tropeçou, o único erro de Brett, tinham virado manchas marrons.

— Oi — disse ele pelo microfone.

Chelsea deu um pulo e olhou em volta. Ela estava com o mesmo vestido azul da noite da festa, dois dias antes.

— Por que você não trocou de roupa? — Ele gostava que o software de edição de som deixava a voz dele mais grave e mais robusta.

Ela olhou para o teto, para a televisão, para as paredes.

— C-cadê você? — O tom assustado era bem diferente do que ela usou quando repreendeu Jeff na festa. — *Quem* é você?

— Eu deixei roupas limpas no banheiro. Um vestido vermelho. Você não viu?

Chelsea piscou como se ele estivesse falando russo. Aí começou a chorar.

— O que você quer comigo? Não pode me soltar?

— Eu acho mesmo que você deveria trocar de roupa — disse Brett com a voz firme. — E talvez tomar um banho. Acho que não está mais com cheiro de Rosemary Mint da Aveda.

Ela levou um susto. Suas lágrimas pararam e ela arregalou os olhos. Brett viu as engrenagens girando no seu cerebrozinho: *Como ele sabe que xampu eu uso?* Ela estava juntando as peças?

Não fazia diferença. Mesmo que Chelsea se tocasse, mesmo que tivesse alguém para contar, mesmo que tivesse como abrir a janela e fugir, não faria diferença; ela não sabia quem ele era de verdade. Ninguém sabia.

— Por que você está fazendo isso comigo? — Ela olhou para a televisão, apesar de ele estar olhando para ela por uma câmera escondida num vão na estante. — Eu sou uma pessoa boa. Eu juro.

Brett pensou nas infinitas conversas que eles tiveram como "amigos". Nos favores que ele fez para ela. Nas coisas que ela confessou. Nos segredos que ele guardou. Em todas as promessas vazias e paqueradoras e em todas as mentirinhas que ele sabia que contava. *Não, sua vaca. Você não é uma boa pessoa de jeito nenhum.*

Ele desligou a tela e afundou na poltrona. Ouvia-a berrando pela parede fina:

— Meus pais devem estar tão preocupados! Ei. Ei! Quem é você?

Ele mexeu no celular, a tela iluminada cegante na escuridão total. Enquanto olhava o Instagram, abriu um sorrisinho quando viu todos os comentários na última foto de Chelsea. Havia vigílias também. *Tragam ela pra casa,* diziam as legendas, debaixo de imagens de velas acesas e rostos solenes. Ele sorriu.

Em seguida, Brett fez login no Caso Não Encerrado. Havia algumas mensagens novas, a maioria de gente antiga opinando sobre o caso de Chelsea. Ele viu o nome de Seneca e seu coração se encheu de esperanças. Ele saboreou a mensagem lentamente. *Recebemos sua carta, B. Estamos aqui.* Isso era bom. *Muito* bom.

A última frase, *E vamos atrás de você,* o fez rir. Aquela vaca não tinha *ideia* de com quem estava lidando. Os dedos de Brett pairaram sobre o teclado, com a tentação de dizer a Seneca exatamente o que ele tinha feito com a mãe dela, cada detalhe grotesco. No mínimo, ele podia contar que tinha encontrado um protetor labial no bolso da jaqueta de Collette enquanto o corpo ainda estava quente. Na verdade, ele tinha até passado um pouco na carta que enviou a Maddox. Seneca nem imaginava que, se cheirasse o papel, um pouco da mãe dela estaria lá, ainda presente, ainda potente.

Não, ele disse para si mesmo. Ele tinha que manter a cabeça no lugar. Tinha que fazer tudo de acordo com o plano. Fazê-la pensar que ainda tinha chance. Mas talvez houvesse uma coisinha que ele podia fazer para abalá-la. Era uma ideia tão boa que Brett inclinou a cabeça para trás e soltou uma risada longa e profunda.

Se aqueles trouxas não sabiam quem mandava ali, logo ficariam sabendo.

SETE

— **VOCÊS DERAM** sorte, ainda temos dois quartos — disse Bertha, a proprietária da Pousada Conch para Aerin e para os outros, na tarde de segunda. — Devem ser os últimos da cidade, não é? Um é a Suíte do Amor. Tem cama king e hidromassagem. O outro tem duas camas de solteiro e fica no primeiro andar, ao lado da cozinha.

Era difícil olhar para Bertha sem rir (o cabelo dela estava ressecado de um permanente e a listra de maquiagem azul-piscina ia da pálpebra até a sobrancelha), então Aerin olhou para o resto do estabelecimento. No saguão havia um armário de curiosidades cheio de coisas. Lembrou a Aerin um daqueles livros de criança em que você precisava encontrar coisas variadas, como uma bolinha amarela em uma foto no meio de um monte de tralhas. Havia uma tigela com clipes de papel, dados e tees de golfe; pelo menos sete estátuas de Buda; uma família inteira de maçãs sorridentes de porcelana; velas de vários tamanhos; um sapo de cerâmica usando uma grande coroa amarela; e, na prateleira de baixo, somente bonecas bebês sinistras vestidas com aventais de babados. O saguão da pousada dava para uma sala toda decorada com papel de parede de papoulas, sofás de veludo, um gato siamês empalhado no meio de um salto na lareira e um aquário grande com peixes listrados que Aerin tinha quase certeza de que eram venenosos. Um homem idoso magrelo estava sentado à mesa de jantar coberta por um passador de frivolité, comendo mingau de aveia e fazendo carinho num dobermann gigantesco. Quando o homem viu Aerin olhando, ele deu uma piscadela lasciva. O cachorro viu Aerin e os outros e começou a latir alto. Aerin deu um pulo para trás.

— Ah, esse é o Kingston. — Bertha seguiu o olhar de Aerin. — É o melhor sistema de segurança da cidade, mas ele é inofensivo quando te conhece.

Ela mandou o cachorro para a cozinha e fechou um portão. Kingston farejou o ar com desconfiança.

Maddox tossiu com constrangimento e olhou para Seneca.

— Que tal as meninas ficarem na Suíte do Amor? Eu não curto hidromassagem.

Madison fez cara feia.

— Por que você fica com um quarto só pra você e a gente tem que se espremer em uma cama só?

— Duas pessoas por quarto — disse Seneca. — Madison, você fica com o seu irmão.

— Eu não quero ficar com ele! Ele dorme de cueca!

Maddox fungou.

— *E daí?*

Madison apontou para Seneca.

— *Você* fica com Maddox e eu fico com Aerin.

— *Eu* fico com Maddox — disse Aerin com impaciência. A julgar pela expressão no rosto de Seneca, a ideia de dividir o quarto com Maddox a deixava bem constrangida. Ela entregou notas de vinte dólares suficientes para pagar por várias noites. — Você pode colocar um colchão extra na Suíte do Amor?

Madison e Seneca seguiram por um corredor comprido e estreito cheio de pinturas de gatos enquanto Maddox e Aerin subiam a escada barulhenta com areia engastada até o segundo andar. Uma porta pintada de magenta no fim do corredor tinha a palavra *amor* escrita com caligrafia rebuscada. Quando Aerin abriu a porta, o aroma de rosas agrediu suas narinas. No meio do quarto havia uma cama grande em formato de coração, coberta com uma colcha que retratava um homem e uma mulher nus saltitando pelo Jardim do Éden. Havia uma coleção de espelhos antigos pendurados no teto, e no canto, um dispositivo pendurado que Aerin tinha quase certeza de que era um balanço sexual. Colin Rooney, com quem ela ficou no ano anterior, implorou para que eles experimentassem o que havia no quarto dos pais dele, mas ela recusou com veemência.

— Eca — sussurrou ela, desejando ter escolhido o quarto com duas camas de solteiro.

— Parece um cenário de pornô vitoriano. — Maddox largou a mala na espreguiçadeira floral cheia de calombos. — Pode ficar com a cama.

— Ah, valeu. Deve estar coberta de gonorreia. — Aerin apontou para uma caixa grande que Maddox colocou no chão. — O que é isso?

Maddox acompanhou o olhar dela.

— Ah. O meu drone.

Ela sentiu uma pontada de irritação.

— A gente não veio se *divertir!*

— Eu sei, eu sei — disse Maddox rapidamente. — Eu achei que poderia ser útil. — Ele olhou para Aerin com culpa. — Como você está, a propósito? Eu não tenho te visto em Dexby.

Aerin revirou os olhos.

— A gente não anda nos mesmos círculos — respondeu ela com rispidez. Mas, quando viu a expressão de mágoa no rosto de Maddox, ela soltou um suspiro. Às vezes ela voltava sem pensar ao jeito como o tratava antes, como se ele fosse o filho calado e meio hostil da babá que ficava sentado emburrado no sofá da sala da família dela. Isso foi antes de a mãe dele se casar com o pai de Madison... *e* antes de Helena sumir. — Desculpa. É que eu estou tensa. E com medo. E com raiva.

Maddox assentiu.

— Eu também.

Aerin entrou no banheiro, que, para seu alívio, não continha uma cesta cheia de camisinhas, nem um recipiente de crochê com brinquedos sexuais antigos. Uma garota cansada olhou para ela no espelho. Tentou ajeitar o cabelo louro comprido, mas não adiantou muito. A pele estava queimada do tempo que ela passou no *That's Amore*. O pescoço ainda estava com a marca leve de um chupão. Suas mãos estavam tremendo, mas isso era porque ela tomou café demais no Island Time. Claro.

Aerin pegou o celular e olhou a terceira mensagem de texto que Pierce mandara desde sua chegada. *Sinto sua falta, gata. Quando você volta?* Depois que eles atracaram na propriedade dos pais de Pierce em Newport, Aerin chamou um Uber. Ela foi embora enquanto Pierce e os amigos jogavam basquete na quadra poliesportiva. Quando eles foram para a cozinha tomar um Gatorade, ela já estava na estação de trem.

Ela pensou em não responder, mas não gostava de sumir da vida das pessoas assim; já tinha fantasmas demais na própria vida. Era melhor resolver logo aquilo. *Eu não vou voltar*, ela escreveu simplesmente. Em seguida, bloqueou o número de Pierce.

Aerin suspirou, jogou o celular na pia e apertou a base das mãos nos olhos. *Brett*. Aquela *carta*. Tudo ficava voltando para a mente dela. Ouvir dicas de como ele perseguiu Helena trouxe o pesadelo de volta com uma intensidade nauseante. Helena e Brett tinham tomado uma bebida no Campbell Apartment, na Grand Central? Como ele a convenceu disso? Mas ela sabia como. Helena era legal com todo mundo, até com otários. Devia ter achado Brett fofo, como Aerin achou. Um cara fácil de flertar. Uma massagem no ego. Aerin fechou os olhos e tentou obliterar a lembrança do rosto de Brett chegando perto do dela na festa do Ritz-Carlton. Fez com que sentisse vontade de entrar no chuveiro e esfregar a pele até sangrar.

Mas, ao mesmo tempo, havia algo de satisfatório na chama doentia de fúria que cresceu dentro dela desde que ouvira a carta de Brett. Queria pegar aquele filho da mãe. Ele tinha que pagar pelo que fez com a irmã dela. Ela o encontraria... ou morreria tentando.

Houve uma batida do outro lado da porta. Ela espiou dentro do quarto; Maddox tinha sumido. O balanço estava se movendo para a frente e para trás. As borlas penduradas na cúpula do abajur tilintaram. A porta do corredor estava entreaberta, o suficiente para alguém entrar. E, na quina, fora do campo de visão, Aerin ouviu movimento.

Seu coração pulou para a garganta. *Quem estava no seu quarto?* Ela pensou nos olhos cintilantes de Brett, na risada baixa.

Com o coração disparado, ela seguiu para o quarto.

— O-olá?

Houve um passo e depois outro. Uma sombra apareceu do outro lado da cama. Aerin soltou um gritinho e sentiu os joelhos se dobrarem.

— Espera! — chamou uma voz familiar. — Sou eu!

Aerin viu pontos pretos, mas o pânico desesperado diminuiu um pouco. Ela estava tão desorientada que achou que o cérebro estivesse falhando. Mas, quando olhou de novo, ela percebeu que não estava imaginando coisas.

Era Thomas Grove.

THOMAS ESTAVA MAIS alto do que Aerin lembrava. Quando contornou a cama na direção dela, ela reparou como os músculos esticavam a camiseta. Havia um brilho no olhar dele. Ele parecia bem. Feliz. Devia estar vivendo uma vida emocionante em Nova York.

Sem ela.

— É muito bom te ver. — Thomas expirou.

— O que *você* está fazendo aqui? — perguntou Aerin ao mesmo tempo, se afastando dele, a voz gelada. — Como ousa invadir meu quarto?

— A porta estava aberta. — Thomas olhou para a porta e estava mesmo entreaberta. — Eu vi uma notícia sobre essa tal garota chamada Chelsea Dawson. Ela é igual a... — Ele respirou fundo. — Foi por isso que você veio, né? Pra procurá-la?

Aerin ficou sem ar.

— Você está me perseguindo?

— Não — disse Thomas rapidamente. — Eu só tive um palpite de que você viria, e eu não estava fazendo nada mesmo, por isso decidi ver como as coisas estão. E aí, quando eu estava vindo pra cidade, vi você e Seneca subindo a escada daqui. E aí, bom, perguntei pra moça da recepção onde você estava. Falei que era um amigo. — Ele pareceu envergonhado. — Me desculpa, é que eu senti que precisava falar com você *agora*. Acha que aquele tal de Brett tem a ver com o desaparecimento da Chelsea?

Aerin sentiu o sangue sumir do rosto. Ela se esquecera de que tinha contado a Thomas sobre Brett; foi meses antes, pouco antes de eles terem aquele único encontro no Sully's Pizza.

— Você não *contou* pra ninguém sobre isso, né?

— Claro que não — disse Thomas. — Mas eu acho...

— Porque eu me enganei. É uma teoria maluca.

Uma brisa soprou pela janela aberta, e Aerin sentiu o cheiro do ar com maresia. De repente, ela não conseguiu respirar. Pensou no jantar desastroso no Sully's. Foi logo depois que Marissa Ingram foi presa. Toda a falação sobre o caso estava começando a morrer e Aerin esperava que ela e Thomas pudessem ter... bom, alguma coisa.

Escuta, Thomas dissera. *Eu gostava de ser policial, mas sempre foi um meio pra chegar a um fim. Eu precisava de um jeito de pagar a faculdade. Uns dias atrás, eu recebi uma carta de aceitação da New School, em Manhattan. Com bolsa parcial, alojamento e alimentação incluídos. Acho que eu vou. Tenho que começar no semestre de verão.*

Aerin ficara olhando para ele. *Espera, você vai* embora*?*

Não agora, dissera Thomas. *E, quando eu for, você pode me visitar. Vai ser divertido! E, ei, de repente você pode estudar na cidade ano que vem!*

Aerin imaginara Thomas morando num alojamento de faculdade. Decorando-o com as colchas e bugigangas da avó; os pais dele eram viciados e, por isso, a avó meio que o criou. Uma garota bonita do mesmo corredor que tivesse ido fazer o semestre de verão o acharia fofo. Eles ficariam estudando até de madrugada em uma lanchonete adorável do Greenwich Village; uma coisa levaria a outra. No fim da noite, ele nem se lembraria do nome de Aerin.

E aí, seria o fim. Aerin conseguia ver tudo acontecendo, praticamente um fim certo. Por que passar por isso? Ela se levantara. *Desculpa, mas não tenho relacionamentos à distância. É difícil demais.* E foi embora. Só quando chegou em casa foi que ela se deitou no tapete redondo infantil que tinha desde que era bebê e deixou as lágrimas escorrerem pelo rosto. Todo mundo sempre a abandonava. Helena. Os pais. Agora, Thomas.

— Escuta, você precisa sair daqui, Aerin — disse Thomas agora.
— Brett parece maluco. Pode ser perigoso.

Aerin deu um pulo ao ouvir o nome de Brett, um pensamento horrível surgindo. E se Brett não soubesse que Thomas não era mais policial? Se Brett os visse conversando, talvez achasse que ela o estava dedurando. Chelsea *não* morreria por causa dela. E Brett não podia escapar.

— Você precisa ir embora — disse ela. — *Agora*.

Thomas franziu a testa.

— Hã?

Aerin olhou ao redor freneticamente. E se Brett tivesse botado uma escuta no quarto? E se tivesse visto Thomas entrar da pousada? Tudo parecia tão provável de repente.

— Thomas, sai daqui. Estou falando sério.

Ele cruzou os braços sobre o peito.

— Chelsea é idêntica à sua irmã e isso é... estranho. Estranho demais pra ser coincidência. Seu palpite sobre Brett pode estar certo.

— Você não está me ouvindo. Vai embora agora, ou vou começar a gritar.

Thomas piscou.

— Espera, sério?

Ela olhou para as tralhas do quarto para não precisar olhar para ele: o retrato grande de uma sereia quase nua, uma pilha de livros antigos, todos com *sexo* no título.

— Sim. Sério.

Com o canto do olho, ela viu Thomas levantar as mãos em um gesto de rendição e sair para o corredor.

— Tudo bem — resmungou ele. Quando ele se virou, ela o ouviu murmurar baixinho: — Me desculpa por ter ficado preocupado.

E foi embora.

OITO

— AH, CERTO. — Seneca ouviu uma voz chamar quando parou na frente da máquina de café espresso na cozinha pequena da pousada. — Esqueci que você ama macchiato. Nada de café preto pra você, né?

Maddox estava na porta com um visual esportivo (e fofo, tinha que admitir), com uma camiseta Nike da Universidade do Oregon que marcava os ombros largos e uma bermuda cinza que acentuava as panturrilhas musculosas.

— Eu sou esnobe — disse ela, enxotando Kingston, o cão, quando ele tentou enfiar o nariz na virilha dela de novo. Parecia ser o jeito dele de conhecer as pessoas. Ela pegou a xícara embaixo do espumador de leite. — A gente vai no seu Jeep, né? Estou pronta.

Aerin e Madison iam passar a manhã verificando o grupo de busca de Chelsea na praia, enquanto Seneca e Maddox iam procurar Jeff Cohen, o suspeito da polícia. Quando Seneca entrou no Jeep de Maddox, deu uma olhada nas suas mensagens de texto. Tinha duas novas. Brian não se incomodava que ela tirasse uns dias de folga, mas seu pai estava dando mais trabalho. *Você pode me mandar o endereço de onde está? O número do telefone?*

Seneca tentou não ficar na defensiva. Era um milagre seu pai estar deixando que ela se afastasse dos olhos dele. Não que ela tivesse contado o verdadeiro motivo para estar lá, só disse que ia passar alguns dias na praia com Aerin; seriam bons dias de férias. Seu pai concordou e até ficou meio nostálgico. Ele disse que a família visitou o litoral de Jersey quando Seneca era pequena e gostou muito. Não que Seneca lembrasse. Ela odiou mentir de novo — tinha sido horrível quando seu pai a emboscou em Dexby —, mas o que podia dizer? *Ei, acho que encontrei o assassino da mamãe e vou pra Jersey seguir o cara?*

Ela queria contar ao pai sobre Brett. *Desesperadamente.* A questão era que a carta dele tinha muito poder, mas não tinha provas suficientes... e seu pai precisava de provas tanto quanto ela. Depois que o corpo de Collette foi encontrado, os vizinhos, uns adultos da escola de Seneca, outros contadores do trabalho do pai... Bom, todos ficaram agindo de um jeito estranho perto dele. Distantes, definitivamente, mas também meio... desconfiados.

A tia Terri, irmã do seu pai, ficou com eles por um mês depois que o corpo foi encontrado. Uma noite, Seneca ouviu Terri murmurando uma coisa na cozinha enquanto tomava uma taça de vinho. *As pessoas não vão dizer que acham que foi você, mas você sabe que tem gente pensando isso.*

Seu pai não respondeu. Tia Terri fungou, como se achasse que ele estava sendo ingênuo.

Seneca ficou paralisada na escada, de onde estava ouvindo. Seu pai *não era* culpado. Ele estava levando a culpa porque era o marido, e o marido sempre era o primeiro suspeito.

Como o assassinato nunca foi resolvido, pequenas coisas na vida deles nunca voltaram ao normal. Dali em diante, provar a inocência do pai dela para todo mundo, para *qualquer pessoa*, virou um motivo quase tão importante para solucionar o assassinato quanto vingar sua mãe.

Mas, embora Seneca quase estivesse pegando Brett, ela *ainda* não tinha chegado lá. E, enquanto não conseguisse, ela não queria que o pai soubesse o que estava fazendo. Precisava de tempo sem interrupção para procurá-lo, se queria ter uma chance de pegá-lo.

— Teve notícias do Brett? — perguntou Maddox.

Seneca balançou a cabeça. Ela ficou olhando para a caixa de entrada do CNE sem parar.

— Ainda não.

Maddox assentiu e olhou para ela de novo. Havia um sorrisinho no rosto bonito e bronzeado dele. Parecia que ele queria dizer uma coisa, mas só ficou abrindo e fechando a boca algumas vezes.

— O quê? — disse Seneca por fim.

O pomo de adão dele se moveu para cima e para baixo.

— Eu, hã, eu pensei muito em você. Nesse verão. Seneca piscou, sem acreditar, e ficou bem paradinha.

— Sobre o que você deve estar passando. Com Brett, com a sua mãe... nem consigo imaginar. E, bom... — Ele fez uma pausa e olhou para as mãos no volante. Seu rosto se franziu de infelicidade. — Isso me mata. Mas também entendo que pode ser uma coisa tão grande e horrível que você talvez não tenha palavras pra falar disso. E tudo bem. Mas saiba que... eu penso muito em você. E... estou aqui se quiser conversar.

O rosto de Seneca ficou quente com uma mistura de gratidão e alguma outra coisa; constrangimento, talvez, porque seu passado fazia com que ela se sentisse um show de horrores mesmo na melhor das situações, e Brett tinha feito a sensação aumentar ainda mais.

— Obrigada — disse ela baixinho.

Maddox assentiu, mas, pela posição firme da mandíbula, ela percebeu que ele não tinha terminado de falar.

— Cometi um erro enorme em Derby também. Aquele beijo que você viu com a minha treinadora, e o jeito que nós dois... Eu fui um babaca. Você é tão importante pra mim, Seneca. Nunca conheci ninguém como você. E adoraria ficar *com* você. Sem complicações. Sem mensagens confusas. A gente se *entende*, sabe? E eu fico me perguntando... bom, se você quer tentar.

Seneca fez questão de passar um tempão ajeitando o cinto, perplexa demais para responder. Por um lado, era tentador. Ela sentia falta da antiga conexão deles, e havia uma pequena parte dela que se sentia *atraída* por ele, o olhar pousado nas feições intensas e bonitas e no corpo atlético, o nariz sentindo o cheiro familiar e agradável, a mente voltando ao beijo nos momentos mais estranhos. E ela ficou emocionada de ele ter a coragem de admitir que gostava dela; Maddox não era de ser vulnerável desse jeito.

Mas, quando ela tentava pensar nos dois como casal, sua mente empacava. Ela engoliu em seco e olhou para Maddox. Ele parecia tão sincero e cheio de expectativas que ela sentiu o coração se partir um pouco.

— Você está certo — disse ela delicadamente. — Não há palavras pra descrever o que a carta do Brett está fazendo com a minha cabeça. Mas essa nossa busca por ele... bom, essa é a única coisa em que consigo pensar agora. Eu não tenho espaço mental pra mais nada, sabe?

— Claro que não tem! — disse Maddox, despretensiosamente... quase *demais*. — Você tem toda a razão. Nós temos que nos concentrar no caso. Não esquenta.

Ele olhou para a frente, a expressão de alegria forçada. Seneca mordeu o lábio. Desejava dizer algo que acabasse com esse constrangimento, mas não conseguiu pensar em nada.

Eles passaram pelo calçadão, por um fliperama e por várias casas de praia enormes em silêncio, sem dizer uma palavra. Finalmente, ele parou em frente ao endereço do Jeff, uma casa branca térrea a meio quarteirão da rampa de acesso à praia. A entrada de carros estava vazia, mas uma van de um canal de televisão estava estacionada junto ao meio-fio. Um repórter e um câmera ocupavam a varanda.

Alguém abriu a porta, sem sair da casa. Uma discussão se seguiu, e a porta foi fechada. O repórter desceu da calçada e voltou para a van. Maddox franziu a testa.

— Nosso plano já era.

— Espera.

Seneca deixou que a van se afastasse e aí saiu do carro. Ela atravessou o jardim até a varanda, a cabeça erguida. Quando ela girou a maçaneta, Maddox segurou seu braço.

— Invasão de propriedade particular? — sussurrou ele. — Sério?

— Já está aberta. Está tudo bem.

A sala do outro lado da porta estava escura e atulhada de xícaras de café, toalhas de praia, frascos de protetor solar e outros itens aleatórios que indicavam que quem estava lá não era muito fã de organização. Havia um sofá florido grande encostado numa parede, e a televisão parecia estar passando um canal local aberto, porque só mostrava uma imagem do oceano cinzento sem ondas. Uma guitarra Gibson Les Paul estava apoiada numa cadeira de madeira e um violão surrado, deitado em cima da mesa. Ela ouviu vozes murmurando nos fundos e falou:

— Com licença!

As vozes pararam.

— A gente tem que sair daqui — sussurrou Maddox.

— A gente tem que falar com Jeff — disse Seneca pelo canto da boca.

— E se esse cara também estiver envolvido no sequestro da Chelsea? Pode ser que ele tenha ajudado o Brett. Brett não incrimina gente inocente. Esse cara pode não prestar.

— Eu também andei pensando nisso, pode acreditar — disse Seneca. — Mas acho que vale falar com ele, mesmo que seja só por um segundo. A gente tem que ver qual é a dele.

— Oi?

Um cara sem camisa e de sunga florida apareceu no corredor. Seneca não pôde deixar de reparar que a barriga dele era tão malhada que dava para ver cada ondulação do tanquinho. Ele tinha um pouco de barba por fazer, e o cabelo escuro ondulado estava preso no mesmo coque que ela vira na foto dele no noticiário no dia anterior.

— Quem são vocês? — perguntou o cara, enfim.

Seneca piscou e se empertigou.

— Meu nome é Seneca. Este é meu amigo Maddox. Esta não é a casa da Sadie? A gente veio passar o fim de semana.

O cara balançou a cabeça.

— Não é aqui. Tenta a casa do lado.

— Tudo bem, valeu. — Seneca contou até três mentalmente e arregalou os olhos. — Espera. Acho que já te vi em algum lugar. Foi você que apareceu na televisão e...

— Ah, por favor. — Outro cara apareceu atrás do Jeff. Era mais baixo, musculoso, com um pescoço enorme e uma pele quase transparente que devia ficar rosa na hora em que ele pisava na praia, mas ele e Jeff tinham o mesmo queixo quadrado e os mesmos olhos profundos.

— Como acabamos de falar com aquele jornalista, meu irmão não está respondendo perguntas.

— É, Seneca, vamos — falou Maddox entre os dentes.

— Escuta, a irmã da minha amiga desapareceu cinco anos atrás — soltou Seneca. Maddox podia ir embora se quisesse, mas ela com certeza não ia fazer isso. — Nós ajudamos a descobrir o que aconteceu com ela. Sei que a polícia está te interrogando, mas também sei que você não fez nada com Chelsea Dawson.

Houve um silêncio prolongado e pesado. O irmão de Jeff gemeu.

— Fora daqui, ou a gente vai chamar a polícia.

— Espera, Marcus. — Jeff andou alguns passos na direção dela. Mesmo na luz fraca, os olhos verdes dele cintilaram. Um milhão de anos antes, Seneca tinha ido a uma exposição sobre rochas e minerais em Baltimore com a mãe, e embora os diamantes e outras pedras preciosas fossem bonitas, elas passaram mais tempo olhando um pedaço grande de aventurina, o tom verde-claro frio e calmo, quase infinito, tranquilizando as duas. As íris de Jeff eram da mesma cor. — Vocês sabem o que aconteceu com Chelsea? — sussurrou ele.

— Não. Mas sei que você não fez mal a ela. Acho que alguém está armando pra cima de você.

— Quem?

Seneca afastou o olhar.

— Não posso dizer. Mas, se você deixar a gente fazer umas perguntas, a gente ajuda a provar sua inocência.

Marcus deu um suspiro dramático.

— Será que dá pra vocês irem embora? Isso não está ajudando meu irmão em nada. Vou contar até dez.

— Por favor — pediu Seneca. — Olha, eu sei como deve ser pra você. Está preocupado com uma pessoa de quem você gosta. — Ela lambeu os lábios, sem querer dizer o que ia dizer em seguida, mas sabendo que *precisava* dizer. — Eu estive na mesma situação. A minha mãe desapareceu cinco anos atrás. Ela foi assassinada.

— *Seneca!* — sibilou Maddox, olhando para ela com uma expressão que dizia *Tem certeza de que essa é uma boa ideia?*

Mas Seneca não afastou o olhar de Jeff. Os lábios dele estavam tremendo; ela percebeu que ele estava começando a mudar de ideia.

— E se a gente não trabalhar rápido pra encontrar a Chelsea, sei lá o que ele vai fazer com ela — acrescentou. — Por favor. *Por favor.* Ajuda a gente.

— Vou contar até dez — disse Marcus. — Um... dois...

Jeff cutucou a pulseira esportiva preta no pulso, inquieto. Seneca estava usando um Fitbit idêntico; ela sabia que a borracha da pulseira ficava grudenta quando ela suava muito. Quando ele a encarou de novo, o pomo de Adão subiu e desceu.

— Tudo bem — concordou ele. — Vou contar o que eu sei.

NOVE

JEFF FEZ SINAL para Maddox e Seneca se sentarem no sofá desbotado. Quando Maddox se sentou, a almofada soltou uma nuvem de poeira, e ele sentiu os grãos de areia entrando no short. Seneca foi esperta e se sentou no braço do sofá, evitando o olhar dele. Maddox percebeu que ela estava abalada. Sua voz tremeu quando ela falou da mãe da mesma forma que tinha acontecido quando ela contou que só tinha espaço no cérebro para encontrar Brett.

Ele encolheu a barriga ao reviver brevemente o auge do constrangimento que foi o toco gentil de Seneca. Ele nunca tinha se exposto tão *abertamente* antes... e nunca se sentiu tão rejeitado na vida. Ao menos falar com Jeff era uma distração.

— Você se importa de nos dar algumas informações sobre Chelsea e sobre como se envolveu com ela? — perguntou Seneca, estreitando os olhos.

Marcus estalou a língua.

— Isso é um erro, cara. O papai vai ficar furioso. E Clarence avisou que era pra você não falar com ninguém.

Jeff fez uma expressão atormentada e suplicante.

— Eu só vou contar a verdade pra eles. A mesma coisa que contei para o Clarence.

— Então sua família está aqui? — perguntou Seneca. — E quem é Clarence?

Jeff puxou uma coisa de uma cesta de vime ao lado da cadeira. Primeiro, Maddox achou que era uma concha, mas, quando Jeff virou a palma da mão, viu que parecia mais um cristal vermelho pontudo.

— Eu e meu irmão chegamos semana passada, mas meus pais estão vindo da Filadélfia. E Clarence é meu advogado. — Ele apertou bem a pedra, com uma expressão de sofrimento.

Seneca apontou para a pedra.

— O que é isso?

— É um jaspe vermelho. Tem propriedades de centralização. Te dá forças. — Ele olhou para a pedra. — Eu tenho... passado muito tempo com ela. Pra deixar o poder penetrar em mim.

Ele fechou os olhos e respirou fundo pelo nariz. Maddox se segurou para não revirar os olhos. Esses troços new age sempre o deixavam incomodado. Jeff acreditava mesmo naquilo ou era só um fingimento esquisito? Ele olhou de novo para o cristal. Uma ponta era afiada como uma adaga; dava para fazer um estrago com aquilo. Com as cortinas fechadas, a porta da frente trancada e a presença avultosa de Marcus, ele começou a ficar inquieto.

— Eu conheço Chelsea há dois anos — disse Jeff. Sua voz era baixa. Grave. Quase hipnotizante. — A gente se conheceu aqui, mas estudamos em faculdades próximas na Filadélfia. Ela estuda na Villanova, e eu, na Temple. As coisas estavam ótimas por um tempo... A gente tinha uma conexão incrível. Até ela começar a coisa do Instagram.

— Ela posta muito — concordou Seneca, encorajadora. — Tem muitos seguidores.

Jeff abriu os olhos e apertou a boca.

— Vocês viram aqueles comentários? São nojentos.

— Quando vocês terminaram? — perguntou Maddox.

Jeff olhou para o tapete.

— Três meses atrás.

— Teve algum motivo?

Ele deu de ombros.

— A gente... foi se afastando.

— O rompimento foi tumultuado?

— De jeito nenhum.

— Mas vocês brigaram na noite da festa — argumentou Maddox.

— Qual foi o problema?

Jeff fechou a mão no cristal.

— Acho que vocês viram no noticiário, né?

Seneca se inclinou para a frente.

— Sim, e também em umas postagens sobre vocês em um site chamado Caso Não Encerrado, com o qual nós estamos envolvidos. Postaram que você e Chelsea foram vistos brigando na festa. É verdade?

Jeff esfregou os pés no tapete num ritmo regular e hipnotizante.

— A Chelsea postou uma foto dela no Insta que era tão...

Ele balançou as mãos com impotência, como se estivesse procurando a palavra certa. *Reveladora?*, Maddox pensou, lembrando-se do vestido transparente de Chelsea. Ele não falou em voz alta.

— Eu só fiz um comentário, falei que queria que ela se respeitasse um pouco mais — prosseguiu Jeff. — Mas isso só exasperou a situação.

Maddox empurrou a bochecha com a língua, reparando na gafe de Jeff. *É exacerbou, cara.*

— Onde vocês estavam quando tiveram essa discussão? — perguntou Seneca suavemente.

— Na praia, perto da fogueira. Ela ficou com raiva e saiu andando por um caminho que leva ao estacionamento perto das casas.

— Você a seguiu até o estacionamento? — perguntou Maddox. Foi lá que a polícia encontrou o sangue.

— Não na hora. Acho que esperei uns vinte minutos. Fiquei na fogueira para me acalmar, botar a cabeça no lugar.

Seneca assentiu.

— Alguém na fogueira chamou sua atenção? Que tenha visto vocês discutirem? Que pode ter postado sobre sua briga em um site sobre crimes?

Jeff pareceu atordoado.

— Bom, Alistair estava lá; é o jamaicano que surfa comigo às vezes. E tinha um cara que trabalha na Wawa, que todo mundo chama de Gigante Verde Alegre porque ele é muito alto. E um outro cara, o Cole? Um cinegrafista sinistro do Japão. E os maconheiros estavam lá, claro. Mas eles estavam chapados demais.

Maddox olhou para Seneca. Algum deles era Brett?

— Mas eu não vejo nenhum desses caras me dedurando num site de crimes — acrescentou Jeff, a testa franzida. — E o que a polícia falou sobre isso? Alguém se apresentou dizendo que escreveu a postagem?

Se fosse fácil assim, pensou Maddox.

— Acho que não. Duvido que a polícia tenha recebido alguma dica do site. Pela minha experiência, eles não prestam muita atenção às nossas discussões no CNE, a não ser que a gente apresente alguma prova concreta e vá diretamente a eles.

— Vamos voltar àquela noite — disse Seneca. — Que horas isso tudo aconteceu?

Jeff coçou o queixo.

— Eu mandei a mensagem pra Chelsea às 23h12. Já falei isso pra polícia.

Seneca franziu a testa.

— Você entregou seu celular?

Ele balançou a cabeça.

— Não, meu advogado disse que eles precisariam de um mandado pra isso. Mas eu deixei os policiais olharem minhas mensagens de texto daquela noite.

— E quanto tempo depois de vocês discutirem você enviou a mensagem? — perguntou Maddox.

— Uns dez minutos. Tempo de eu tomar uma cerveja. E foi uns dez minutos depois disso que eu fui atrás dela.

— Então Chelsea pegou aquele caminho umas 23h, mais ou menos — disse Seneca.

— E você foi atrás uns vinte minutos depois — acrescentou Maddox com sensação desesperada. Vinte minutos era muito tempo. Mais do que o suficiente para Brett pegá-la.

Jeff levantou as mãos e depois as baixou, derrotado.

— Eu gostava muito da Chelsea. Mesmo depois que a gente terminou, tentei protegê-la... — A voz dele falhou. — O que estão *fazendo* com ela agora? — O lábio dele tremeu.

— Eu sei exatamente como é isso — disse Seneca delicadamente. — Sinto muito por você estar passando por isso. Nós vamos fazer tudo que pudermos para encontrá-la.

— Você tem algum inimigo? — perguntou Maddox depois de um momento.

Jeff pareceu surpreso.

— De jeito nenhum. Eu sou pacifista.

— Algum segredo?

Um músculo tremeu na mandíbula de Jeff.

— Eu...

— A polícia já perguntou essas coisas — declarou Marcus, interrompendo a conversa com a voz alta. — Já falei, Jeff. Isso é perda de tempo.

Maddox olhou na direção de Marcus, se perguntando por que ele interrompeu Jeff.

— E quem estava dando essa festa? — perguntou ele.

— Gabriel Wilton — declarou Marcus.

— Um cara legal — disse Jeff. — Ele ficou chocado que uma coisa dessa tenha acontecido em um evento dele.

— Você acha que o Gabriel conversaria com a gente sobre a lista de convidados? — perguntou Seneca. — Ficamos sabendo que tinha lista para entrar.

Jeff deu de ombros.

— Provavelmente.

Seneca cruzou as pernas.

— E por que você foi atrás da Chelsea? Pra pedir desculpas?

Jeff ajeitou o cabelo. Ele pareceu dividido.

— É. E também... — Ele fechou a boca.

Maddox franziu a testa.

— O quê?

Jeff passou os dedos sobre o jaspe.

— Quando a gente estava namorando, eu tinha a sensação de que ela estava me traindo.

Seneca se inclinou para a frente.

— Com quem?

— Eu nunca soube. Mas achei que, se fosse atrás dela, finalmente descobriria. Ela ficou mandando mensagens pra alguém a noite toda. Ou foi o que eu *achei*, porque ela não parou de mexer no celular. Mas a polícia disse que pegou os registros telefônicos e que ela não mandou nenhuma mensagem de texto durante a festa. — Ele deu de ombros, desanimado. — Eu só queria ver de quem ela estava a fim. Quem ela escolheu em vez de mim.

— O que aconteceu? — insistiu Seneca.

Jeff cruzou os braços.

— Eu lembro que cheguei no estacionamento, olhei em volta e ela não estava lá. E aí, eu dei outro passo... e tudo ficou preto. Quando acordei, era de manhã.

Seneca se ajeitou no braço do sofá.

— E você contou isso pra polícia?

— Contei, mas não tinha nenhuma testemunha. Tinha gente perto, esperando carros pra voltar pra casa, mas ninguém pode garantir que eu estava lá. A polícia acha que eu estava bêbado ou que estou mentindo sobre tudo.

— *Você* acha que estava tão bêbado assim? — O rosto de Seneca se iluminou de expectativa.

Jeff fez que não.

— Essa é a questão. *Não*. Eu tenho a sensação de que uma coisa estranha aconteceu comigo, mas não sei como. Foi tão de repente, *bum*. Nada. Parecia que alguém tinha tirado minha pilha.

Seneca olhou em volta.

— Você disse que tomou uma cerveja na fogueira. Você ficou com ela na mão o tempo todo?

Jeff moveu a mandíbula para lá e para cá. Ele deu uma espiada no irmão e olhou para eles de novo.

— Eu não lembro. *Talvez* eu tenha deixado a garrafa em algum lugar.

Maddox olhou para Seneca. Ele percebeu o que ela estava pensando: será que Brett tinha colocado alguma coisa na cerveja de Jeff pra garantir que ele não procuraria Chelsea?

— A polícia não fez um exame toxicológico em você, fez?

Jeff fez que não.

— Isso foi um erro?

— Se você tivesse feito um teste, talvez desse pra saber por que desmaiou de repente.

Jeff se levantou.

— Dá pra fazer um exame agora?

Seneca deu um sorriso meio triste.

— As substâncias só ficam no organismo por um ou dois dias. Provavelmente não daria nada.

Jeff afundou na cadeira, a expressão se desesperando de repente.

— Eu não posso ir *preso*. Tenho estágio ano que vem no Nature Conservancy. E eu... — Ele começou a chorar. Maddox tamborilou o pé no chão. Ele queria sentir pena do sujeito, queria mesmo. Mas havia algo no choro que pareceu exagerado, quase como se fosse uma exibição deliberada.

— A gente vai tentar ajudar — disse Seneca. — Mas me diga mais uma vez: na festa, tinha alguém que você *não* reconheceu?

— Tinham umas caras mais novas, e eu não sabia o nome de todo mundo, mas já tinha visto todos por aqui. — Jeff levantou o rosto das mãos. Seus olhos estavam vermelhos e o rosto, inchado. — Vocês resolveram mesmo um assassinato sozinhos?

Ele olhou para Seneca com atenção, como se a estivesse observando. Maddox seguiu o olhar dele sem saber se gostava.

— Mais ou menos — disse Seneca.

— Eu quero ajudar na investigação. — Jeff colocou o jaspe de volta na cesta. — Conheço todo mundo aqui. Posso dar informações sobre os locais.

— Cara, péssima ideia — retrucou Marcus. — Clarence vai te matar.

Maddox mordeu com força a parte de dentro da bochecha. Ele também não sabia se era uma ideia muito boa; havia algo em Jeff que o irritava. Mas ele era o melhor ponto de partida que tinham.

Seneca sorriu.

— Nós vamos adorar ter sua ajuda. Vamos conversar com o resto do grupo, e eu te ligo pra gente se encontrar de tarde.

QUANDO ELES ENTRARAM no Jeep, Maddox sentiu vontade de aumentar o volume do rádio para que ele e Seneca não precisassem conversar. Mas Seneca falou:

— O que você achou?

De repente, Maddox percebeu que não era a hora de se fechar para ela. Eles tinham um mistério para resolver e um assassino para encontrar, e ele precisava botar isso acima dos seus sentimentos. Tradução: ele precisava ter colhões.

Ele deu de ombros.

— Do cara do coque? Eu não aguentei aquele *cristal*. — Ele cruzou os braços. — E por que ele não vestiu uma camisa? Fiquei tendo que desviar o olhar dos mamilos dele.

Seneca estava mexendo no celular.

— Acho que ele nem percebeu que estava sem camisa. Ele é surfista. Esses caras não andam sem camisa o tempo todo?

Maddox ficou olhando para ela. Suas bochechas estavam coradas. Os olhos estavam brilhando. Ele não pôde deixar de se perguntar se ela estava pensando no tanquinho do Jeff. Ela não estava a fim dele, estava? Não. Devia ser a rejeição falando.

Ele torceu os lábios.

— Se o cara do coque fosse um doce, ele seria uma coisa descolada, uma coisa de que a gente *deveria* gostar, mas que não é tão boa. Tipo aquelas jujubas de gengibre do Whole Foods. — Ele estava fazendo o jogo "que doce você parece?" deles. — E você ouviu quando ele falou *exasperou* em vez de *exacerbou*?

Seneca deu uma risadinha.

— Eu *sabia* que isso ia te incomodar. — Quando eles conversavam, Maddox sempre reclamava quando as pessoas confundiam as duas palavras; o pessoal do Caso Não Encerrado fazia isso o tempo todo.

— Você acha que ele foi drogado na noite da festa?

Maddox pensou por um momento.

— Eu consigo imaginar Brett fazendo isso. Mas também acho que Jeff estava escondendo alguma coisa da gente. Só não sei o quê.

— Ah, meu Deus.

Maddox achou que Seneca estava reagindo ao que ele falou, mas Seneca estava com a mão no peito.

— Meu colar. O que tem a inicial da minha mãe. — Suas mãos se moveram embaixo da blusa. Ela verificou desesperadamente os bolsos do cardigã e se inclinou para olhar o chão do carro. — Sumiu.

— O quê? — Maddox parou o carro. — Tem certeza?

Seneca estava tateando o assento.

— Não estou vendo aqui.

Maddox começou a olhar no lado dele.

— Eu também não.

Seneca soltou um choramingo e ele colocou as mãos no volante.

— A gente vai encontrar — disse ele com determinação.

— Eu... eu tirei o cordão antes de ir pra cama ontem à noite e botei na mesa de cabeceira — disse Seneca. — Agora, não lembro se coloquei de manhã ou não.

— Então vamos olhar no hotel. Se não estiver lá, a gente procura na pizzaria de ontem à noite. E na casa do Jeff.

O estacionamento da pousada estava vazio. Quando eles pararam na primeira vaga, um gato rajado preto e branco passou na frente dos pneus. Seneca saiu correndo do carro e entrou pela porta dos fundos. Quando Maddox atravessou a passagem, Seneca já estava dentro do quarto que dividia com Madison. Ela havia tirado tudo da mesa de cabeceira, mas o colar não estava lá.

Maddox abriu uma gaveta da cômoda. Estava cheia de roupas íntimas de seda. Ele fechou a gaveta às pressas e olhou embaixo do móvel. Nada.

Seneca foi direto para a janela. Havia uma coisa pequena e achatada no parapeito, um envelope. Ela o abriu e deu um gritinho; quando Maddox se virou, ela estava pegando uma coisa em uma corrente.

— Eita. — Maddox se aproximou rapidamente. O pingente estava retorcido, o disquinho agora dobrado no meio. — Merda, Seneca, sinto muito. Pode ser que dê pra consertar.

Mas os olhos de Seneca estavam percorrendo uma folha de papel dentro do envelope. Maddox se inclinou por cima do ombro dela. Parecia que vinha da mesma máquina de escrever estranha da carta que ele recebera dois dias antes. O sangue começou a latejar em seus ouvidos.

Eu te vejo quando você está dormindo.
Eu sei quando você está acordada.
Tome mais cuidado, S.

— Ah, meu Deus. — Maddox se afastou. — Brett esteve *aqui*? Ele estava... — uma imagem horrível surgiu na mente dele — ... te vendo *dormir*?

E Brett devia ter observado Madison também. A torrada que Maddox tinha comido de manhã embrulhou seu estômago.

— O que está acontecendo?

Madison e Aerin pararam na porta, suadas e vermelhas. Maddox empurrou o bilhete na direção delas.

— Brett esteve aqui. Aqui *dentro*. Ele pegou o colar da Seneca.

A cor sumiu do rosto de Aerin.

— O quê?

— Ah, meu Deus. — Madison passou os olhos pelo bilhete. — Ele poderia ter matado uma de nós!

— Não. — A voz de Seneca soou calma. — Ele quer a gente aqui. Isso faz parte do jogo.

Maddox se virou para ela.

— Por que você não está surtando? Brett esteve *no seu quarto*. Ao lado da sua cama.

Ele tremeu só de pensar.

Seneca fechou a mão com o colar amassado e atravessou lentamente o quarto, ficou nas pontas dos pés e tirou uma coisa de cima da janela.

— É exatamente o que eu esperava que ele fizesse. — Ela mostrou um retângulo de metal pequenininho que parecia uma placa-mãe de computador em miniatura. Todos se inclinaram para olhar.

— Isso é...? — disse Madison.

Seneca apontou para uma janelinha no meio do retângulo.

— Uma câmera. Ela ficou no meu quarto o verão todo, só por garantia. Eu não ia correr nenhum risco aqui.

Maddox ficou de queixo caído.

— Você grampeou o quarto?

— Claro.

Seneca remexeu na mochila e tirou um computador. Com firmeza impressionante, ela inseriu um fio do microdispositivo na entrada USB do laptop. Uma janela de vídeo com a imagem granulada apareceu. O quarto surgiu na tela. Seneca voltou o vídeo e parou quando uma sombra apareceu no canto. O relógio embaixo dizia 5h42 da manhã. A luz do sol estava começando a entrar no quarto. Para o horror de Maddox, uma figura de conjunto de moletom preto e máscara no rosto revelou-se. Ele passou pela mala enorme de Madison nas pontas dos pés. Chutou os All Star de Seneca para o lado. Parou ao lado da cama dela enquanto ela dormia.

O estômago de Maddox revirou. A pessoa era da altura do Brett, embora fosse difícil saber muito bem embaixo das roupas largas.

Aerin gemeu. Madison soltou um ofego sufocado. Para a surpresa de Maddox, Seneca segurou a mão dele e apertou com força.

A figura colocou o envelope na janela. Em seguida, se virou e olhou para a câmera como se soubesse que estava lá.

— Espera. — Aerin apertou o botão de PAUSE na tela. Brett ficou imóvel, as mãos enluvadas nas laterais do corpo. — Aqueles *olhos* — disse, apontando para as órbitas brilhantes espiando por trás da máscara. Eles surgiram na memória de Maddox: redondos, muito azuis, penetrantes. Ele sentiu náusea, mas depois disso veio uma euforia quase inacreditável.

— Olha ele aí — disse Maddox, a voz fraca.

— Olha ele aí — ecoou Seneca, a voz cheia de determinação. — E nós vamos encontrá-lo.

DEZ

BRETT APERTOU O botão que ligava o microfone.

— Boa tarde — disse ele.

Chelsea previsivelmente girou e olhou de um lado para outro ao buscar a fonte da voz. Seus movimentos estavam mais lânguidos hoje; ela não estava comendo as refeições que ele trazia. O cabelo estava oleoso e as solas dos pés estavam sujas.

— Você está linda mesmo — disse ele com voz gélida.

Os olhos dela estavam enormes e molhados.

— Você não pode me soltar?

— Ora, ora. Eu queria avisar que você ganhou muitos seguidores no Instagram. Quer saber quantos?

Ela cobriu o rosto com as mãos.

— Eu não ligo para o Instagram. Só quero ir pra casa. Ver minha família.

— Vira pra esquerda.

Chelsea olhou naquela direção. Havia um espelho novo de corpo inteiro perto da janela. Brett o colocou lá enquanto ela dormia na noite anterior, quando enfim foi derrubada pelo sedativo que ele lhe deu. Ao perceber seu reflexo, abatido e com olheiras, ela fez uma careta e afastou o olhar.

— Talvez isso possa te inspirar a tomar banho e trocar de roupa — disse Brett gentilmente. — Reparou que eu deixei maquiagem no banheiro pra você? E tem um secador no armário, um babyliss e uns produtos de cabelo também. Todos de marcas que você gosta.

Chelsea se jogou em um travesseiro.

— Se você vai me matar, é melhor matar logo. Acabar logo com isso.

— Eu sei que você gosta de ficar bonita.

Ela olhou para cima. Sua expressão ficou irada.

— Se acha que vou me arrumar pra você, você está louco.

Brett tentou não se sentir ofendido.

— Isso não é pra mim.

— Ah, sei. Quem é você, afinal? O que você quer comigo? Acha que eu vou transar com você? Você me olha dormindo e fantasia com o que faríamos juntos? É isso que você faz, seu babaca doente?

Brett revirou os olhos.

— Você está em todos os noticiários. Todo mundo no país sabe quem você é. Não é legal? Isso não te faz querer... ah, sei lá, se arrumar?

— Eles não vão vir aqui pra uma entrevista — disse Chelsea. Demorou um pouco para ela falar de novo, mas Brett percebeu que ela estava pensando em alguma coisa. — Quais canais? — murmurou.

— *Se* isso não for mentira.

— Em todos. Juro que não estou mentindo. Todos os apresentadores ficam falando sobre como você é bonita. Que você é um ícone das redes sociais. Seu nome está nos trends do Twitter. Tem memoriais em sua homenagem no Snapchat. Avignon está lotada de imprensa e polícia e curiosos. Você deveria ficar orgulhosa.

Chelsea olhou para o colo, a expressão durona sumindo. Alguma coisa à esquerda chamou a atenção de Brett. Na noite anterior, ele instalara uma câmera na entrada da Pousada Conch, ao lado de um príncipe sapo no meio das tralhas do armário de curiosidades. Maddox e Seneca apareceram na tela. Ele chegou mais perto com a cadeira, o nariz quase encostando no monitorzinho. A imagem mostrou os dois entrando na pousada alguns minutos antes, Seneca com expressão agitada e assustada. Sem dúvida eles já tinham encontrado o tesouro dela destruído... *e* o bilhete. Agora vinham as consequências.

Ele apertou os olhos para a imagem pixelada. O cabelo de Seneca se agitava. Maddox ria. Os dois saíram praticamente saltitando pela porta da varanda. Brett fez beicinho. Cadê o medo? Cadê o pânico?

Ele afundou na cadeira, amargo e enjoado. Pegou o celular e olhou o Caso Não Encerrado. Nenhuma mensagem nova. Tudo bem. Não importava. *Você está escondendo bem, mas eu sei que isso está acabando com você*, disse ele com movimentos labiais para as costas altas e eretas de Seneca quando ela saiu no sol. *E o que vai acontecer agora vai te fazer cair de joelhos.*

— Hum, ei?

Na Câmera A, Chelsea estava sentada no sofá com postura perfeita, olhando para a escova que segurava, a escova que ele tinha deixado para ela na mesa de cabeceira. Fez um som agradável quando ela a passou pelos nós no cabelo.

— Quantos seguidores novos? — perguntou ela com voz baixa e tímida. — Se você não se importar de me dizer.

Brett abriu um sorriso delicioso, o humor mudando lentamente.

— Nada me daria mais prazer.

ONZE

AERIN, SENECA, MADDOX e Madison ficaram parados no pátio lateral da pousada Conch, conversando com Bertha, que estava suada e nervosa depois de chegar do mercado.

— Nunca, *nunca* houve uma invasão aqui — disse ela, segurando com carinho a pele do pescoço de Kingston. — Esse cara late tão alto que acorda o bairro todo.

O cachorro soltou um fungado catarrento.

Seneca se mexeu, agitada.

— Bom, *alguém* entrou no meu quarto. Será que foi alguém que Kingston conhece? Você disse que ele fica simpático quando conhece a pessoa.

Bertha apertou os olhos e pareceu pensar na questão.

— Você tem um passeador de cachorro? — perguntou Maddox. — Algum faz-tudo? Alguém que fique muito aqui?

Bertha fez carinho no pelo de Kingston, distraída.

— Eu não tenho hóspedes regulares além do Harvey, o cavalheiro que vocês conheceram na sala de jantar ontem. Ele aluga por mês.

Aerin trocou um olhar com os outros. Harvey devia ter uns 80 anos. Não tinha como ser Brett.

— Tem algumas pessoas que fazem serviços pra mim — disse Bertha. — Eu tenho uma lista no escritório.

— A gente pode ver? — perguntou Seneca. — Prometo que não vamos ligar para as pessoas e fazer acusações nem nada. Eu só quero saber como meu colar acabou amassado. Sei que você entende, né? Bertha murmurou alguma coisa baixinho, sumiu dentro da casa e voltou com um papel amassado. Era uma lista de números de telefone de encanadores, eletricistas, de um veterinário e de uma pessoa identificada como "limpadora paranormal de espíritos" que ia até o fim da página. Seneca tirou uma foto e todos saíram da varanda.

Depois que Bertha voltou para dentro, Madison trincou os dentes.

— Eu liguei pra todos os hotéis, motéis e pousadas da região. Tudo está lotado. Até o *camping* está lotado. Esse é um dos fins de semana mais movimentados do verão. Será que é melhor a gente dormir no carro?

— Não importa onde a gente ficar, o Brett sempre vai nos encontrar — murmurou Seneca, chutando o cascalho do pátio. — É melhor a gente ficar aqui.

— Vamos trancar todas as janelas— recomendou Maddox, olhando para a pousada. — E acho que vi um app com sensor de movimento. A gente pode ativar na porta do quarto quando for dormir.

Seneca entrou arrastando os pés para avisar a Bertha que eles ficariam com os quartos afinal. Quando voltou, disse:

— Então o que a gente sabe é o seguinte. Brett ainda está aqui. Chelsea ainda deve estar viva. E ele com certeza já esteve nessa pousada, se o cachorro o conhece.

Aerin bateu em uma linha da lista.

— Ele pode ser o cara que entrega as compras. Ou o faz-tudo?

— Também pode ser alguém que o cachorro encontra nos passeios diários. — Madison indicou o outro lado da rua, onde um casal se inclinava para fazer carinho num beagle que passava. — Talvez ele nem esteja nessa lista.

— A gente também sabe que Brett estava na fogueira e ouviu a discussão entre Jeff e Chelsea — disse Maddox.

— E que talvez tenha batizado a cerveja do Jeff — acrescentou Seneca.

Maddox assentiu, apesar de parecer menos seguro.

— O Jeff também disse que estava sendo traído pela Chelsea e que viu que ela passou a noite toda mandando mensagens pra alguém.

— Ela podia estar se comunicando com alguém — observou Seneca quando um SUV fez sinal para deixar que eles atravessassem a rua —, mas não foi por mensagem de texto. Os registros telefônicos dela mostraram que Chelsea não escreveu uma única mensagem de texto naquela noite. Mas ainda estão olhando as redes sociais.

— A gente tem que falar com todo mundo que estava na fogueira. — Maddox desviou de uma caixa de correspondência azul. — E com o cara que deu a festa.

— Gabriel Wilton. — Seneca apontou para a loja de surfe da esquina. — Pode ser que alguém que trabalha ali estivesse na festa e saiba como podemos entrar em contato com ele. — Ela olhou para Aerin. — Descobriu alguma coisa com a polícia?

Aerin fez uma careta.

— Não.

Naquela manhã, ela e Madison foram falar com o grupo de busca de Chelsea Dawson nas falésias perto da área da festa. As pessoas reviraram a vegetação alta, e cada vez que alguém achava alguma coisa, como uma moeda, uma tampa de garrafa, um papel de chiclete, o objeto ia para um saco de provas, embora Aerin achasse que nada daquilo fosse realmente uma prova. Elas perguntaram ao responsável, o policial Nelson, se ele podia contar detalhes da investigação, mas ele disse que não.

Todo mundo foi para a loja de surfe, mas Aerin parou em um banco desocupado.

— Vocês se importam se eu ficar um pouco aqui? Preciso de uns minutos pra respirar.

Maddox olhou para ela com preocupação.

— É seguro você ficar aqui fora sozinha?

— Eu fico com você — ofereceu-se Madison. — Se não se importar.

Aerin moveu um ombro.

— Tá bom.

Ela viu Seneca e Maddox atravessarem a rua e seguirem por uma das entradas da loja de surfe. Ela se recostou, virou o rosto para o sol e tentou respirar com calma.

— Só pra você saber, eu estou pirando — murmurou Madison ao lado dela. — Quer fumar um baseado? Pode ajudar.

— Não, tudo bem. — Aerin cruzou os braços. — Eu só não acredito que ele foi à pousada.

Mas, paradoxalmente, ela ficou meio decepcionada de *não* ter visto quando ele entrou. Ela mantinha uma fantasia perversa em que o pegava no corredor e dava socos na cara dele. *Eu não vou te deixar viver*, ela diria entre socos. A vingança pelo que aconteceu com Helena a tornaria super-humana. Sua mera força de vontade acabaria com ele.

Aí ela pensou nos braços e ombros musculosos do Brett e sentiu uma onda de desesperança. Não havia como derrubá-lo. Talvez não pudesse fazer aquilo. E se eles nunca encontrassem Brett? Ou pior, e se ele encontrasse ela e os amigos primeiro?

Aerin empertigou os ombros. *Você tem que se controlar.* Ela olhou para Madison.

— Quer começar a procurar no Instagram? Pode ser que a gente consiga descobrir alguma coisa na conta da Chelsea.

— Claro.

Aerin abriu o Instagram no celular e encontrou a última postagem de Chelsea Dawson, da noite da festa em que ela sumiu. A semelhança dela com Helena era impressionante; estava até fazendo o tipo de cara que a irmã faria, um sorriso alegre e eufórico com só um toque de sedução.

Ela clicou no perfil de Chelsea e outras fotos apareceram. Uma era de Chelsea de biquíni vermelho deitada de bruços num colchão inflável na piscina; ela estava olhando para a câmera por cima do ombro, os olhos parcialmente visíveis por cima dos óculos.

— Caramba — disse Madison, apontando para a postagem. Tinha recebido 60.549 likes. Era um número ainda maior do que Aerin tinha visto quando verificou a conta de Chelsea pela primeira vez.

Uma vez por mês, Chelsea fazia um vídeo especial de "atualizações" em que falava sobre o que estava acontecendo na vida e sobre suas novas maquiagem favoritas, e fazia um quadro bobo chamado "O gato mais fofo do planeta Terra". Alguns dos vídeos eram feitos numa sala grande e arejada com janelas do chão ao teto; no final, Chelsea agradecia a uma pessoa chamada Ophelia por deixar que ela usasse o espaço. Na parte de comentários, os fãs falavam que também amavam o Benetint da Benefit, que Chelsea estava linda e que queriam ser iguais a ela. Em outra foto, o cabelo de Chelsea estava preso em um coque no alto da cabeça, a maquiagem estava perfeita e ela usava um colar de corda. Aerin clicou para ver mais comentários. *Eu te amo tanto*, dizia um. E *Você é tão linda*. E *Crush!* Seu olhar parou em um que dizia *Amei o vestido*. *Se você precisar de um amigo pras compras, conta comigo.*

O jeito de falar era tão familiar. Onde Aerin tinha ouvido aquela expressão antes?

Uma luz se acendeu na mente de Aerin. *Brett*. Ele disse isso para Aerin em Dexby. Ela clicou naquela conta. O nome do cara era Barnes Lombardi. Todas as fotos tinham iluminação fraca, o rosto iluminado por luz de velas, os olhos arregalados, quase só branco. Ela clicou na primeira foto; a conta de Chelsea estava marcada logo de cara. *Eu só penso em você, @ChelseaDFabXOXOX*, ele escreveu na legenda. *Um dia, você vai ser minha.*

Chelsea respondeu *Eu JÁ sou sua*. Barnes respondeu com um emoji mostrando a língua.

Madison estalou a mandíbula, lendo os comentários junto com ela.

— Então eles se conhecem?

— Não sei — murmurou Aerin.

Barnes escrevera várias outras odes a Chelsea, e ela sempre comentava em tom alegre e sedutor em todas, inclusive postando alguns comentários na noite da festa. Mas havia algo abertamente exagerado nas respostas, quase como se ela estivesse pegando pesado *demais*, como se fosse uma espécie de jogo entre eles.

Madison esticou a mão e clicou em outra das fotos de Barnes. Aerin viu os ombros largos e um nariz achatado. Brett também tinha essas características. Se ao menos as fotos mostrassem os olhos. Mas a maioria estava na sombra. Outra foto mostrava um peixe roxo grande nadando num tanque enorme. *Pior trabalho do mundo, mas pelo menos posso passar um tempo com essa belezinha.* O local estava marcado como Aquário do Calçadão de Avignon. Aerin se lembrou dos peixes venenosos na pousada. O nome de Barnes não estava na lista de Bertha, mas será que ela o chamava para alimentar os peixes quando viajava?

Quando clicou na postagem mais recente de Barnes, ela quase deixou o celular cair. Era de uma fogueira na praia, um close de uma garrafa de cerveja. *É assim que se curte a noite*, dizia a legenda. O local era a alguns quarteirões dali, no condomínio onde a festa aconteceu.

Madison arfou.

— É ele?

O sol apareceu e fez o cabelo de Aerin brilhar. Ela olhou para o horizonte azul. O calçadão ficava a menos de um quilômetro e meio.

— Será que a gente deveria ir olhar?

— Acho que a gente tem que ir — disse Madison.

Aerin passou a mão pelo cabelo.

— Mas eu me sinto tão exposta. Quero ver se é ele... mas não quero que ele *nos* veja.

Madison franziu a testa. Ela remexeu na bolsa enorme e tirou um boné.

— Aqui. — Ela jogou o boné para Aerin e colocou óculos de sol.

— Eu compro um chapéu pra mim quando a gente chegar no calçadão.

— Está bem — disse Aerin, se sentindo um pouco mais calma. Ela enviou uma mensagem rápida para Seneca e Maddox, para avisar o que iam fazer. Quando ela se levantou, seu telefone apitou. Ela achou que fosse a resposta de Seneca, mas era mesmo uma ligação. A tela dizia *Thomas*. Seu coração deu um salto, mas ela sentiu irritação. Ela não tinha deixado claro que não queria que ele entrasse em contato? Clicou na tela para ignorar a ligação, levantou a cabeça e seguiu na direção do calçadão.

DEZ MINUTOS DEPOIS, Aerin pisou no calçadão.

— Que cidade gordurosa — murmurou Aerin para Madison, que tinha comprado um boné de tie-dye em uma loja de suvenires e puxado bem a aba sobre o rosto. E Aerin não estava falando só dos quiosques coloridos que vendiam bolinhos fritos, batatas fritas e Oreos fritos; também havia uma quantidade obscena de suor brilhando na pele exposta de praticamente todos os turistas que passavam.

Madison olhou em volta com cautela.

— Se o Brett trabalha mesmo aqui, onde ele almoça? Ele não dizia sempre que o corpo dele era um templo?

Aerin deu de ombros, nervosa demais para uma conversa trivial sobre o maluco antes conhecido como Brett.

— Vem. O aquário fica no final do calçadão.

— Mas você acha mesmo que a gente vai reconhecê-lo? — Madison correu para acompanhar Aerin, desviando dos turistas, de crianças em hoverboards e de um cara mirando com entusiasmo um controle remoto para um drone no céu.

— *Eu* vou — disse Aerin com voz firme.

Elas passaram por um fliperama e por uma sorveteria, o cheiro doce e enjoativo de cones de waffle embrulhando o estômago de Aerin. Quando ela contornou uma mulher passeando com três labradores grandes, alguém perto da amurada chamou sua atenção. Um cara alto de cabelo castanho, com um moletom quente demais, estava olhando em volta. Aerin franziu a testa. Ele estava disparando todos os alarmes na sua cabeça. Ela segurou o pulso de Madison.

— A gente conhece aquele cara?

Madison parou e apertou os olhos.

— Acho que não...

O olhar de Aerin permaneceu na figura. Ela o conhecia. *Sentia que o conhecia.* Mas, antes que conseguisse descobrir de onde, o cara se afastou de repente da amurada e saiu andando rápido na direção do estacionamento, o capuz puxado na cabeça. Ainda abalada, ela o observou por alguns momentos, tentando despertar a memória, até ele desaparecer na multidão.

O telefone de Madison apitou e ela olhou para a tela.

— Não tem muitas novidades sobre a Chelsea. A polícia encontrou pouca coisa na investigação forense. Nenhuma testemunha no estacionamento onde encontraram o sangue. Nem fios de cabelo e nem pegadas estranhas ou pistas. Entrevistaram as pessoas da festa, testemunhas que viram Chelsea. Ela não estava agindo de um jeito estranho antes, ninguém se lembrou de nenhum inimigo que ela pudesse ter, e os pais dela também não têm inimigos. Eles não receberam pedido de resgate.

Aerin se lembrava dos pais de Chelsea, um casal atlético e atraente com quarenta e tantos anos, procurando na vegetação atrás das casas do condomínio de manhã. A mãe de Chelsea estava com olheiras enormes. O pai parecia querer dar uma surra em alguém. Fez com que ela se lembrasse dos próprios pais quando Helena sumiu.

Aerin enfiou as mãos nos bolsos do short e tentou refletir sobre as informações, mas estava tão abalada e assustada com a tarefa a ser feita que seu cérebro parecia mingau.

Elas saíram da frente de um bonde que se aproximava e andaram por um trecho vazio do calçadão. O mar estava visível por cima da amurada, a maré subindo. Madison olhou para ela com atenção.

— A gente vai falar sobre o fato de você ter ignorado uma ligação daquele policial bonito de Dexby, ou isso não é importante?

Aerin sentiu as bochechas esquentarem. Ela não sabia que Madison tinha visto a tela.

— Eu não sei por que ele me ligou — disse ela rapidamente. — Eu não *falei* pra ele ligar.

— Ele está investigando o caso? — Madison arregalou os olhos.

— Você não contou pra ele sobre o Brett, né?

Aerin desviou de um casal de mãos dadas, concentrada nas tábuas de madeira do chão. De jeito nenhum ela contaria a verdade a Madison.

— Claro que não. E ele não é mais da polícia.

— Então, o que ele quer? — Madison falou num tom questionador. Quando Aerin fez um ruído debochado, ela acrescentou: — Eu achei que vocês namoravam antigamente.

Aerin empertigou o queixo, irritada... e meio triste.

— Thomas decidiu estudar em Nova York alguns meses atrás. Aí eu terminei.

Madison ficou olhando para ela. O único som era uma música techno vinda de uma das lojas de camiseta.

— *Onde* ele está estudando? No seminário?

— Claro que não. Na New School. No Village.

— E isso quer dizer que vocês não poderiam ficar juntos?

— É complicado, tá? — disse Aerin rispidamente. Havia gotas de suor na nuca dela.

Madison apertou os olhos.

— Explica.

Aerin ficou com um nó na garganta.

— Relacionamentos de longa distância não funcionam, tá? Isso é fantasia. Meu pai foi morar na cidade e vivia falando: *Você vai passar todos os fins de semana aqui!* Mas a gente praticamente nunca se vê.

— Então o problema é o seu pai — disse Madison com sabedoria.

— Não! — Aerin praticamente rugiu. Ela bateu com as mãos nas laterais do corpo. — Olha, Thomas e eu somos muito diferentes. Foi por isso que terminei com ele. E eu não queria falar com ele hoje porque ele era policial, e eu fiquei com medo de que o Brett descobriria e ficaria com raiva.

— Aham. — Madison não pareceu muito convencida. E disse:

— Chegamos?

À frente delas havia um prédio comprido de estuque que ocupava um quarteirão inteiro e fedia a água sanitária. *Aquário da Rua Quatro*, dizia uma faixa surrada. *Entrada livre*. O saguão era escuro e úmido e, logo depois da entrada, havia dois túneis, um para a direita e outro para a esquerda. Os tanques de peixes cintilavam de um jeito meio sinistro. Uma arraia de olhos vidrados passou devagar. Um peixe-anjo tinha perdido um pedaço grande da barbatana.

Madison fez uma careta.

— Espero que os peixes tomem antidepressivos.

Aerin engoliu em seco. O ambiente decadente só estava piorando seu medo crescente. Ela ajustou o boné para garantir que o cabelo estava escondido.

Elas foram para a direita para evitar as crianças barulhentas. Alguns dos tanques estavam vazios, outros estavam sujos de alga, as criaturas só parcialmente visíveis pela sujeira. Quanto mais elas seguiam pelo túnel, mais frio e escuro o ar ficava, quase como se estivessem entrando num freezer gigante. Aerin procurou o rosto de Brett na escuridão, mas não o viu em lugar nenhum. Ficou agradecida por Madison estar ao seu lado e quase pegou a mão dela várias vezes. Não conseguia se imaginar fazendo aquilo sozinha.

— Isso não vai dar em nada — disse Madison depois de passarem por infinitos tanques. — E não estou vendo *ninguém* trabalhando aqui.

Aerin viu uma porta ao longe e, achando que era uma saída, foi na direção dela até perceber que estava entreaberta. Ela a empurrou e passou rápido, ansiosa pelo calor e pela luz. Para sua surpresa, se viu num corredor comprido e escuro, não no calçadão ensolarado que esperava. Ela se virou, desorientada.

Blam. De repente, Aerin ficou mergulhada na escuridão.

— Ei! — Aerin puxou a maçaneta. Não girou. — Oi! — gritou, batendo com o punho na porta. — Madison! Me tira daqui!

— Estou tentando! — gritou Madison do outro lado. — Está emperrada!

Aerin ouviu um som baixo na outra ponta do corredor escuro e enrijeceu. Seus batimentos estavam latejando nos ouvidos. *Calma.* Ninguém tinha trancado aquela porta ali de propósito. Certo?

— Vou pedir ajuda! — gritou Madison pela porta.

Aerin se virou.

— Não! — Não queria ficar sozinha. Ela puxou a maçaneta de novo. — Madison! *Madison!* — Não houve resposta.

A náusea dominou sua barriga. Ela tentou controlar a respiração, mas parecia que tinha esquecido como fazer isso. Um barulho baixo no corredor. Tinha alguém ali. Seus braços ficaram arrepiados.

— O-oi!

Passos soaram. Aerin cruzou os braços. O ar ao redor dela escureceu e ela sentiu uma mistura de suor fedido e mau hálito.

Brett.

De repente, ele estava ao lado dela. Ela o sentiu se agachando, o tecido da calça roçando em sua perna exposta. Aerin choramingou e cobriu o rosto.

— P-por favor — gaguejou ela.

Foi assim que Helena se sentiu antes do fim? O tempo ficou ao mesmo tempo mais lento e mais rápido? Ela sentiu terror sólido e desesperador nos ossos?

Dedos grudentos tiraram as mãos de Aerin do rosto e derrubaram o boné. Aerin sentiu o cabelo comprido cair sobre os ombros. Ela ouviu um ofego e a pessoa se afastou.

Uma luz se acendeu. Um homem da altura de Brett estava ao lado dela, mas o nariz dele era mais largo, os lábios mais finos, o cabelo mais ralo, quase careca. Ela não conseguia ver a cor dos olhos dele, mas a forma era toda errada: caída, inchada. O crachá dizia *Barnes* e ele usava um chapéu laranja com duas barbatanas e cauda de peixe. Ele piscou para ela, atordoado, e uma expressão de irritação surgiu nos olhos dele.

— Que porra você está fazendo aqui?

— Eu... — Aerin não sabia o que dizer.

Ela se encolheu quando Barnes foi na direção dela, mas tudo que ele fez foi inserir uma chave na porta trancada e a abrir. Ele ainda estava olhando para ela como se tivesse visto um fantasma.

— Sai daqui — sussurrou ele.

Aerin saiu correndo com lágrimas nos olhos. Quando chegou no calçadão ensolarado, ela teve vontade de beijar o chão grudento e abraçar cada turista que passava. Quando viu Madison puxando o braço de um funcionário do aquário, ela disparou e mergulhou nos braços dela. E começou a chorar, lágrimas quentes e assustadas escorrendo, o corpo todo tremendo. Ela se sentia tão infantil. Onde estava aquela sua coragem feroz e intensa? Ela queria conseguir lidar com aquilo, mas de repente se deu conta do medo que sentia de Brett. Se ele chegasse perto, ela não conseguiria lutar com ele.

Era capaz de desmoronar.

DOZE

MADDOX E SENECA estavam na Quigley's Surf Shop and Boutique, uma série de salas vendendo de tudo, desde saídas de praia a DVDs motivacionais sobre como se tornar um com as ondas. O lugar cheirava a uma mistura de parafina e patchouli, e uma banda que Maddox reconhecia de festas tocava nos alto-falantes. Eles estavam na parte de calçados, conversando com um funcionário chamado Kona, um sujeito compacto e barbudo com ombros de nadador e uma tatuagem de símbolos japoneses nas costas da mão. Ele estava na festa da outra noite.

— Chelsea parecia feliz, empolgada — disse Kona com voz arrastada. — Só falava que o Instagram dela estava crescendo, que ela estava conhecendo gente interessante ultimamente e que tinha coisas legais no horizonte.

— Ela falou quem eram as pessoas que conheceu? — perguntou Maddox. — Tinha alguma delas na festa?

Kona arrumou um display de óculos escuros de plástico.

— Pareceu que ela estava falando de figurões, na verdade. Gente de Hollywood que podia transformá-la numa influencer de primeira linha.

— Com quem ela estava na festa? — perguntou Seneca.

— Com caras, garotas… todo mundo. Eu a vi várias vezes com o ex, Jeff. E isso foi meio estranho, porque disseram que o término deles foi complicado.

Maddox apertou os olhos.

— Como assim?

Uma segunda funcionária, Gwen, uma baixinha de cabelo escuro e cílios que ou eram bizarramente longos ou falsos, se aproximou.

— Bom, eles eram o casal ideal, sabe? Mas aí alguma coisa... aconteceu.

— Jeff não aguentou a fama dela — supôs Maddox.

— Chelsea traiu Jeff — disse Seneca ao mesmo tempo.

Ela olhou para Maddox. Maddox olhou para ela.

Kona e Gwen olharam para Maddox e Seneca.

— Espera, a *Chelsea* estava traindo? — disse Gwen. — Porque eu achei...

— A gente não sabe se é verdade — disse Maddox rapidamente. —Jeff pode estar mentindo.

Seneca inclinou a cabeça.

— Por que ele mentiria?

— Porque ele é suspeito, Seneca. Sei lá.

O sorriso de Gwen oscilou. Um problema invisível na registradora chamou a atenção dela.

— Hã, eu preciso resolver isso.

Ela se afastou às pressas. Kona abriu um sorriso preguiçoso e foi atender uns clientes que tinham acabado de entrar.

Seneca apoiou as mãos nos quadris e olhou para Maddox achando graça.

— O que você está fazendo, Sherlock?

— Só fazendo umas perguntas — disse Maddox, evitando seu olhar.

— Isso é por causa do *exacerbou*, não é?

— Não! — exclamou Maddox, mas suas bochechas ficaram vermelhas. Ela estava debochando dele? Ele projetou o queixo, determinado a mudar de assunto. — *Não é* — insistiu ele. — Eu só quero ter certeza de que temos todas as informações.

— Bom, a gente tá perdendo tempo perguntando sobre o Jeff — argumentou Seneca. — Temos que descobrir quem mais estava na festa. Quem o *Brett* é.

Kona voltou.

— Eu tenho que voltar ao trabalho. Vocês precisam de mais alguma coisa?

— Na verdade, sim — disse Seneca rapidamente. — Muita gente que estava na festa trabalha na cidade?

Ele assentiu.

— Total. Nas lojas, dirigindo Uber, como salva-vidas... tem de tudo. Quase todo mundo aqui tem empregos de verão.

— Você consegue pensar em alguém que passou a maior parte da noite perto da fogueira?

Kona olhou para o teto, decorado com pranchas velhas amareladas de parafina.

— Normalmente os maconheiros que ficam lá. Um garoto chamado Rex. E um outro cara, chamado JT.

— Você conhece alguém chamado Alistair? — perguntou Seneca, se referindo ao cara que Jeff mencionara. — Você se lembra de ter visto esse cara depois que Chelsea foi embora?

— Eu peguei carona com ele, na verdade.

— Por acaso você não tem o número da pessoa que deu a festa, tem?

— Do Gabriel? Claro.

Kona mexeu no celular e enviou o contato para Seneca. Os dedos de Seneca voaram pela tela, escrevendo uma mensagem e, em momentos, ela recebeu uma resposta. Ela leu a mensagem e sorriu.

— Parece que fomos convidados pra almoçar na casa do Gabriel, então está perfeito. A gente pode falar com ele *e* dar uma olhada no lugar em que Chelsea foi vista pela última vez. Mandei uma mensagem para Aerin e Madison perguntando se elas querem ir com a gente. — Ela olhou para Maddox com uma cara séria. — Eu também convidei Jeff. Então seja *legal*.

★ ★ ★

VINTE MINUTOS DEPOIS, Maddox e Seneca pararam em frente a uma estrutura grande com uma placa que dizia *Ocean Sands Beach Club and Condos*. Com o exterior branco-mármore, varandas enormes em cada apartamento, um serviço esnobe de manobrista, um saguão amplo e cabanas particulares na beira da praia, o lugar parecia muito chique. O estacionamento estava isolado por fita amarela da polícia, com um único policial de guarda.

Maddox andou na frente de Seneca pela calçada e subiu um lance de escadas até o segundo andar, onde ficava o apartamento de Gabriel. Alguém estava sussurrando no patamar, então Maddox parou no meio do caminho. Viu o coque samurai do Jeff balançando enquanto ele andava de um lado para o outro.

— Escuta, não *vale a pena* — disse ele baixinho no celular. — Me deixa em paz, tá? Eu consigo lidar com isso. Eu consigo lidar com *eles*.

Maddox sentiu um arrepio sinistro na pele. Quando limpou a garganta, Jeff olhou para a escada, arregalou os olhos e enfiou o telefone no bolso sem se despedir.

— Oi — disse ele, o olhar em Seneca, que tinha acabado de aparecer atrás de Maddox.

Jeff estava com o cabelo molhado, a barba por fazer e um moletom branco esfarrapado com mangas cortadas, uma bermuda listrada até os joelhos, tênis Etnies surrados e imundos e um par de óculos aviador Maui Jim na cabeça. Ele parecia um pirata sem-teto. Um pirata sem-teto *sinistro*.

— Com quem você estava falando no telefone? — perguntou Maddox em voz alta.

As feições de Jeff se contraíram. Seneca entrou entre os dois.

— Obrigada por ter vindo — disse ela com voz firme. — Nós agradecemos.

Jeff murmurou um agradecimento, o olhar ainda em Maddox, que o encarou com frieza. Ele era a favor de incluir o cara na investigação se Jeff pudesse aproximá-los de Brett. Mas como poderiam ter certeza de que Jeff estava do lado deles?

— A festa foi aqui, então? — Seneca indicou a piscina lá embaixo.

— Foi — disse Jeff. — A festa foi toda ao ar livre. — Ele subiu mais um lance de escadas até um conjunto de três portas. Bateu na da extrema esquerda e disse: — O Gabriel mora aqui. Ele vai dar mais detalhes.

Depois de três batidas, um cara louro platinado com óculos aviador e barba por fazer abriu a porta.

— E aí — disse ele, sorrindo.

— E aí, Gabriel. — Jeff deu um soquinho na mão dele. — Foi desse pessoal que eu comentei com você. Seneca e Maddox.

Gabriel assentiu.

— Gabriel Wilton — disse, esticando a mão. — Prazer. — A pele dele brilhava com um bronzeado dourado. Uma tatuagem no braço mostrava um homem fazendo uma manobra de skate. — Vamos entrando. Nós estamos na varanda.

Eles atravessaram o apartamento, tão iluminado pelo sol que era quase cegante, decorado com sofás off-white confortáveis, mantas Navajo e um enorme pufe de couro. Havia três pranchas empilhadas no canto, uma televisão de tela plana gigantesca passando uma reprise dos X Games e fotos em preto e branco de ondas do mar nas paredes. Maddox assentiu com aprovação. Ele não se importaria de ter um apartamento de praia assim.

Gabriel puxou uma porta de vidro de correr e saiu para uma varanda pequena com uma mesinha cheia de sanduíches, batatas e bebidas. Em uma das cadeiras havia um homem alto de pele negra e cabelo raspado curto. Ele usava um par de Ray-Ban Wayfarers espelhados, e Maddox viu seu reflexo nas lentes.

— Este é Alistair Reed — disse Gabriel.

Alistair também disse "oi", a palavra com um sotaque jamaicano, e bateu nas costas do Jeff. Maddox se sentou numa cadeira, admirando a vista livre do mar. As ondas batiam regularmente na areia ao longe.

Algumas nuvens vagavam devagar pelo céu. Três drones pairavam acima do mar, seus operadores observando com os olhos apertados.

— Obrigada pela ajuda — disse Seneca para os rapazes, sentando-se ao lado de Maddox.

— Não é nada. — Gabriel se acomodou numa cadeira com um prato na frente. Ele deu uma mordida em um sanduíche. — A gente quer entender o que houve. A gente também gostava da Chelsea. Não acredito que isso aconteceu. Mas *definitivamente* não acho que o Jeff seja responsável e vou fazer tudo que puder para provar isso.

Jeff pareceu grato.

— Valeu, cara. — Seu olhar se desviou para Maddox de novo, parecendo tenso.

— A festa foi na piscina e na praia, certo? — perguntou Seneca, pegando um sanduíche.

Gabriel assentiu e apontou para a piscina; dava para ver um pedacinho dela da varanda.

— Isso mesmo. A piscina estava lotada. Tinha bebida, comida, música, tudo. E tinha gente na fogueira também.

— Tinha alguém naquele terraço? — disse Maddox, apontando para um amplo terraço elevado ao lado da piscina. Havia algumas pessoas apoiadas na amurada, olhando o mar. Embaixo do terraço havia uma parte meio largada da propriedade, cheia de pedaços de tábuas, caixas de papelão e várias caçambas de lixo.

Gabriel balançou a cabeça.

— O condomínio pediu pra que as festas fossem só na piscina, assim as pessoas dos apartamentos que não quiserem ir podem usar o terraço. A maioria das minhas festas é assim: ou na piscina, ou no terraço, mas não nos dois. Mas, como vocês já sabem, a festa acabou se espalhando até a praia. A fogueira foi depois das dunas.

Maddox seguiu o dedo dele até um grupo de troncos queimados depois das cabanas. Ele tremeu de repente. Brett tinha ficado lá, ouvindo?

Ele se virou para Gabriel.

— Você falou com a Chelsea naquela noite?

Gabriel assentiu.

— Só dei um oi. Mas não fiquei de olho nela.

— Ela pareceu... bem?

Gabriel deu de ombros.

— Acho que sim. O mesmo de sempre.

— Eu fiquei um tempinho com ela — disse Alistair. — Até estava na fogueira pouco antes de ela brigar com o Jeff. Mas não fiquei prestando muita atenção.

— Ele estava chapado — explicou Gabriel, olhando para Alistair com ironia.

— Você não lembra quem mais estava na fogueira? — perguntou Seneca a Alistair enquanto se servia de limonada. — Alguém que poderia ter postado alguma coisa sobre o Jeff num site de investigação de crimes?

Alistair deu de ombros.

— Tinha muita gente lá a noite toda. Mas será que não é possível que uma pessoa tenha contado a outra sobre a briga e aí essa pessoa tenha postado no site?

Maddox e Seneca trocaram um olhar.

— Pode ser — disse Maddox com hesitação.

— Todo mundo da festa foi entrevistado pela polícia na manhã seguinte, quando relataram o desaparecimento da Chelsea? — perguntou Seneca.

— A maioria, sim — disse Gabriel. — Eles falaram comigo, com o Alistair, com nosso amigo Cole, com uns salva-vidas, com um grupo de garotas que tem casa na Noventa e Cinco e com alguns amigos da Chelsea.

— Alguém não estava lá no horário em que Chelsea sumiu?

— Bom, de acordo com a polícia, Jeff era o único. — Gabriel pareceu incomodado. Jeff se mexeu na cadeira. — Mas a festa foi bem espalhada. Tinha gente pra todo lado. Do meu ponto de vista, *muita* gente estava indo e vindo... É difícil saber.

— Será que a gente pode dar uma olhada na lista de convidados? — perguntou Maddox. — Estamos achando que o sequestrador da Chelsea passou algum tempo na festa.

— Vou te mandar por mensagem agora. — Gabriel pegou o iPhone e, em segundos, Maddox sentiu o bolso tremer.

O olhar de Gabriel ainda estava no celular; de repente, ele franziu a testa.

— É a minha chefe. Tenho que dar no pé.

— Agora? — Seneca pareceu decepcionada.

— É. — Gabriel tomou toda a água. — Tem uma emergência no escritório.

— Onde você trabalha? — perguntou Maddox, pensando: *professor de surfe, claro*.

— Estou treinando para ser corretor de imóveis. — Gabriel botou um gorro na cabeça. — Em geral, resolvo as queixas dos inquilinos sobre privadas que não funcionam direito. — Todo mundo se levantou para ir embora, mas Gabriel fez sinal para ficarem. — Podem ficar. Terminem de comer. Deem uma olhada ao redor, qualquer coisa que possa ajudar a encontrar a Chelsea.

Seneca pareceu em dúvida.

— Tem outras pessoas que estão vindo encontrar com a gente aqui. — Ela olhou para Maddox. — Elas responderam?

Maddox assentiu.

— Madison mandou mensagem. Elas estão bem, mas ela não deu detalhes.

— Podem falar pra elas subirem — ofereceu Gabriel. — Tem comida pra todo mundo. É só jogar tudo no lixo quando vocês terminarem. Ah, e as portas trancam automaticamente, então cuidado para não esquecer nada quando saírem. E, ei, vocês vêm na minha festa de Dia da Bastilha amanhã, né?

Jeff balançou a cabeça.

— Acho que não, cara. Não sei se estou no clima de festa agora.

— Entendido — disse Gabriel.

Alistair também se levantou.

— Mais uma coisa — disse Seneca, indo atrás dos rapazes no apartamento. — Vocês conseguem pensar em alguém com quem Chelsea pudesse estar saindo neste verão? Ou no verão passado?

Gabriel pareceu surpreso.

— Você quer dizer além do Jeff?

— É — disse Seneca.

Maddox olhou para Jeff. Ele estava com a cabeça baixa, parecendo infeliz.

— Não — disse Gabriel lentamente. A pergunta pareceu pegá-lo de surpresa. Alistair também pareceu surpreso. — Mas quer que a gente pergunte por aí? Pra ver se os amigos dela sabem de alguma coisa?

— Claro, a gente também vai fazer isso — respondeu Seneca. — Muito obrigada, pessoal.

Alistair disse que tinha que ir embora também, enfiou o resto do sanduíche na boca e pegou a bolsa. Os rapazes saíram andando, os gingados poderosos e atléticos. Quando eles saíram, Seneca olhou para Jeff.

— Tem certeza de que não tem problema a gente ficar mais um pouco? — sussurrou ela. A casa do Gabriel *era* um QG bem mais legal do que os quartos sinistros na pousada e tinha privacidade também. A última coisa que ela queria era discutir o caso em público, que Brett pudesse ouvir.

— Claro. — Jeff assentiu. — Ele é do tipo *mi casa, su casa*.

— E ele vai mesmo dar outra festa tão perto do desaparecimento da Chelsea?

— É porque a cidade é francesa — explicou Jeff. — Essa festa é uma tradição daqui. Eu não vou aparecer, mas vocês deveriam vir. Assim vão poder ter uma boa noção de quem estava na outra festa.

— Hum — disse Seneca, refletindo.

Eles se sentaram. Jeff olhou para a água, contemplativo de repente.

— Vocês surfam? Pegar uma onda leva a onda de dopamina a outro nível. Vocês nunca vão sentir esse tipo de emoção.

Seneca riu.

— Não espere convencer o Maddox. Ele tem medo de tubarão. Maddox olhou para ela de cara feia. Seneca levantou as mãos, brincalhona.

— O quê? Não finja que a Semana dos Tubarões do ano passado não aconteceu. — Ela olhou para Jeff. — Em todos os e-mails que ele me mandava, ele dizia que tinha tido outro sonho em que foi atacado por um megalodonte.

Maddox deu uma risada.

— Pelo que eu lembro, os *seus* pesadelos eram sobre ser atacada pelo grupo de líderes de torcida da sua escola.

— Fazendo saltos complicados e derrubando minhas pilhas de livros que arrumei com todo o cuidado. — Seneca estremeceu dramaticamente. — Isso é *bem* mais assustador do que um megatubarão.

Jeff deu uma risadinha fraca, mas ficou claro que ele não entendeu a piada. Ele se virou para Seneca.

— Bom, *você* seria ótima no surfe. Você tem os ombros certos.

Seneca pareceu surpresa.

— Você acha?

— Claro. Você é forte, garota. E tem que ser forte pra surfar.

— Não tanto quanto pra correr 10K em menos de trinta minutos — resmungou Maddox baixinho.

Seneca olhou para ele por um momento e depois para a pele exposta dos próprios ombros sardentos.

— Eu sempre achei que surfar seria divertido.

— É demais — disse Jeff. — Posso te ensinar se você quiser.

— Será que dá pra gente pode se concentrar aqui? — disse Maddox, interrompendo-os e odiando Jeff ter algo interessante que ele não tinha para oferecer. — A gente não tem uma lista de convidados pra investigar?

Seneca piscou e entreabriu os lábios rosados.

— É. Você tem razão. — Ela se levantou e empurrou a cadeira para trás. — Na verdade, eu queria ver o lugar onde Chelsea foi vista pela última vez.

— Claro. — Jeff também se levantou.

Maddox se levantou, mas Seneca balançou a cabeça.

— Fica aqui, Maddox. Começa a olhar a lista de convidados.

Maddox ficou de boca aberta.

— Quê?

— Aerin e Madison estão chegando. Gabriel disse que a porta tranca automaticamente quando a gente sai, então alguém tem que ficar pra abrir de novo. Eu tiro fotos se tiver algo estranho, está bem?

Maddox tentou protestar, mas ela já estava do outro lado do apartamento. Jeff foi atrás, o coque samurai balançando. Na porta, ele se virou e olhou para Maddox, encarando-o. Havia uma expressão de triunfo nos olhos de Jeff.

Maddox trincou os dentes. Ele não queria sentir que aquilo era uma rejeição. Não queria sentir emoção *nenhuma* por Seneca.

Distração, distração, distração, ele cantarolou para si mesmo. E abriu o celular e começou a ler a lista de convidados, determinado a tirá-la da cabeça.

TREZE

QUANDO ELES FECHARAM a porta, Seneca percebeu que o cheiro agradável do apartamento do Gabriel — uma mistura de sândalo e produtos de limpeza, bem o tipo de coisa que um hotel chique usaria — não chegava até o corredor, que fedia a cerveja quente. Ela torceu o nariz, abriu a lista de convidados que Gabriel tinha enviado e começou a ler. Jeff pigarreou enquanto eles desciam a escada até o térreo.

— Hum... Você e o Maddox estão juntos? — perguntou ele.

Ela olhou por cima do ombro.

— Não. Por que você perguntaria isso?

Jeff deu de ombros.

— Suas auras combinam, se é que você me entende.

Seneca sentiu uma pontada de culpa. Maddox pareceu tão arrasado quando ela disse que agora não era uma boa hora para eles tentarem ficar juntos. Será que tinha sido dura demais? Mas Maddox estava agindo normalmente agora. Parecia ter superado. Por que, então, ela sentia que tinha feito algo de errado?

Na parede da escada que ia até a piscina havia um folheto da festa do Dia da Bastilha, decorado com um sinal da paz nas cores do arco-íris no alto. Seneca reparou a hora do começo da festa; não sabia se eles deveriam dar uma passada ou se seria perda de tempo.

Eles chegaram ao pé da escada. À direita, estava a piscina, onde a festa tinha acontecido. À esquerda, ficava o terreno baldio que ela viu do terraço, cheio de caçambas e de lixo.

— Vamos cortar por aqui — disse Jeff, levando-a pela área da piscina, dizendo que era um atalho para a praia.

Ele a guiou por algumas mesinhas espalhadas em volta da piscina e seu braço roçou no de Seneca. Ela se afastou e abriu um sorriso constrangido. Seu telefone apitou. Era Aerin. *Estamos indo*, dizia a mensagem. *Ah, e Barnes não é Brett, mas mesmo assim tem algo de sinistro nele.*

Um tremor percorreu seu corpo. Ela abriu a lista de convidados que Gabriel tinha enviado e reparou que o nome de Barnes estava nela. Ela limpou a garganta.

— Você conhece um Barnes Lombardi? — perguntou ela a Jeff.

Agora foi a vez do Jeff parar abruptamente, ao lado do trampolim. Seu rosto se fechou.

— Não gosto desse cara. Ele é doido pela Chelsea.

— E estava na festa, né?

Jeff arregalou os olhos.

— Espera aí. Eu lembro de ter visto Barnes perto da fogueira. Por quê? Você acha...

Seneca ficou tensa. Aerin tinha *certeza* de que ele não era Brett? Ela deveria continuar investigando Barnes? Talvez estivesse envolvido no sequestro de outra forma.

Eles atravessaram a área da piscina e saíram por outro portão. Na praia havia um bar tropical vazio e algumas quadras de vôlei. A maior parte da área estava cercada de fita policial, embora alguns moradores do condomínio estivessem dentro de cabanas listradas azuis e brancas mais perto do mar.

— A fogueira era ali — explicou Jeff, apontando para um círculo de troncos. — Chelsea e eu estávamos ali quando brigamos.

Seneca apertou os olhos para uma área da areia.

— E pra onde ela foi depois?

Jeff se virou e indicou um caminho pelas dunas, coberto por vegetação alta.

— Esse caminho aqui leva para o estacionamento, mas tem que passar por várias dunas. É um caminho meio sinistro, pra falar a verdade. Se eu não estivesse tão irritado, teria dito pra ela não ir por aí.

— Vamos dar uma olhada — disse Seneca, indo na direção do caminho.

Jeff ficou olhando para ela.

— Mas está bloqueado.

Seneca deu de ombros. Não estava vendo nenhum policial no momento. Ela começou a subir a duna, mas suas sandálias escorregaram na areia e ela quase caiu. Jeff segurou sua mão para firmá-la.

— Obrigada — disse Seneca e se afastou quando recuperou o equilíbrio. Suas bochechas estavam quentes. O toque do Jeff deu uma sensação protetora e... proposital. Ela deu uma olhada nele, sem entender suas intenções, mas Jeff estava olhando para o outro lado.

Ela chegou ao topo da duna, passou embaixo da fita da polícia e começou a descer. Havia juncos altos dos dois lados. O caminho por trás das casas era sinuoso e tão irregular em alguns pontos que ficava abaixo do nível da rua, escondendo quem passasse das pessoas na praia. Gravetos, carrapichos e outras plantas cobriam o chão; às vezes, a vegetação era tão densa de ambos os lados que a vegetação alta engolia quase completamente a trilha.

O caminho acabou em um estacionamento amplo com alguns carros e carrinhos de golfe. Seneca passou por baixo da fita da polícia novamente e tirou areia dos sapatos.

— Foi aqui que encontraram o sangue. — Jeff apontou para um ponto perto do bicicletário. Se Seneca apertasse bem os olhos, dava para ver os contornos de uma mancha escura. — Talvez ela tenha resistido. Mas não tem sangue em mais nenhum outro lugar.

Seneca observou o estacionamento, reparando que não havia câmeras de segurança, e sem gravações ela teria que tentar reconstruir o acontecimento a partir de evidências e conjecturas. O sangue estava no estacionamento, o que queria dizer que Brett abordou Chelsea ali e não na calçada da rua. Então ele chegou ao estacionamento ao mesmo tempo que Chelsea. Teria ele esperado por ela o tempo todo? Mas Brett deu a entender no CNE que tinha ouvido a discussão. Será que tinha seguido Chelsea logo depois e a agarrado na vegetação?

Ela olhou para Jeff.

— É possível que alguém tenha ouvido vocês discutindo na fogueira e saído correndo atrás dela?

Jeff estreitou os olhos.

— Olha, é. Eu fui tomar uma cerveja depois da briga, mas acho que teria percebido se alguém passasse.

Seneca trincou os dentes.

— Tem alguma outra forma de chegar ao estacionamento que seja tão rápida quanto por aqui?

— Só por dentro do clube, mas demora bem mais.

Seneca tentou se lembrar de interrogar as pessoas da festa para saber se alguém tinha visto alguém correndo como louco pelo clube, mas duvidava que essa fosse a resposta. Brett não tinha ido por lá. Era visível demais.

Ela reparou em um cano grande ao lado dos degraus que levavam à praia.

— O que é aquilo?

Ela se aproximou e olhou para dentro do cano. Era oco, com uma poça de água nojenta no fundo. Apontava direto para a praia.

— Escoamento — disse Jeff. — Tem alguma coisa a ver com erosão. Não sei direito.

Seneca bateu com os dedos nos lábios.

— Você sabe onde isso vai dar?

— Acho que perto da fogueira.

O coração dela acelerou.

— Talvez tenha sido *assim* que ele chegou ao estacionamento tão rápido.

Jeff fez uma careta.

— As pessoas não rastejam por aí. Acho que nem cabe uma pessoa aí dentro.

Seneca se abaixou e avaliou o interior do cano. Ela caberia, mas por pouco. Se Brett tinha ido por ali, isso significava que ele tinha emagrecido desde a última vez que ela o viu. Ela fechou os olhos e ajustou a imagem mental da pessoa que eles estavam procurando. Parecia outra peça do quebra-cabeça.

Ela olhou na escuridão ao redor. O cano tinha cheiro de sal e plástico. As laterais eram lisas e escorregadias. Se Brett tinha engatinhado por ali, era improvável que tivesse deixado evidências; mesmo se fosse o caso, a água do mar já devia ter levado tudo embora. Mas talvez ela devesse verificar para ter certeza...

Jeff puxou a manga dela.

— *Não faz isso*. Esses canos às vezes ficam cheios de água. Você pode se machucar.

O coração de Seneca disparou quando ela se levantou. Se Brett estava na fogueira, podia ter sido assim que ele chegara na rua sem ninguém ver.

Ela olhou o resto do estacionamento.

— Onde você desmaiou?

Jeff apontou para um lugar perto do caminho, na areia.

— Bem ali.

— Não acredito que ninguém te viu. — Era um lugar afastado, mas não *tanto* assim.

— Eu sei. Muita gente espera a carona naquele estacionamento. A entrada do clube é só para o serviço de manobrista, eles ficam bem irritados com carros que ficam esperando passageiros lá.

Seneca olhou para o mar. Uma única cabeça estava visível na água e, quando uma onda veio, o homem seguiu nela até a areia.

— Sabe, se você *tiver sido* drogado, a pessoa que fez isso também pode ter te visto cair. E poderia ter posicionado seu corpo para ficar escondido de um jeito que ninguém percebesse.

Jeff arregalou os olhos.

— Você acha?

Parecia coisa de Brett mesmo. Seneca tentou imaginar como ele tinha conseguido fazer aquilo. Ela acreditava que ele tivesse planejado batizar a bebida de Jeff; devia ter comprimidos esmagados ou algo assim no bolso caso precisasse. Quanto a posicionar o corpo de Jeff fora do campo de visão, será que aquilo tinha sido premeditado ou uma reação de momento? Seria tão bom se eles pudessem ter uma ideia melhor de como aquela noite tinha sido. Um vídeo ou alguma outra coisa. Até mesmo uma foto. Pena que Chelsea não postou *isso* no Instagram.

Uma ideia lhe ocorreu.

— Espera — disse ela. — E se a gente fizesse um PhotoCircle?

Jeff olhou para ela.

— Hã?

— De jeito nenhum a Chelsea era a única tirando fotos naquela noite. Nós temos os e-mails e o telefone de todo mundo na lista de convidados. Podemos entrar em contato e pedir pra acessarem o nosso PhotoCircle e postarem as fotos daquela noite. A gente pode dizer que é uma iniciativa nossa pra ajudar a encontrar Chelsea. Um grupo de buscas digital. — Seneca procurou o colar da mãe no pescoço, coisa que sempre fazia quando estava pensando numa ideia. Não estava lá; ela não tinha nenhuma ferramenta para desentortar o pingente e não sabia se queria usar uma coisa que Brett tinha tocado. — Pode ser que a gente consiga preencher algumas lacunas. Pode até haver provas de você desmaiado na grama no fundo de uma foto que ninguém reparou.

Jeff arregalou os olhos.

— Uau. — Sua boca tremeu. — Obrigado.

Seneca o encarou nos olhos, depois virou o rosto. Ele estava olhando para ela tão intensamente.

— Não é nada — murmurou ela.

— Não, sério. Você não sabe como isso é importante pra mim. Pra todo mundo, eu sou o inimigo número um. Mas você acredita em mim e isso é...

— Não tem motivo pra *não* acreditar em você — garantiu Seneca, abrindo um sorriso simpático, mas cauteloso. Ela não tinha cem por cento de certeza, mas parecia que havia um alarme tocando na cabeça dela. Jeff estava *a fim* dela?

Sem querer ficar pensando nisso, ela mandou uma mensagem de texto para Maddox sobre a ideia do PhotoCircle e pediu para ele começar a enviar e-mails convidando as pessoas.

— E aí? — disse ela quando terminou. — Quer voltar para o apartamento? Eu não me incomodaria de tomar mais um copo de limonada antes de ir embora.

— Quer saber? — A voz do Jeff falhou. Ele pareceu meio pálido de repente. — Você se importa se a gente ficar aqui fora um minuto?

Seneca olhou para ele com preocupação.

— Você está bem?

— Eu só preciso respirar fundo um pouco. — Jeff se largou na mureta de pedra do condomínio. Ele estava mesmo abatido, como se reviver aquilo tudo tivesse sido fisicamente cansativo.

— Claro — disse Seneca baixinho. Afinal, ela não podia deixar Jeff sozinho ali. E entendia o que era se sentir sufocado. Ela mesma não tinha sentido isso um milhão de vezes depois que sua mãe sumiu?

Jeff deu um sorriso trêmulo.

— Eu só queria falar de alguma outra coisa além da Chelsea por um segundo. Tipo, me conta de você. De onde você é? Eu nem sei. Connecticut?

— Meus amigos são de lá, mas eu não — disse Seneca com cautela. — Eu sou de Maryland.

Jeff sorriu.

— Eu tenho um amigo que estuda na Universidade de Maryland.

— Eu também estudei lá.

Ele ergueu uma sobrancelha.

— Você já se formou?

Seneca se encostou no muro. As pedras machucaram as costas dela.

— Meu Deus, não. Eu acabei matando todas as aulas no primeiro ano e fui expulsa. — Ela fez uma careta. A sensação de dizer em voz alta ainda era péssima. — Foi um desastre.

— É mesmo? — Jeff pareceu atônito. — O que você vai fazer?

Seneca suspirou. Era um assunto no qual ela evitava pensar.

— Hum, eu me matriculei de novo, mas não estou muito a fim de ir. Não sei o que quero fazer da vida.

Jeff tocou no braço dela.

— Isso parece difícil.

No começo, ela sentiu uma pontada de irritação; odiava que sentissem pena dela. Mas aí seus ombros relaxaram. *Era* difícil. Era melhor aceitar logo isso.

— E como é seu advogado? — perguntou ela, decidida a mudar de assunto.

Jeff torceu o nariz.

— Nada simpático.

— Ele não reclamou de você nos ajudar com isso?

Jeff olhou para as gaivotas voando.

— Ele preferia que eu não ajudasse, mas disse que, desde que eu não faça nenhuma maluquice nem nada perigoso, ou, tipo, alterar provas, eu não estou violando nenhuma lei. — Ele ficou mexendo com o Fitbit no pulso, então abriu a pulseira e deixou o aparelho cair no colo. Em seguida, olhou para Seneca, amuado. — Você acredita que eu não fiz mal à Chelsea, né?

— Claro! — exclamou Seneca, surpresa com a pergunta.

Jeff firmou o maxilar.

— Não sei se o Maddox acredita em mim.

— O Maddox... Bom, ele... — Seneca tirou areia das coxas. — Ele vai mudar de ideia.

O vento soprou. Uma pipa voou na praia e eles ficaram olhando por um momento. Seneca sentiu Jeff olhando para ela, talvez esperando uma dica sobre Maddox. O mesmo alarme tocou na cabeça dela. Ela decidiu mudar de assunto de novo.

— E a sua família? — perguntou ela. — São só você e o Marcus?
— Eu também tenho uma irmã, mas ela é comissária de bordo. Quase não a vejo. Mas meus pais são legais. E meu irmão e eu somos muito próximos. A gente caía na porrada quando era criança, mas agora a gente se cuida.
— Eu queria ter irmãos — admitiu Seneca. — Era bem solitário às vezes.
— Os irmãos tiram a gente da nossa cabeça surtada. Quando a Chelsea e eu nos afastamos, eu fiquei mal. Marcus me ajudou muito. Ele me obrigou a contar o que estava acontecendo. Acho que isso me impediu de me tornar um eremita.

Seneca suspirou.
— Eu preciso de um Marcus neste verão.
— Por quê? — Jeff inclinou a cabeça.

Seneca pensou no mapa que tinha no armário. Em como ficou obcecada por perseguir Brett no Caso Não Encerrado. Em como encheu cadernos e mais cadernos com teorias sobre quem ele era e o que tinha feito. As únicas pessoas com quem conversara no verão foram Brian do departamento de trânsito (e isso porque não tinha opção) e Madison, Aerin e Maddox, embora não tivessem sido conversas muito profundas.

E o que ela tinha conseguido? Não tinha encontrado Brett. Ele *os* encontrou. Talvez ela se escondesse do mundo porque era mais fácil. Mas também era solitário. De repente, ela pensou nos e-mails de Maddox, dizendo o quanto estava pensando nela. Ela o *tinha* afastado? Foi um erro?

Seneca respirou fundo.
— É que fica difícil às vezes. A coisa toda da minha mãe.

O rosto de Jeff se transformou.
— Sinto muito. Eu nem consigo imaginar.

Depois de um segundo, ele chegou mais perto e deu um abraço nela. Seneca fechou os olhos e sentiu o cheiro do protetor solar de coco. E também o bíceps forte dele encostado no seu ombro.

Eles se afastaram, e Jeff olhou para ela com carinho. Uma brisa suave movimentou as pontas do cabelo dela. Jeff chegou o rosto mais perto e Seneca entendeu o que ele queria. Ela baixou a cabeça, sentindo-se constrangida.

— Hum — soltou.

Uma coisa chamou a atenção dela no alto. Uma figura alta e atlética olhando para eles de uma das varandas dos apartamentos. Quase com certeza era Maddox. Será que tinha visto os dois? Seneca ficou com o estômago embrulhado e apertou os lábios e se afastou.

— Eu não... — Ela colocou uma mecha de cabelo atrás da orelha.

— A gente devia dar uma olhada em todo mundo.

Jeff se levantou.

— Hã, sim, claro.

Ele saiu apressado, como se estivesse fugindo de um incêndio. Seneca quase pisou em seu Fitbit; ele tinha deixado cair, na pressa de se afastar. Ela suspirou e colocou o aparelho na bolsa. De repente, se sentia exausta. Tão... *pesada*, como se tudo no mundo fosse difícil resolver. Quando seguiu pelo caminho sinistro até o condomínio, ela foi se concentrando só nos passos pela areia macia. Momentos depois, o vento carregou as evidências, como se ela nunca sequer tivesse passado por lá.

QUATORZE

MADDOX TINHA PERCORRIDO um terço da lista de convidados — mandando e-mails com pistas, convidando pessoas para o PhotoCircle, verificando referências e rostos no Instagram — quando ouviu alguém batendo na porta do apartamento. Sua irmã e Aerin estavam do outro lado. Ele abriu a porta sem falar nada, mas a frustração estava evidente no seu rosto.

— Qual é o *seu* problema? — ralhou Madison, as sobrancelhas erguidas com desconfiança.

— Nada — respondeu Maddox de forma igualmente ríspida. — Só não dá para acreditar em como é difícil encontrar um cara que a gente já *conhece*.

Parecia aquele sonho que ele tinha às vezes, em que estava em primeiro lugar em uma corrida de cross-country, com a linha de chegada visível, e de repente suas pernas viravam peças de Lego. Ele não tinha mais joelhos. Seus membros ficavam frágeis; um a um, iam caindo. Os corredores passavam e ele não podia fazer nada, só ficar deitado no chão, com tronco e cabeça de Lego.

Depois de se impressionarem com o apartamento de Gabriel ("Posso me casar com esse cara? Ele tem um liquidificador Vitamix!"), Madison e Aerin foram até a varanda. Madison viu Seneca e Jeff junto do muro do estacionamento na mesma hora, se virou e olhou para Maddox com olhos arregalados.

— Maddox fechou os punhos.

— Ela só está tentando resolver o caso. O Jeff tem muitas informações.

Madison tomou um gole de bebida, que tinha mais cheiro de aromatizador de baunilha do que de café.

— Tudo bem — disse ela, o observando com atenção.

Furioso, Maddox pegou o celular e começou a digitar.

— Uma ajudinha aqui? A lista de convidados é bem longa.

A última coisa que ele queria era que Madison sentisse *pena* dele. Ele tinha conseguido não pensar em Seneca por quarenta e cinco minutos. Não queria quebrar o ritmo agora.

Maddox, Madison e Aerin se sentaram à mesa da varanda do Gabriel e ficaram navegando pelo Instagram, pela lista de convidados e pelo PhotoCircle que Seneca tinha criado. Uma a uma, as pessoas foram entrando no grupo, postando suas fotos. Maddox ficou olhando para o celular, o olhar avaliando as fotos com rostos de estranhos. Havia gente dançando, rindo, posando, tentando parecer sexy. Gente brincando na parte rasa da piscina de roupa. Um cara com cavanhaque chamado Rob Dalton tinha postado uma foto de Jeff andando num slackline amarrado em duas árvores. Ao lado dele estava Chelsea, de cabeça baixa, olhando o celular. Maddox tentou dar zoom na tela dela — o que ela estava olhando que era tão interessante? —, mas ficou borrado demais. Ele procurou uma imagem de Barnes Lombardi, o cara que Madison disse que era sinistro, mas Maddox não o viu em nenhuma das fotos.

Uma garota chamada Hailey Garafalo fez upload de fotos de umas garotas louras bonitas cantando num karaokê, de uma montagem com os pés das pessoas e de Gabriel fazendo um discurso. As fotos tinham sido tiradas entre 21h05 e 21h14, horas antes de Chelsea sair da festa. Eles olharam várias outras fotos e finalmente chegaram a uma da fogueira às 22h45, por volta do horário em que, segundo Jeff, ele e

Chelsea brigaram. Alistair mandou uma foto de três caras sentados em um tronco, segurando as cervejas num brinde. Um deles estava marcado na foto como *J.T.* Embora a maior parte do rosto dele estivesse na sombra, havia algo na postura dele. Ele era da altura e do peso de Brett. Maddox sentiu um arrepio.

— Alguém falou com ele? — murmurou Aerin, o olhar em J.T. também.

— Ele ainda não subiu nenhuma foto — murmurou Madison.

Ela encontrou o número dele na lista de convidados, ligou e botou no viva-voz. Todos ficaram em silêncio enquanto o telefone tocava. Maddox ouviu uma voz sonolenta atender. Madison se apresentou como uma amiga de Chelsea que estava tentando descobrir o que tinha acontecido na noite da festa.

— Nós estamos montando um PhotoCircle. Se você quiser compartilhar alguma coisa...

— Eu não tirei nenhuma foto — interrompeu J.T. com a voz seca. — E não entendo como outro PhotoCircle vai ajudar.

— A gente só está tentando montar as peças do quebra-cabeça — disse Madison tranquilamente. — Você se lembra da briga do Jeff e da Chelsea naquela noite?

— Lembro. Eles estavam perto das dunas. Ela parecia bem irritada.

— E ela fugiu?

— Isso mesmo. Pela trilha.

— Alguém foi atrás?

— Não que eu lembre. — J.T. deu um bocejo. — Só o Jeff.

Madison cutucou as unhas com impaciência.

— Você se lembra de quem mais estava com você na fogueira?

— Hum, não muito.

O silêncio foi desolador. Todos trocaram olhares céticos.

— Bom, obrigada de qualquer forma — disse Madison. Ela desligou e olhou para o grupo, perdida.

— Ele pareceu estar chapado — resmungou Aerin.

— Ou pode estar mentindo — argumentou Madison. — Talvez *ele* seja o Brett.

Os dedos dela voaram. Ela digitou o nome completo dele, Justin Thomas Rose, no Google. Uma conta no Periscope apareceu. No começo, o vídeo era de um passeio agitado por uma rua em Nova York, provavelmente filmado com uma GoPro. Mas aí, J.T. virou a câmera para si e começou a narrar. Com a pele escura e os olhos bem separados, ele não se parecia muito com Brett. Madison apontou para a data que apareceu num marcador digital na frente dos estúdios da NBC. Foi em 19 de abril, alguns meses antes.

— Mesmo que esse cara se parecesse com Brett, não poderia ser ele — concluiu Madison. — No dia 19 de abril nós estávamos em Dexby, na festa de noivado de Kevin Larssen. Nem Brett consegue estar em dois lugares ao mesmo tempo.

— Então ele está falando a verdade — disse Maddox. Ele estava prestes a perguntar se eles tinham conseguido alguma coisa útil com J.T. quando uma batida soou na porta. Madison a abriu, e Seneca e Jeff entraram. Eles não estavam próximos, mas a postura dos dois estava relaxada.

— Oi. — O olhar de Seneca se desviou para Maddox por uma fração de segundo. Ele afastou o olhar rapidamente, mas repreendeu a si mesmo e abriu um sorrisinho.

— Boa ideia sobre o PhotoCircle — declarou Madison. — As pessoas estão enviando várias fotos.

Todos se sentaram e olharam mais imagens. No fim de uma longa série de fotos de uma garota chamada Brianna Morton, com os mesmos quatro amigos sentados numa espreguiçadeira, uma foto borrada apareceu.

— Hã — disse Seneca, parando na foto mesmo assim. Maddox se inclinou para perto. A imagem mostrava a vista de uma janela, do cruzamento na frente dos apartamentos. Era de 23h02.

Seneca apontou para uma figura no canto superior direito, meio escondida atrás de um carro estacionado. Embora estivesse longe, a imagem estava clara. O cara parecia alto e magro.

Aerin ofegou.

— É ele. — Ela olhou para Madison. — O garoto que a gente viu no calçadão. O que eu juro que a gente conhece de algum lugar.

Jeff apertou os olhos. E fez uma careta.

— Acho que é... Corey Robinson.

Seneca franziu o nariz.

— Onde eu já ouvi esse nome?

Jeff desviou o olhar.

— Duvido que você tenha conhecido. Ele fica na dele. Não foi convidado pra festa, até onde eu sei. As pessoas... falam dele.

— E dizem o quê? — perguntou Madison.

— Me disseram que ele levou uma arma pra escola em Delaware uns anos atrás. Foi expulso na mesma hora. — Jeff massageou as têmporas. — Ele sempre vai nas festas e fica sentado com uma cerveja. Olhando. Algumas pessoas ficam incomodadas.

Seneca arregalou os olhos, e Maddox soube que eles estavam pensando a mesma coisa. Ele olhou a hora de novo. 23h02. Se a linha do tempo de Jeff sobre aquela noite tivesse sido precisa, foi a hora em que Chelsea seguiu pelo caminho. Por que Corey estava na rua sozinho? Estava tentando entrar de penetra na festa?

— Esse garoto estava na fogueira? — perguntou Maddox.

Jeff balançou a cabeça.

— Eu não me lembro de ter visto, mas...

Seneca ficou com uma luz nos olhos de repente.

— Corey trabalha no Island Time Café?

Jeff assentiu.

— Acho que sim.

Maddox ficou de queixo caído.

— Ele *falou* com a gente. — Ele tentou se lembrar dos poucos momentos que tiveram com o rapaz na primeira tarde que passaram na cidade. Intrometeu-se na conversa sobre Chelsea. Pareceu um tapa na cara. Será que Brett foi praticamente a primeira pessoa que eles encontraram lá?

— Aquele café permite a presença de cachorros — disse Madison com surpresa na voz. — Bertha tinha um ímã do Island Time na geladeira dizendo isso. Será que ela vai lá com o Kingston? Pode ser assim que o cachorro o conhece.

Seneca olhou para Jeff.

— A gente acha que quem pegou a Chelsea também tem motivo para entrar na pousada onde a gente está. É uma longa história.

— E pode ser que ele tenha nos seguido até o calçadão — disse Aerin. — É uma coincidência tão estranha ele estar lá, no meio das pessoas...

— Meu Deus — disse Seneca, encostando a mão na testa.

— Aquele cara pegou a Chelsea? — A voz de Jeff estava rouca.

— *Ele?*

— Temos que ligar pra garota que postou isso — disse Seneca.

— Pra saber se ela viu alguma coisa.

— Eu duvido que ela tenha percebido que tirou essa foto — murmurou Maddox.

Jeff soltou um suspiro forte. Quando Maddox olhou para ele, o sujeito estava pálido.

— Opa — disse Maddox, ficando de pé em um pulo e segurando Jeff antes que ele caísse no chão. — Respira fundo.

— Desculpa — disse Jeff, trêmulo. — É que é tudo tão... *intenso.* Eu conheço esse cara.

— Leva ele pra dentro — disse Seneca, logo abrindo a porta de correr.

Maddox levou Jeff para dentro do apartamento e o colocou no sofá branco de Gabriel, onde ele desabou. Momentos depois, Seneca voltou com dois copos de água gelada. Jeff tomou o dele rápido e abriu um sorriso agradecido.

— Vou voltar lá pra fora e continuar no PhotoCircle — disse ela. — Maddox, você pode ficar com o Jeff?

— Eu estou bem — insistiu Jeff. — De verdade.

Mas Maddox assentiu para Seneca, e ela voltou para a varanda. Ele se concentrou em Jeff de novo. Havia fios de cabelo presos na sua testa suada, e ele tinha tirado o moletom e agora estava com uma regata da Billabong. Seus olhos estavam vidrados e desfocados — parecia que estava tendo um ataque de pânico completo. Maddox mudou o canal da televisão, com medo de o programa sobre furacões que estava vendo pudesse deixar Jeff estressado. Mas, assim que viu o que estava na tela, uma transmissão de um noticiário da Filadélfia sobre o desaparecimento da Chelsea, ele fez uma careta e mudou o canal de novo. Um episódio de Bob Esponja. Com sorte, seria tranquilo.

— Só relaxa — disse Maddox, constrangido. — Nós estamos todos abalados.

— É. — A voz do Jeff estava tensa. Ele puxou os fios da barra do short. — Hum, você perguntou com quem eu estava falando no telefone. Era só com uma garota que eu conheço da faculdade. Uma amiga. Ela é meio dramática. Surtou quando me viu na televisão. Eu tentei acalmá-la, mas ela estava pirando, e eu fiquei muito irritado com ela.

Maddox teve vontade de perguntar *por que* Jeff não falou isso de uma vez, mas o cara estava olhando para ele com uma expressão de súplica tão grande que ele decidiu deixar para lá. Jeff não devia valer tanta especulação. Definitivamente não era Brett, e era óbvio que também não tinha sequestrado Chelsea.

— Não se preocupa — murmurou ele.

O desenho cortou para um comercial de balões de água, e Maddox fechou os olhos. A ideia de que Brett estava bem ali, praticamente desde o primeiro momento que eles botaram os pés em Avignon, o abalou. Teve uma sensação de urgência, de que precisavam ligar para aquele tal de Corey *imediatamente*. Mas ele não deveria tirar conclusões precipitadas. E era preciso agir com calma. Alertar Brett que eles estavam na sua cola poderia levá-lo a fazer algo mais radical.

— É impressionante ela ter descoberto tudo isso — disse Jeff com a voz rouca. — Tipo, se ela não tivesse aparecido? Acho que eu já estaria a caminho da prisão.

Maddox virou a cabeça sobressaltado, primeiro sem saber de quem Jeff estava falando. Ele estava com um sorriso melancólico no rosto e o olhar pousado no terraço, onde Seneca andava de um lado para outro. Maddox engoliu em seco, de repente entendendo muito bem o que estava se passando na cabeça de Jeff. Bem que ele achou que tinha sentido um clima estranho.

Maddox limpou a garganta.

— É. Com certeza. Mas, hã, só para você saber, ela não está disponível.

Jeff se ajeitou no sofá.

— Hã?

Maddox observou os dedos, se sentindo meio babaca por falar sobre isso... mas era melhor mesmo poupar Jeff da dor.

— Tipo, não é que ela tenha namorado nem nada. Mas ela só se importa com o caso. Não tem cabeça pra mais nada agora. Principalmente... relacionamentos.

A mandíbula de Jeff tremeu.

— Ah, é?

— Eu não estou tentando ser babaca. Eu só... — Ele riu com tristeza. — Eu sei por experiência própria.

Jeff encostou o dedão numa das linhas perfeitas que o aspirador tinha deixado no carpete.

— Ah. Bom saber. — Ele se levantou e vestindo o moletom pela cabeça. — Hum, vou dar no pé.

Maddox franziu a testa, surpreso, observando a palidez de Jeff.

— Você ainda parece meio fraco, cara.

— Eu tô de boas. — Jeff evitou contato visual e exagerou nos movimentos na hora de calçar os sapatos. — É melhor voltar para a minha família. Vejo vocês depois, está bem? E obrigado por tudo. Estou falando sério.

— Tudo bem — disse Maddox, torcendo para não ter cometido um erro. Ele achou que contar aquilo para Jeff o ajudaria, não o destruiria mais.

Quando Jeff saiu arrastando os pés, Maddox desabou de volta no seu lugar no sofá. A televisão voltou a passar Bob Esponja, mas ele olhou para a tela sem absorver a história.

Quando a porta da varanda se abriu, ele pulou de susto. Seneca parou na beirada do carpete, o olhar cruzando a sala.

— Cadê o Jeff?

— Ele... tinha uma parada pra fazer. Por quê?

Seneca entrou na sala de um jeito estranho. Algo nos movimentos dela parecia agitado e nervoso, não irritado.

— O que foi? — perguntou Maddox, se erguendo no sofá.

Ela se sentou ao lado dele. A proximidade o empolgou e o deixou horrivelmente nervoso ao mesmo tempo.

— Nós encontramos outra foto — disse ela com voz baixa.

— Do Jeff?

— Não. Mas de outra coisa daquela noite.

Seneca mostrou o celular para Maddox. Era outra foto tirada de uma janela, marcando o horário pouco depois da primeira. Mas, desta vez, havia duas pessoas. A garota estava com os braços cruzados e o corpo curvado para longe. O cara, magro e comprido, estava inclinado na direção dela, os braços esticados de forma ameaçadora.

— É o Corey — disse Seneca. — Com a *Chelsea*.

QUINZE

BRETT ESTAVA SENTADO embaixo de um guarda-sol, espiando pelo binóculo a varanda do apartamento. Jeff e Maddox tinham acabado de entrar. Seus ombros estavam empertigados. Havia um ar de seriedade neles. Eles estavam indo ter uma conversa também, como Jeff e Seneca antes? Não que Brett tivesse conseguido ouvir tudo, mas ele sabia que certas partes foram profundas. Ele também ouviu alguma coisa sobre o PhotoCircle. *Podem olhar quantas fotos quiserem. Divirtam-se.*

Quando ele estava dando uma boa olhada em Seneca, Aerin e Madison na sacada (Aerin não tinha ideia de que dava para ver o sutiã dela pelo decote da blusa quando ela se curvava), houve um estalo no iPad que estava no colo dele. Um aplicativo mostrou uma imagem com legendas da Câmera A. Chelsea estava na frente do espelho de corpo inteiro, admirando seu reflexo.

— Isso mesmo — murmurou ele. Era incrível o que um banho e roupas novas podiam fazer pela cabeça de alguém. Até prisioneiros queriam ficar bonitos para sua última refeição.

Uma de suas músicas favoritas do Bruce Springsteen soou num rádio próximo, e ele se apoiou nos cotovelos e virou o rosto para o céu. Em alguns dias, era bom ser ele. Mas só se permitiu curtir alguns momentos de satisfação antes de olhar o apartamento de novo.

Ele conseguia ver Jeff e Maddox pelas janelas da sala. Eles estavam próximos, conversando. Depois de um momento, Jeff se levantou e foi embora.

Brett fez uma expressão de desprezo. Por que todos achavam Jeff tão incrível? Ele pensou em todas as vezes que Chelsea o procurou no ano anterior, chorando, agitada, insegura. *Jeff nunca me elogia. Ele diz que minha beleza é o de menos.* Uma vez, Jeff escreveu uma música para Chelsea em que a comparava a um elefante africano, a matriarca mais forte e mais bonita da savana. *Um maldito elefante! Ele me acha gorda e nojenta!* E teve o dia, três meses antes, em que ela lhe contou o segredo que Jeff finalmente tinha confessado. Brett exigiu saber por que ela ainda ficava com ele, disse que ela deveria cortar relações na hora. Chelsea deu de ombros. *Ele sabe o que eu acho, foi por isso que a gente terminou. Mas nós temos uma longa história juntos. É complicado.*

Aí ela se inclinou e bateu aqueles cílios lindos, e Brett soube o que ela queria. E ficou mais do que feliz em providenciar aquilo para ela.

Brett reparou em uma figura familiar andando pela praia com uma prancha de surfe e fez uma careta. *Falando no diabo.* Ele enfiou rapidamente o iPad, o celular e o binóculo na mochila e a fechou bem na hora.

— Oi — disse Jeff, ao lado dele de repente. Ele parecia surpreso.
— O que você está fazendo aqui?

Brett entrelaçou as mãos atrás da cabeça e abriu um sorriso simpático.

— Só curtindo um tempo sozinho. Você?
— É, idem. — Jeff o encarou. Brett tentou não se irritar, mas de repente o olhar de Jeff pareceu... *intrusivo.* Quase como se ele soubesse que dentro da mochila havia uma imagem da preciosa ex-namorada dele. Será que ele sabia? Brett nem piscou, enchendo a cabeça de pensamentos inocentes. Jeff acenou e deu as costas um segundo depois, a caminho da água, mas havia algo distraído no jeito de andar dele, como se estivesse destrinchando alguma coisa na cabeça. Seneca e os outros não tinham todas as peças do quebra-cabeça, mas Jeff estava perto; era um dos motivos para Brett ter plantado a semente da culpa

dele. E agora que ele estava trabalhando com Seneca, poderia montar as peças mais rápido ainda. Talvez mais alguma coisa precisasse ser feita.

Brett pegou o celular, entrou no CNE e olhou para o post de Seneca. Riu de leve e pensou na mensagem que enviaria... e no que tinha planejado. Era perfeito. Ele deixaria todo mundo perplexo.

DEZESSEIS

FALTANDO ALGUNS MINUTOS para as seis na manhã seguinte, Seneca parou com os outros em frente à porta trancada do Island Time Café. Um vento leve balançou seu cabelo. Ela sentiu que alguém a olhava, mas, quando se virou, as únicas pessoas que viu eram um casal de idosos andando vigorosamente pelo calçadão do outro lado da rua, paralelo ao mar. Kate, a mulher loura com rabo de cavalo que conheceram na manhã em que chegaram, estava indo e vindo pelo salão do café, arrumando tudo para os clientes da manhã.

Seneca abriu de novo a foto de Corey que eles encontraram no dia anterior, parado ao lado de Chelsea. Embora a foto estivesse meio borrada, a intenção de Brianna tinha sido tirar uma foto dela e das amigas, todas erguendo seus drinques em um brinde; Corey não tinha ideia de que tinha sido capturado na imagem ao fundo. Eles ligaram para Brianna para falar da foto, mas desconfiavam que ela não tinha ideia do que tinha registrado. O problema era que Brianna ainda não tinha retornado a ligação.

O cara da foto com certeza era da altura de Brett, e embora o cabelo tivesse um corte diferente e ela não se lembrasse do rosto dele ser tão anguloso, a imagem batia com a teoria de que ele tinha perdido peso. Se ela olhasse bem, quase dava para ver a semelhança.

Quando o relógio grande na praça central bateu as seis, Kate andou tranquilamente até a porta e a destrancou.

— Oi — disse ela em tom sonolento para o grupo enquanto os deixava entrar.

O salão estava com cheiro de café, e os únicos sons eram a estação de rádio de música pop tocando baixinho e o borbulhar do coador. Havia revistas espalhadas com cuidado junto aos dois sofás grandes cor de laranja e os bolinhos na bancada estavam arrumados em fileiras perfeitas.

— O que posso servir pra vocês? — perguntou Kate quando foi para trás do balcão.

Seneca limpou a garganta.

— Na verdade, nós viemos perguntar sobre Corey Robinson.

Algo passou pelo rosto de Kate. Ela se concentrou num pedaço de papel ao lado da registradora.

— Corey não trabalha mais aqui.

Seneca levou um susto.

— Como assim?

— Ele pediu demissão ontem. — Kate apertou um botão na registradora e a gaveta se abriu. A voz dela estava sem emoção, na defensiva. — Foi embora.

— Você sabe por quê? — perguntou Aerin. — Ou pra onde ele foi?

— Ele não disse. Sinto muito. — Ela abriu um sorriso tenso.

Seneca apoiou a mão no quadril.

— Ele não deu nem uma desculpa?

Kate manteve o olhar na bancada.

— Ele pareceu estar com pressa.

— De onde ele é? — Seneca estava desesperada por qualquer coisa, mesmo que fosse uma das mentiras de Brett. Eles pareciam estar tão perto, poucos momentos antes.

— Delaware, acho. — O olhar de Kate estava distante. — Vocês vão pedir alguma coisa, afinal?

Todos se olharam. Seneca bateu com o dedo no lábio, procurando outra abordagem.

— Você pode mostrar o formulário que ele preencheu quando começou a trabalhar aqui?

Algo se agitou no rosto de Kate, mas logo sumiu.

— Isso é particular.

— Você pode cobrir o número do seguro social dele. A gente só quer o endereço que ele deu.

— Se você não for da polícia, eu não preciso...

— Olha — disse Aerin subitamente. — Chelsea está desaparecida já faz três dias. Nós achamos que Corey pode saber alguma coisa. Essa é a sua chance de ser bacana.

O olhar de Kate era firme e desafiador, mas não exatamente surpreso.

— Você quer dizer que ele é suspeito? — perguntou ela.

— Talvez — respondeu Aerin.

Kate apoiou as mãos nos quadris.

— Posso ver algum tipo de prova?

Houve um momento em que elas se encararam, mas Aerin acabou tirando o celular da bolsa e mostrando a foto para ela.

— Está vendo? — Ela apontou para Corey ao lado de Chelsea. — Isso foi por volta da última vez que Chelsea foi vista. Eles estavam *juntos*.

Kate olhou a foto, mas não pareceu impressionada.

— Sinto muito. Não posso dar o endereço dele. Se vocês não forem pedir nada, não vão poder ficar aqui.

Seneca deu as costas e saiu do café. Todos foram atrás. Quando chegaram à calçada, ela olhou de cara feia para Kate pelo vidro.

— Eu acho que ela está escondendo alguma coisa.

Maddox inclinou a cabeça.

— Eu também.

Seneca assentiu.

— Ela pareceu nervosa quando nós falamos do Corey. O que ela sabe?

— Se Corey e Brett forem a mesma pessoa, pode ser que ele a tenha conquistado... ou manipulado. — Madison baixou a voz quando o casal corredor passou. — Mas talvez ela sinta que tem algo de errado nele. Talvez ela tenha *provas*... mas esteja com medo de falar.

Maddox limpou a garganta.

— Talvez haja outro jeito pra gente conseguir informações. Miz-Maizie talvez possa ajudar.

Seneca apertou o alto do nariz. MizMaizie postava no CNE e, por ser ex-policial de Seattle, ainda tinha acesso a dados básicos como informações de carteira de habilitação. Ela ajudara na investigação de Helena, tentou descobrir para onde Heath Ingram tinha ido no inverno depois que Helena desapareceu. Seneca procurou o número, enviou uma mensagem para MizMaizie e ficou surpresa com a resposta rápida. *Nenhuma habilitação em Delaware em nome de Corey Robinson.*

Seneca pediu para ela verificar os outros estados, mas, depois de um momento, recebeu a informação: os únicos Corey Robinsons que apareceram eram bem mais velhos ou de etnia diferente, e uma era mulher. Maddox franziu a testa.

— Que estranho.

— Nem tanto assim — disse Seneca. — Ele pode estar usando nome falso.

— Como a gente vai descobrir o endereço dele? — perguntou Aerin.

— A gente pode ligar para o Gabriel — sugeriu Seneca. — Pode ser que a imobiliária onde ele trabalha tenha alugado a casa de férias dele.

Mas aí ela olhou a hora. Eram 6h30. Duvidava que Gabriel já estivesse acordado.

Aerin levantou as mãos vazias para o grupo.

— E agora?

— Eu tenho uma ideia.

Madison apontou para um caminhão que tinha encostado no meio-fio. *Paz, Amor e Donuts!*, dizia a lateral, mostrando um donut sorridente como logo. Um funcionário com uma expressão sonolenta e uma camiseta do Grateful Dead saiu do banco do motorista, se arrastou até a parte de trás e abriu as portas, revelando caixas de doces frescos.

— Com licença.

Madison se aproximou. Seus olhos estavam brilhando e ela abriu o sorriso mais cativante que tinha. Aproximou a cabeça do cara e, depois de um momento, Seneca o viu assentir, entregar o boné e botar uma caixa nos braços dela. Ele apontou para uma viela que passava atrás das lojas e Madison foi caminhando para lá.

Seneca segurou o braço dela no meio do caminho.

— O que você está *fazendo*?

Madison sorriu.

— Eu falei para o cara que daria toda a maconha que tenho pra ele se ele me deixasse entregar os donuts pra minha amiga lá dentro. Vou colocar os donuts na bancada e pegar o formulário.

— Madison, eu não... — Seneca começou a falar, mas Madison já estava se afastando.

Seneca ficou inquieta na calçada, meio esperando que Madison saísse correndo do café com Kate correndo atrás. Ela olhou ao redor, mais uma vez com a sensação de que alguém estava de olho neles. Um caminhão de lixo fez estardalhaço pela rua. Um Jeep carregando pranchas de surfe passou por eles. Algumas pessoas passaram fazendo corrida, mas ninguém olhou na direção deles.

Aerin batia com o pé no chão com impaciência. Maddox limpou a garganta.

— Eu queria que a gente tivesse um carro de fuga. Se aquela tal de Kate vier correndo atrás da Madison, minha irmã não vai conseguir escapar dela. Vocês viram os sapatos que ela está usando?

Seneca abriu um sorrisinho.

— Você vai ter que carregá-la nas costas.

Ele riu com deboche.

— Até parece.

Ela inclinou a cabeça.

— Mas eu achava que os corredores eram os atletas *mais fortes* do mundo. — Maddox ficou com o rosto vermelho, e ela deu um cutucão nele. — Estou brincando.

Madison veio andando calmamente da esquina até eles. Ela jogou o boné de volta para o entregador, colocou um pacotinho no bolso dele e voltou até o grupo, as bochechas rosadas de empolgação.

— O que houve? — sussurrou Seneca, correndo até ela.

Madison ergueu o celular. Tinha tirado uma foto da gaveta aberta de um arquivo com um formulário para fora de uma pasta de papel pardo. *Corey Robinson*, dizia no alto. E um endereço: *rua Noventa e Um, 49*. Seneca olhou para a placa da rua. Eles estavam na Noventa e Seis.

— Não é longe.

Maddox se virou na calçada.

— Vamos.

— Você está maluco? — Seneca puxou a manga. — A gente não pode simplesmente aparecer na casa dele. São seis e meia da manhã, para começo de conversa. Além disso, se *for* Brett, o que a gente vai fazer? Tocar a campainha e...? — Ela parou de falar, sem conseguir se expressar de repente. A ideia de ficar cara a cara com Brett a fez se encolher de pavor. Eles precisavam pensar direito. Precisavam de um plano melhor.

Maddox se virou do meio-fio.

— Se você não quer ir lá ao vivo, a gente pode olhar com o meu drone. Pra ver se ele está lá. Pra ter certeza de que *é* o Brett.

Madison olhou para ele com surpresa.

— Não acredito que você trouxe isso.

— Ele trouxe. — Aerin abriu um sorrisinho. — Está no nosso quarto.

— Drones são coisa de nerds e esquisitões! — sussurrou Madison. — Só gente sinistra usa esses troços pra stalkear os outros! A gente está tentando ser discreto, não chamar atenção!

— Na verdade, o drone não é má ideia — disse Seneca. — Você já viu quanta gente fica brincando com eles na praia? Brett não vai saber qual é o nosso. — Ela abriu um sorrisinho para ele. — Vou arriscar um palpite. Você é ótimo pilotando.

Maddox sorriu.

— Eu não passei horas e horas jogando *Top Gun* no Xbox pra nada.

Eles voltaram para a pousada e, depois de uma discussão, acabaram decidindo esperar algumas horas para colocá-lo no ar, quando haveria mais drones na praia e o de Maddox se misturaria ao resto. Enfim, por volta das onze, Maddox levou a caixa para a entrada de carros da pousada. Ele montou o dispositivo grande e achatado, ligou-o e apertou alguns botões no controle remoto, e o drone subiu no ar. Ele conseguiu pilotar o troço por cima das árvores e casas sem bater em nenhum galho. As feições dele relaxaram e assumiram uma expressão inteligente e também bem bonita, era verdade, e Seneca sentiu um formigamento inesperado. Maddox olhou para ela e ergueu uma sobrancelha. Ela fez sinal de positivo.

Todos encararam o iPad que mostrava o progresso do drone. Madison usou um mapa no celular para dizer para Maddox onde virar. Finalmente, o drone voou acima do endereço que Corey tinha usado no formulário. Não havia nenhum carro na frente, mas tinha uma bicicleta encostada na garagem e uma luz acesa lá dentro. Maddox desceu um pouco o drone.

— Cuidado — sussurrou Madison. — Não vai bater na janela.

Eles observaram a tela do iPad. O drone atravessou a rua para ver pelas janelas da frente, mas não havia sinal de ninguém: a televisão estava desligada e não havia sombras se movendo atrás do vidro. A casa ficava em uma rua aberta; Seneca duvidava que Brett estivesse mantendo Chelsea refém lá dentro.

Ela se apoiou nos calcanhares, frustrada. Quando seu telefone começou a apitar no bolso de trás, ela quase ignorou. Mas pegou o aparelho e encarou a tela, atônita.

— Gente — sussurrou ela para os outros.

Ela havia recebido uma mensagem nova no fórum do CNE, de BGrana60.

Espero ver vocês na festa do Dia da Bastilha. Tenho uma surpresa de matar pra vocês...

DEZESSETE

AERIN FICOU ENCARANDO a mensagem na tela de Seneca. Sua garganta ficou seca. Seus dedos formigaram. Ela praticamente ouvia a voz de Brett. *Provocando-os.*

— Bom. — A voz de Seneca estava firme e os ombros, empertigados. — Então Brett vai estar na festa... ou por perto, observando. O que quer dizer que a gente *tem que ir.*

— A gente vai *enfrentá-lo*? — disse Aerin.

Seneca olhou para ela como se ela estivesse maluca.

— Não dá para ficar em casa sem fazer nada! Mas estou pensando em só ficar de vigia. A gente tem que descobrir quem ele é. Pode ser que seja o Corey... mas pode ser que seja outra pessoa. A gente vai ter que pensar fora da caixa.

— E se a gente *vir* Brett na festa? — perguntou Maddox. — Qual é o plano?

Kingston, o dobermann, latiu alto dentro da pousada, fazendo Aerin dar um pulo.

— Acho que temos que ficar calmos — sussurrou Maddox. — A gente não sabe onde Chelsea está e não tem provas pra dar à polícia de que Brett está com ela. É disso que a gente precisa hoje. Se Brett achar que a gente não sabe dele, pode ficar arrogante e revelar algo sobre o local onde escondeu Chelsea... ou até mesmo sair da festa e nos levar direto para *ela*. A gente tem que agir como se não soubesse. Fingir que não vê.

— Concordo — disse Seneca. — A gente procura por ele e só. Não vai atrás dele. Não *olha* para ele. Finge que não tem nada fora do normal.

Aerin engoliu em seco. A ideia de ficar calma na frente do assassino da sua irmã parecia impossível, mas, se houvesse algum momento para encarar o desafio, teria que ser naquele dia.

— O que você acha que ele quer dizer com surpresa? — perguntou ela, apontando para essa parte do recado.

Seneca se mexeu com inquietação, fechando a cara.

— Não sei. Mas a gente precisa ficar de olho uns nos outros o tempo todo. E vamos deixar a polícia nos contatos de emergência do celular só por garantia. — Ela puxou Madison e segurou a mão de Aerin. — Agora, eu preciso olhar a mala de vocês.

— Por quê? — perguntou Aerin.

Seneca abriu um meio-sorriso.

— Eu não trouxe roupa de festa. Mas alguma coisa me diz que vocês, sim.

SEIS HORAS DEPOIS, tendo experimentado várias combinações de vestidos e sapatos e surtado várias vezes, Aerin e os outros pararam do outro lado da rua do condomínio, na frente de um minigolfe chamado Zoo Adventure. Mesmo de meio quarteirão de distância, dava para ouvir a música vindo da área da piscina, e também algumas gargalhadas. Aerin respirou fundo, sentindo-se prestes a vomitar. Quando pisaram na calçada, ela segurou a mão de Seneca, que apertou a sua, mas isso não ajudou muito.

O sol tinha se posto atrás dos prédios, deixando o céu iluminado por uma mistura de rosa e amarelo. Ainda havia calor irradiando das calçadas, mas a brisa estava fresca. Na entrada do condomínio, a música ficou mais alta, assim como o burburinho. Um homem alto e fortão parado no portão se empertigou quando eles se aproximaram.

— Nome? — perguntou ele, olhando para todo mundo com frieza.

— Aerin Kelly — disse Aerin, quase num sussurro. Ela olhou ao redor, se perguntando se Brett estava perto, ouvindo.

O homem olhou uma lista no celular, assentiu e deixou que ela entrasse. Seneca, Maddox e Madison também deram seus nomes. Aerin viu Seneca espiar a tela do segurança, procurando o nome de Corey, mas o sujeito olhou para ela com desconfiança e colocou o celular no bolso.

Eles passaram pelo portão e chegaram na ampla área da piscina, onde a festa estava acontecendo. Havia uma grande quantidade de mesas, vários cantos gramados, um bar, uma cabine de DJ com pista de dança e, claro, a piscina enorme, cintilante, infinita e a céu aberto, com escorrega, trampolins, um bar molhado e um batalhão de boias. Já havia um monte de gente nadando, e o ambiente estava com cheiro de cloro e tochas. Quando Aerin viu o terraço lotado, ela teve de repente um pensamento horrível e segurou a mão de Seneca.

— E se Brett tiver trazido uma arma? — sussurrou ela. — E se for *essa* a surpresa?

Seneca franziu a testa.

— Duvido.

— O que te faz ter tanta certeza?

— Brett me parece alguém que acha que está acima de armas. Que consegue superar todo mundo com o cérebro.

Eles se misturaram na festa. A área de piscina estava decorada com bandeiras francesas, estátuas de soldados a cavalo e faixas que diziam *Feliz Dia da Bastilha!* O bufê parecia ser basicamente formado por croissants, peças inteiras de queijo Brie, cestas de batata frita, um caldeirão enorme de mariscos e mexilhões e uma montanha de pãezinhos doces com uma bandeirola que dizia *Que comam brioches!* Havia pelo menos dez pessoas vestidas como personagens de *Os miseráveis*. No canto, depois do escorrega, havia um pula-pula enorme em forma de castelo;

alguém escreveu com tinta preta em uma das torres *Invadam a Bastilha!* Todo mundo pulando lá dentro portava espadas e escudos de papelão.

— Vamos nos espalhar — murmurou Seneca no ouvido de Aerin.

O coração de Aerin disparou. Ela não queria se separar do grupo nem um segundo. Seneca acrescentou, como se lendo a mente dela:

— Só fica em algum lugar em que eu possa te ver. Vai ficar tudo bem.

Seneca atravessou o pátio. Madison foi para perto da piscina. Maddox foi para a pista de dança. Com medo, Aerin chegou perto de umas pessoas relaxando em pufes enormes, achando que havia segurança nos números. Ela olhou ao redor com hesitação, com medo do que poderia ver. Tanta gente estava de chapéu, máscara nos olhos, algumas até com máscaras de *rosto inteiro*. Brett estaria atrás de uma delas? Ela se sentiu observada. Deu um pulo, mas só viu uma gaivota sentada na cerca.

Ela se movia com hesitação, olhando para trás em intervalos de segundos, até estar perto do pula-pula. Uma música da Demi Lovato estava tocando em volume ensurdecedor, dificultando que pensasse direito. O pula-pula balançava loucamente, cheio de gente. Atrás, um casal estava encostado no muro dando amassos, braços e pernas entrelaçados. Aerin olhou melhor; os olhos do cara eram do formato dos de Brett e uma barba grande cobria o rosto dele, como um disfarce. Ele a viu olhando e ela reparou em um nariz grande e olhos separados. O radar para Brett não apitou.

Olhos, rostos, corpos. Chapéus, máscaras, fantasias. Ela observou cada convidado com atenção, mas as luzinhas piscantes combinadas com o céu escuro e sem luar lançava sombras confusas e ofuscantes. Alguns dos personagens de *Os miseráveis* começaram a cantar uma música da peça, e Aerin sentiu uma pontada de dor; Helena sempre amou *Os miseráveis* e muitas vezes escolhia alguma música da peça para cantar no karaokê da garagem delas. Na verdade, ela se divertiria naquela festa. Provavelmente subiria lá para cantar também.

Do outro lado do pátio, Seneca estava tomando uma bebida e olhando tranquilamente para a piscina. Madison estava perto das comidas, conversando com uma garota de corselete. Os fios de cabelo da nuca de Aerin ficaram arrepiados de novo e, de repente, sentiu uma presença observadora. Ela se virou lentamente e quase foi atropelada quando um grupo de pessoas bêbadas gargalhando passou correndo. Uma risada soou na multidão, alta e aguda. Uma cabeça alta apareceu acima das outras, alguém de chapéu de pirata. Aerin olhou para a direita e para a esquerda, os pensamentos confusos. Alguém a puxou para trás.

— Ei! — gritou ela, cambaleando nos saltos. Ela procurou os outros por perto. Eles viram aquilo? Estavam prestando atenção? Mas ela não via mais Seneca nem Maddox, e a atenção de Madison estava em outro lugar. A pessoa que a segurava a empurrou para um canto escuro e a virou para que se encarassem. Aerin inspirou fundo, tensa de medo, olhando para uma máscara rígida de homem com cabelo tipo príncipe valente e um cavanhaque sedoso. Seu coração deu um salto. Ela ia gritar, mas o mascarado tapou sua boca com a mão.

— *Shhh.* — A voz dele soou abafada. — Não faz uma cena. Eu só quero falar com você, Aerin.

O grito entalou na garganta de Aerin. Não era a voz de Brett... mas ela a conhecia. Quando ele levantou a máscara de leve, revelando os lábios carnudos, um queixo quadrado e os olhos verdes familiares, ela teve certeza.

Thomas.

A FESTA SEGUIU, ruidosa e cintilante ao redor. Havia gente descendo pelo escorrega. Alguém gritou "Macarena!" Aerin ficou atônita de ver o mundo seguir em frente com alegria apesar do que estava acontecendo com ela.

Thomas afrouxou a mão apressadamente, mas continuou segurando o pulso dela como se estivesse com medo de que ela fosse sair correndo. Ele olhou para a festa de novo. Por um momento, eles ficaram lado a lado em silêncio, como estranhos na calçada esperando o sinal fechar.

— Acho que sei por que você está me evitando — murmurou ele. — Brett mandou você não contar pra ninguém, né?

Aerin engoliu em seco. Seu sangue parecia gelo nas veias.

— Mas se você acha que eu vou ficar parado vendo isso acontecer sem ajudar, você está maluca.

— Thomas, você tem que ir embora — disse Aerin freneticamente. — Isso não é seguro... pra nenhum de nós.

— Ele está aqui, né? É por isso que *vocês* estão aqui.

Aerin trincou a mandíbula.

— Você andou me espionando?

A máscara balançou e, por um momento, Thomas ficou em silêncio.

— Não. Bom, talvez. Tudo bem, *sim*. Eu fiquei o dia todo te vigiando, ontem também. E ouvi Seneca falar alguma coisa sobre Brett ter enviado uma *mensagem* pra ela mais cedo. Vocês estão se comunicando com ele?

— *Shhh* — disse Aerin, inquieta. Pensando bem, ela *estava* paranoica de alguém ter visto o grupo de manhã... mas achou que era pelo nervosismo. Ela olhou para trás, se perguntando quem *mais* poderia estar ouvindo. Cada movimento de corpo, cada figura mascarada a enchia de um medo paralisador. Por instinto, ela chegou um pouco mais perto de Thomas. Por mais que seus sentimentos em relação à presença dele ali fossem complicados, ela precisava de proteção. De repente, ela enfraqueceu. Seria tão ruim assim contar tudo para Thomas? Ele já tinha praticamente descoberto a história toda mesmo e não estava aceitando não como resposta.

Ela suspirou.

— Tudo bem. Ele está aqui. Mas fala baixo. Ele disse que, se a gente procurasse a polícia, Chelsea morreria. Você é *ex*-policial, então...

— Entendi — disse Thomas, a voz cheia de raiva.

Do jeito mais rápido que conseguiu, Aerin contou a Thomas outros detalhes: a carta de Brett, as postagens no CNE e seus suspeitos até ali.

— Brett disse que estaria aqui hoje... com uma surpresa — acrescentou ela. — Mas não o vi ainda.

Thomas olhou ao redor. Para qualquer pessoa, ele só parecia um cara de máscara ao lado de uma loura bonita de vestidinho, tentando pensar em como falar com ela. Aerin reparou que Seneca reapareceu, olhou para ela e franziu a testa. Ela percebeu que a amiga estava prestes a se aproximar, mas ergueu o polegar para assinalar que estava bem.

A festa tinha explodido em meia hora. Um grupo de surfistas estava conversando num canto. Algumas garotas que tinham elogiado a bolsa de Aerin mais cedo acenaram do barril de cerveja. Ela viu Gabriel Wilton, o anfitrião da festa, usando um chapéu grande de Napoleão que engolia a cabeça dele e um blazer pesado com borlas e dragonas douradas. Ele estava ao lado de um cara com uma peruca enorme de Maria Antonieta, uma bandeira da França enrolada na cintura como um sarongue e sem camisa.

— Eu lembro mais ou menos como o Brett era, mas não estou vendo ninguém parecido com ele — disse Thomas.

— Ele pode estar de máscara. Pode não ter chegado ainda. Me promete uma coisa, tá? Se a gente o *vir*, não faça nada precipitado.

Thomas assentiu de novo. Depois de um momento, ele pigarreou.

— E como você está?

Aerin olhou para ele de cara feia. Ele achava mesmo que ela ia responder?

— Estamos numa festa — Thomas lembrou a ela. — A gente deveria agir como se estivesse se divertindo.

Aerin empertigou os ombros.

— Eu estou bem — disse ela com ressentimento. — Ótima, na verdade.

— Que bom — disse Thomas. — Eu também.

— Ótimo — retrucou Aerin com rispidez, apesar da pontada de decepção. Claro que Thomas estava feliz na vida nova.

Mas Thomas baixou o queixo.

— Ah, o que eu estou dizendo? Nova York é uma loucura. É lotada, fede e tem gente *em toda parte*.

Aerin mordeu o lábio, sentindo culpa por ter desejado a infelicidade de Thomas.

— Mas você gosta da faculdade, né?

— É... legal.

Algumas pessoas novas chegaram, gritando alto. Apesar de algumas estarem de máscara, nenhuma tinha a altura e o peso de Corey, e nenhuma parecia Brett como ela se lembrava dele também. Aerin desviou o olhar para várias pessoas digitando freneticamente no celular. Elas pareciam tensas e ficavam olhando com cautela ao redor. E se Brett tivesse uma espécie de rede e aquela gente o estivesse avisando que ela e seus amigos estavam lá?

— Deve ser muito difícil pra você — disse Thomas, quebrando o silêncio.

Aerin enrijeceu.

— *O quê?*

— Mergulhar nessa investigação de novo. Parece um pesadelo que nunca termina.

O canto da boca de Aerin tremeu.

— É. Bons tempos.

— Você deveria ter me ligado. Eu sempre estou aqui pra te dar apoio.

— Eu estou bem — disse Aerin em tom frio. Ela ficou nas pontas dos pés, fingindo estar interessada em um cara que tinha acabado de pular na piscina.

— *Eu* não estaria bem.

Aerin apertou os lábios. A festa parecia lotada e apertada demais. Ou talvez *Thomas* estivesse lhe dando a sensação de claustrofobia, com aquelas perguntas intrusivas demais. Ele realmente achava que podia voltar para lá e ocupar o mesmo lugar de antes no coração dela?

— A gente deveria se misturar — disse ela, abrindo um sorriso tenso, e começou a atravessar o pátio.

Thomas segurou o braço dela.

— *Aerin*. Por favor. Não me deixa aqui sozinho.

Ela não se virou.

— Eu não quero que ninguém desconfie. Nós temos que circular.

— Espera. — A voz abafada do Thomas falhou embaixo da máscara. Com relutância, Aerin parou, os ombros tensos. — Por que você me odeia? Eu sou a mesma pessoa e não vou a lugar nenhum. Prometo.

— Só pra Nova York. — Aerin sentiu vontade de voltar atrás no que disse assim que terminou de falar. A dor ficou evidente na voz dela, uma rachadura na armadura.

Thomas ficou imóvel. A festa toda pareceu parar, na verdade; Aerin ficou ciente de repente de todo o espaço ao redor. Acima deles havia o cheiro agradável de verão de hambúrgueres e salsichas grelhadas. Ela aproveitou a sensação por um momento, deixando que tomasse conta dela. Se fechasse os olhos, quase dava para imaginar que ela estava no quintal de casa em uma noite de verão seis anos antes, quando Helena ainda não tinha sumido, quando seus pais ainda não tinham se separado. Seu pai estava fazendo churrasco no deque. Depois de comerem, ela e Helena iam para a garagem, onde cantavam no karaokê por horas. Uma nova onda de tristeza caiu sobre ela.

Thomas encolheu os ombros, magoado.

— V-você está com raiva por eu ter ido pra Nova York?

O nó na garganta de Aerin ficou maior.

— Não importa.

— Mas Nova York nem fica longe. É uma viagem rápida de trem. A gente poderia ter se visitado nos fins de semana.

Aerin estava contraindo a mandíbula com tanta força que doeu.

— Já falei que não importa. Nada disso importa.

— Para de me ignorar. O que você quer, Aerin? O que posso fazer para as coisas entre nós voltarem ao normal? Pra você falar comigo de novo?

Aerin abriu a boca, mas nenhuma palavra veio. Ela olhou para superfície cintilante da piscina.

— Eu achei que você nem se *importava* de eu ter ido pra Nova York — disse Thomas.

Aerin soltou uma gargalhada surpresa.

— Por quê?

A máscara não se moveu. Aerin queria poder ver a expressão dele.

— Porque você não reagiu — respondeu ele enfim. — Você só... se fechou. Eu achei que eu não era tão importante pra você.

Aerin encolheu os dedos dos pés.

— Não é isso. Mas eu também não ia tentar te convencer a não ir. Você não tinha futuro em Dexby. Você precisava sair.

— Mas eu tinha um futuro em Dexby. *Você*.

Foi insuportavelmente fofo, exatamente o que ela queria que ele dissesse para ela, mas Aerin só sentiu vontade de fugir. Não só da festa, mas da *cidade*. Tudo aquilo era demais. Encarar a situação. Reviver tudo. Pedir uma coisa de que ela precisava. Ela não ia conseguir.

Ela estava afastando Thomas... *de novo*. Ele era a milionésima pessoa que ela afastava desde o desaparecimento de Helena. Mas o que ela ganhava com isso? Claro, ficava segura e evitava o sofrimento. Mas o outro lado disso era uma solidão sufocante. Que ela sentiu de repente com tanta intensidade que era quase uma dor.

Ela soltou o ar, trêmula, ser perguntando se conseguiria, só uma vez, ignorar seus instintos.

— Tudo bem, eu não queria que você fosse embora — disse ela quase num sussurro, quase inaudível sob a música eletrônica explodindo dos alto-falantes. — Está feliz agora?

— Eu... *estou* — disse Thomas na mesma hora. — E... Bom, eu andei pensando. Quero voltar para Dexby. Sinto falta de lá. Sinto falta dos meus avós. E sinto falta... de você.

Ela lhe lançou um olhar desconfiado.

— Não volte só por minha causa.

— Não seria por isso. Eu pesquisei faculdades perto de Dexby e algumas oferecem os mesmos cursos que eu queria fazer na New School. Mas sem a multidão de Nova York... e com você.

Aerin se virou para ele. Havia tantas coisas que ela queria dizer, coisas que talvez *pudesse* dizer. Porque Thomas ouviria. Ela sabia que ele ouviria. Quem mais a teria seguido até Avignon só por estar preocupado? Quem mais teria arriscado tanto só para se aproximar dela na festa? Quem mais usaria uma máscara tão horrível só para permanecer incógnito?

Ele se importava. De verdade... e talvez ela pudesse se permitir se importar com ele também. Foi uma sensação incrível de liberdade, mesmo no meio daquele turbilhão. Aos poucos, ela foi chegando perto dele até seus ombros se tocarem. Seus dedos roçaram uns nos outros. Thomas segurou o mindinho dela e o dobrou na palma da mão. Aerin sentiu um nó na barriga e fechou os olhos.

De repente, ele a puxou para perto. Primeiro, ela sentiu a máscara de plástico na bochecha, mas ela sumiu quando ele a tirou do rosto. O hálito dele estava quente e doce, e ela conseguiu ver os olhos cintilantes. Seu coração disparou quando ele encostou de leve com a ponta do dedo nos lábios dela. Sem conseguir suportar mais, ela encostou os lábios nos dele e saboreou a emoção e a libertação do beijo.

DEZOITO

SENECA PAROU AO lado da piscina e avaliou friamente a cena. Garotas de vestido florido já tão bêbadas que estavam com dificuldade de andar em seus saltos anabela, rapazes de camisa xadrez e camiseta torcendo em um jogo muito competitivo de arremessos que tinha começado, e algumas pessoas totalmente paramentadas com coisas francesas, inclusive máscaras, andavam de um lado para outro fingindo sotaques franceses ébrios. As pessoas de máscara eram enlouquecedoras. Brett estaria bem na frente dela, escondido em plena vista? Era *essa* a surpresa dele? Sempre que alguém esbarrava nela, ela dava um pulo e se virava, alerta. Ficava esperando que Brett a agarrasse, a machucasse... mas a festa parecia tão inocente. Na verdade, estava *exultante*, quase uma caricatura de festa. A euforia dos convidados era acentuada e exagerada, como se eles estivessem pegando mais pesado *porque* Chelsea tinha sido levada alguns dias antes e queriam mostrar para quem fez aquilo que não estavam arrasados, que estavam mais fortes do que nunca.

Ela mexeu na tira do sapato e olhou para Aerin do outro lado da piscina. Ela ainda estava com o cara de máscara. Seneca tinha ficado preocupada, mas Aerin sinalizou que estava bem. Maddox, por outro lado, estava perto da pista de dança, tentando se misturar com os outros convidados se balançando para a frente e para trás sem muita animação, acompanhando a batida. Quando reparou em Seneca olhando, ele parou de se mover e ficou vermelho do pescoço até as bochechas. Seneca sorriu com ironia: *Te peguei!* Mas aí ela lembrou como estava nervosa e franziu a testa.

— Oi! — Kona, da loja Quigley's Surf, se aproximou dela e deu um susto em Seneca. — E aí?

Seneca engoliu em seco, envergonhada, e pegou o copo de cerveja que tinha enchido meia hora antes, mas do qual não tinha tomado nem um gole.

— Tá incrível! — disse ela, percebendo como aquilo parecia maluquice.

Kona acenou para alguém perto do pula-pula. Seneca se virou e reconheceu Alistair, o amigo do Gabriel que conhecera no apartamento. Ele estava com um blazer azul, um chapéu de duas pontas meio bobo e uma bandeira da França como capa.

— Oi! — gritou ele, e se misturou num grupo de garotas com fantasias de *Os miseráveis*.

Quando Kona se afastou, Madison apareceu, com um drinque ainda cheio e a expressão frustrada.

— Alguma coisa? — perguntou ela.

Seneca fez que não.

— Não. Nada.

— Idem. — Madison mostrou um exemplar de jornal de Nova Jersey. Na primeira página havia a manchete: *Polícia pode ter provas para prender Cohen pelo caso de sequestro de Chelsea Dawson.* — Mas encontrei isto no banheiro.

O jornal estava amassado nos dedos de Seneca.

— De que provas será que eles estão falando? — perguntou ela com voz fraca.

— A matéria diz que receberam outra dica anônima de que o relacionamento da Chelsea e do Jeff era violento. — Madison se apoiou numa mesa próxima. — O quanto você quer apostar que a dica veio do

Brett? Mas acho que os pais da Chelsea estão se agarrando a qualquer coisa e ficam falando sobre como Jeff era possessivo.

— Mas não é verdade — disse Seneca baixinho.

— Vão levá-lo para interrogatório amanhã de manhã. — Madison arregalou os olhos. — Sabe, eu vi no *Dateline* que uns policiais mantiveram um garoto acordado por setenta e duas horas num interrogatório infinito, até ele confessar um crime que ele não tinha cometido. E se fizerem isso com o Jeff?

O estômago de Seneca se contraiu.

— A gente tem que descobrir um jeito de provar o álibi dele. Quanto antes a polícia parar de se focar no Jeff, mais rápido podem começar a procurar a pessoa que *realmente* cometeu o crime.

— Concordo.

Seneca empertigou os ombros e observou a multidão de novo. Nada de Corey ainda. Nada de alguém que pudesse ser Brett. Aerin tinha sumido do outro lado da piscina. O cara de máscara também não estava lá, mas ela viu os dois andando casualmente na direção da mesa de comida. Aerin tinha mesmo arrumado alguém? Perto da pista de dança, Maddox tinha voltado a dançar discretamente. Seneca riu, apesar de tudo. Maddox até que estava entrando no ritmo.

Madison suspirou.

— Por que vocês dois não ficam juntos de uma vez?

— Hã? — Seneca piscou.

Madison abriu um sorriso.

— Você me ouviu. Está olhando para o meu irmão sem parar desde que a gente chegou.

— Não estou, não! — Envergonhada, Seneca desviou o olhar da pista de dança e fingiu se concentrar intencionalmente em um pequeno grupo passando. O terceiro cara fantasiado de Napoleão que ela via. Quatro garotas com mechas rosa no cabelo. Todas usando a mesma marca de relógio de monitoramento físico. O de uma delas se iluminou e declarou que ela havia atingido o objetivo de passos dados no dia. Era uma surpresa não terem todos apitado na mesma hora, pois as amigas estavam sincronizadas de todas as formas.

De repente, Seneca teve um estalo. Ela olhou para Madison.

— O Fitbit do Jeff. Ah, meu Deus.

— Hã? — perguntou Madison.

Seneca começou a remexer na bolsa e fechou os dedos na pulseira de borracha lá no fundo. Ela o ergueu com triunfo.

— Estou com isto desde ontem. Jeff o tirou quando estávamos conversando do lado de fora e eu guardei na bolsa. Esqueci de devolver.

Madison inclinou a cabeça.

— E daí?

Seneca enfiou a mão na bolsa de novo. O cabo USB do Fitbit dela estava em um dos bolsos. Ela o desenrolou, plugou o cabo no celular e a outra ponta no Fitbit de Jeff.

— Um Fitbit rastreia seus movimentos e o seu sono. Eu vi fotos do Jeff na festa, e ele estava com o Fitbit no pulso. Os dados do dispositivo devem nos mostrar quando ele parou de se mover, quando apagou. Também deve nos mostrar quando ele começou a se mexer novamente na manhã seguinte. E a gente também pode obter dados GPS dele, que vão provar que ele ficou parado no mesmo lugar.

A boca de Madison formou um O.

— O que vai provar que ele não pode ter feito nada com Chelsea.

— Exatamente.

O aplicativo do Fitbit abriu, e Seneca clicou na tela para importar os dados de Jeff. Enquanto carregava, ela sentiu um olhar nas costas de repente. Ela se virou lentamente. De trás do portão, o segurança ergueu o olhar de um jogo no telefone. Uma gaivota bicou um pedaço de comida caído no chão no deque da piscina. O local estava lotado, mas não tinha ninguém olhando para ela.

As informações apareceram na tela. Seneca voltou para o dia 10 de julho, o dia do desaparecimento de Chelsea. Jeff deu 13.492 passos e fez cinquenta e seis minutos de exercício cardiovascular. Ela inspecionou os dados da noite e seu coração deu um pulo. O Fitbit rastreou Jeff andando sem parar das 20h até 23h10 daquela noite: um passo aqui, vários ali, o comportamento típico de alguém numa festa. Mas, às 23h23, depois de andar 400 metros, a distância do caminho que seguiu para ir atrás de Chelsea, o Fitbit não marcava mais passo nenhum. Por sete horas. Com base nos batimentos cardíacos, o dispositivo relatava que ele estava em sono profundo às 00h03. Os dados de GPS indicavam que ele estava perto do estacionamento, na grama. Ele não tirou o negócio do pulso em nenhum momento naquela noite.

— Ah, meu Deus. — Seneca apertou o celular. — Eu preciso ligar para o Jeff. Ele precisa ver isso.

Ela enviou uma mensagem de texto rápida. Em poucos momentos, Jeff respondeu: *Isso é incrível. Eu estava indo praí. Tenho uma coisa pra contar também.*

Seneca não conseguia tirar o sorriso enorme do rosto. *Um ponto pra mim*, ela pensou. Isso atrapalharia o plano de Brett; se Jeff fosse liberado, a polícia se concentraria em outra pessoa... talvez *nele*. De repente, ela se sentiu pronta para qualquer coisa que ele pudesse inventar.

Cheia de alegria, ela parou nas pontas dos pés e olhou para Maddox, que, obviamente, ainda estava se balançando na batida da música eletrônica. Ela acenou e ele começou a vir na direção delas. Seus lábios se abriram ainda mais com um sorriso e, de repente, enquanto ela o via andando pela multidão, a mandíbula contraída, os olhos brilhando, o corpo rápido e atlético, as palavras de Madison voltaram com tudo. *Por que vocês dois não ficam juntos de uma vez?*

Seneca ficou observando Maddox se aproximar, com uma sensação repentina e breve de leveza, apesar de o perigo estar tão próximo. Talvez Jeff estivesse certo. Talvez a aura dela e de Maddox *combinassem* mesmo. Talvez eles formassem um bom par.

E talvez, só talvez, ela devesse admitir que sentia a mesma coisa que ele.

DEZENOVE

AERIN NÃO QUERIA parar de beijar Thomas, mas se afastou mesmo assim, lembrando-se da tarefa que tinha que cumprir. Ela precisava permanecer vigilante. Eles podiam não ter visto Brett ainda, mas talvez fosse por causa da localização. Mover-se pelo ambiente talvez ajudasse.

— Vem — disse ela, puxando a mão de Thomas. — Vamos pegar alguma coisa pra comer.

Eles foram até a mesa lotada de comida. Aerin sentia uma mistura de euforia e nervosismo e não estava com apetite nenhum, mas pegou dois pretzels mesmo assim. Ela não sabia muito bem por que tinha olhado por cima do ombro, mas, quando olhou, reparou em um movimento à esquerda. Ela olhou novamente. Havia uma figura atrás de uma das colunas de concreto do outro lado da piscina. Estava com uma máscara preta que escondia boa parte do rosto, mas, quando a cabeça virou ligeiramente, ela o encarou. Eram olhos brilhantes e redondos; se estivesse mais próxima, tinha certeza de que seriam azuis.

Eram os olhos *dele*. De *Brett*.

Aerin largou a mão de Thomas.

— O quê? — perguntou Thomas, puxando a máscara sobre o rosto. — O que está acontecendo?

— Shh — sussurrou ela, a garganta apertada. Ela sentia as bochechas ardendo. A testa estava coberta de suor. *Puta merda*, gritou uma voz na cabeça dela. Isso não podia estar acontecendo. *Não podia ser ele. Você precisa agir com calma*, gritou uma segunda voz. *Precisa fingir que não o viu.* Mas quanto tempo havia que ele estava parado lá? Ele a viu? Viu *Thomas*? Por fim, quando ela achou que tempo suficiente tinha se passado e que não pareceria mais óbvio, ela olhou para a coluna de concreto novamente. Brett tinha sumido.

Ela saiu andando pelo deque da piscina. Thomas foi logo atrás.

— Aerin — murmurou ele. — Me conta o que está acontecendo!

— *Shhh* — murmurou Aerin pelo canto da boca. — Eu acho...

Ela parou. A figura de preto, *Brett*, tinha reaparecido perto de uma das saídas.

Thomas pareceu vê-lo ao mesmo tempo. Ele segurou o pulso dela.

— Aquele é...?

Aerin apertou a mão dele.

— *Não olha diretamente para ele.*

A figura de preto estava simplesmente *parada* no meio dos arbustos que funcionavam como barreira natural em volta da piscina. A cada poucos segundos, ele virava a cabeça para lá e para cá. Parecia estar procurando alguma coisa na multidão. *Ele não os tinha visto.*

Aerin encolheu os ombros para parecer menor. Ela estava desesperada para avisar a Seneca, mas não queria fazer nenhum movimento repentino que revelasse sua posição.

— Você não sabe o quanto eu quero ir lá dar na cara daquele sujeito — murmurou Thomas, baixinho.

— Não faz isso, por favor — pediu Aerin.

Mas Thomas tocou numa questão importante: era loucura eles estarem *parados*, a poucos metros de um assassino, sem poder fazer nada. Ela pensou nas palavras da mensagem dele de novo. *Eu tenho uma surpresa de matar pra vocês.* O que poderia ser?

Houve um movimento repentino no canto do olho dela, e Aerin enrijeceu, alerta no mesmo momento. A figura de preto estava agora olhando para um celular, a luzinha de LED iluminando a máscara. Aerin fechou os dedos em volta do telefone; talvez ela devesse tirar uma foto dele. No mínimo, devia enviar uma mensagem para Seneca. Mas, antes que ela pudesse fazer qualquer uma das duas coisas, a figura se virou e foi rapidamente na direção de um intervalo nos arbustos. Ele se moveu com pressa e determinação, a cabeça baixa, os ombros encolhidos. Em meros segundos, a escuridão o engoliu.

Aerin olhou para Thomas.

— Vamos.

Eles foram abrindo caminho na direção da saída. Aerin olhou para trás novamente procurando Seneca, mas não a viu na multidão. Ansiosa, ela contornou um grupo tomando doses de tequila e espiou o corredor estreito. Luzinhas iluminavam o caminho, e a temperatura do ar, sem os corpos a espremendo, tinha caído pelo menos cinco graus. Não havia ninguém ali.

Aerin prestou atenção para tentar ouvir passos, respiração, *qualquer coisa* que indicasse que Brett estava por perto, e embora não ouvisse nada, tinha quase certeza de que alguém estava ali. E se fosse uma armadilha? Ela olhou para Thomas. E se Brett estivesse olhando? E se estivesse com raiva porque Thomas estava com ela?

— Olá? — sussurrou ela. Uma onda quebrou ao longe. Alguém pulou na piscina, fazendo barulho.

— Lá em cima? — Thomas apontou para uns degraus de concreto à direita que levavam ao saguão do condomínio por uma porta dupla. Aerin assentiu e eles subiram dois degraus de cada vez. No alto, ela olhou em volta. O saguão estava vazio. Havia dois elevadores de portas abertas. Até a recepção estava desocupada de um jeito sinistro.

Com a testa franzida, ela saiu do saguão e desceu a escada. À esquerda, perpendicular à escada e do outro lado da piscina, havia um alambrado. Atrás do alambrado havia um trecho vazio de areia com grama que ficava diretamente embaixo do amplo terraço do prédio. Aerin apertou o olhar para o terreno escuro. Teria sido para lá que

Brett foi? Ela só via mato, lixo e uma caçamba. Ela olhou para cima. O terraço parecia muito alto. E vazio.

Poderia ser um lugar perfeito para se esconder.

— Vem cá. — Ela segurou a mão de Thomas e o puxou por uma abertura do alambrado e para o terreno embaixo do terraço. Os tornozelos expostos batiam em tábuas soltas. A área estava escura e havia um odor químico estranho saindo da terra. Cada vez que Aerin dava um passo, ela chutava mais lixo e detritos.

Ela ouviu um choramingo e virou a cabeça. Era só o vento balançando a grama... certo? Mas, de repente, quando ela contornou uma caçamba de lixo, uma coisa nova surgiu à sua frente, uma forma escura e incerta no chão que transformou seus membros em pedra. Sua respiração entalou na garganta. O momento pareceu se prolongar por anos, mas finalmente Aerin ousou olhar melhor o que era: um corpo masculino, caído e sem vida, meio escondido no lixo e no mato.

Ela começou a gritar.

VINTE

COM A CABEÇA latejando por ter ficado perto da caixa de som do DJ a noite toda, Maddox ficou feliz quando Seneca e Madison fizeram sinal para ele se aproximar.

— Alguma novidade? — perguntou Seneca quando ele chegou perto a ponto de conseguir ouvir.

— Não — disse Maddox. Ele olhou ao redor com inquietação. — É irritante ver todo mundo de máscara. Brett poderia estar bem na nossa frente e nós não saberíamos.

Seneca mordeu a unha.

— Eu sei. Mas, escuta, Madison e eu pensamos em um jeito de limpar a barra do Jeff. O Fitbit dele mostra que ele estava dormindo entre as 23h30 e as 6h quando Chelsea sumiu. Isso pode provar que ele não a sequestrou.

Maddox piscou.

— Isso é ótimo. — Claro que Seneca pensou em um jeito de limpar a barra dele. Ela era incrível.

— Jeff está vindo pra cá. Depois que eu explicar tudo pra ele, ele pode procurar a polícia. — Seneca ficou nas pontas dos pés para olhar por cima de um chapéu alto com uma pena. — Aliás, *cadê* ele? Isso já faz uns dez minutos. Ele disse que tinha uma coisa pra me contar. Pareceu urgente.

— Falando em não conseguir encontrar pessoas, alguém viu a Aerin? — perguntou Madison. Ela estava com as mãos nos quadris, olhando na direção da mesa de comidas.

Maddox franziu a testa e se virou na direção para a qual ela estava olhando.

— Ela não está bem ali? — Mas Aerin tinha mesmo sumido. — Hum — disse ele baixinho, sentindo um tremor nervoso. — Será que ela foi ao banheiro?

Seneca franziu a testa.

— Alguém deveria mandar uma mensagem para ela. Só por via das dúvidas.

Madison pegou o celular e enviou uma mensagem. Como Aerin não respondeu, ela alongou o pescoço e ajeitou os ombros.

— Vou dar uma volta. Tenho certeza de que ela está bem. — Mas, quando ela falou, sua voz tremeu. O estômago de Maddox se contraiu.

O cabelo escuro de Madison sumiu no meio do grupo, e Maddox e Seneca ficaram sozinhos. Seneca se balançou nos saltos.

— Se ao menos a gente pudesse mandar uma mensagem para o Brett e dizer *Olha, estamos aqui. Qual é a grande surpresa?*

— Pois é. — Maddox desviou de um grupo de garotas arrastando balões de hélio. — Será que a surpresa dele é que *não tem* surpresa?

Seneca torceu a boca.

— Duvido. — O telefone dela apitou. Madison. Maddox se inclinou para ver a mensagem. *Acho que estou vendo Aerin indo para a saída. Ela parece bem.*

Maddox suspirou. Ele viu Seneca olhar mais o celular e verificar a hora.

— Onde está o Jeff? — perguntou ela, irritada. — Eu achei que ele largaria tudo para vir pra cá, considerando o que nós descobrimos.

Maddox sentiu um nó na garganta ao lembrar a conversa com Jeff no dia anterior, principalmente a expressão de decepção no rosto dele.

— Eu acho que ele largaria tudo só pra vir te ver, *ponto* — disse ele baixinho.

Seneca levantou a cabeça.

— Hã?

Ele soltou uma risadinha sufocada e acanhada.

— Bom, o cara está a fim de você. Eu achei que tivesse reparado.

Seneca apertou os lábios e apareceram duas manchas vermelhas nas bochechas dela.

— Sei lá — disse ela, olhando ao longe. — Não quer dizer que eu esteja a fim *dele*. Nada a ver.

— Porque você não está a fim de *ninguém* agora — declarou Maddox.

Seneca virou a cabeça para ele e estreitou os olhos. Maddox a sentiu o observando, passando o olhar pelas feições dele. Ele estava prestes a pedir desculpas; sua intenção não era que a declaração soasse como uma acusação. Ele só estava declarando os fatos. Mas, quando ele olhou para ela, Seneca estava com um sorriso estranho que parecia ser tantas coisas ao mesmo tempo: hesitante, triste, mas também... nervoso. Tenso. Ele talvez estivesse maluco, mas já tinha visto aquela expressão no rosto dela. Só achava que nunca voltaria a ver.

Ele ficou com o estômago embrulhado de repente.

— Estou errado? — perguntou ele.

Ela se virou para encará-lo. A expressão dela tinha mudado para algo acanhado, inseguro. Ela tossiu com constrangimento na mão fechada.

— Eu sei que não é a hora e nem o lugar pra isso, mas sinto que precisa ser dito. Bom, foi horrível não ter nossas conversas normais nos últimos três meses. — Ela estava falando tão baixo que Maddox teve que se inclinar para ouvi-la. — Eu me senti sem rumo. Tomei decisões ruins. — Ela capturou o olhar dele e ergueu o queixo. — Fui trabalhar no Annapolis Parking Authority, caramba.

Maddox tentou rir, mas a risada saiu engasgada.

— Essa foi mesmo uma decisão ruim. Eu teria te convencido a não fazer isso.

Ao longe, havia o som do baixo. Alguém riu alto. Seneca fingiu interesse repentino na unha do polegar.

— Eu queria que a gente tivesse conversado, ponto — murmurou ela. — Eu queria... muitas coisas.

Ela parecia tão tímida e insegura. Maddox ficou sem ar. Seria possível? Ele sentiu o canto dos lábios tremer num sorriso. Seneca também sorriu com nervosismo. Os dois riram, e o estômago dele gelou.

Ele estava com os braços arrepiados quando Seneca segurou as mãos dele lentamente. Ele esticou uma das suas mãos e tirou uma mecha de cabelo dos olhos dela. Ela deu um sorriso torto para ele e o coração dele se apertou. Ele a beijaria. A puxaria para perto. A tiraria da festa e... esqueceria, ainda que só por um momento.

Nesse momento, eles ouviram os gritos.

Eles se afastaram. Maddox seguiu Seneca quando ela seguiu desesperadamente entre os convidados da festa até uma pequena cerca-viva com uma passagem em arco. Eles encontraram Madison parada na frente de um alambrado.

— Veio dali — disse ela com voz trêmula, apontando para o terreno baldio. — Eu acho... acho que foi a Aerin.

Seneca passou desajeitada por um buraco irregular na cerca. Maddox e Madison foram atrás, piscando na escuridão repentina. Quando outro grito soou, o coração dele quase saiu pela garganta. Vinha de um lugar bem próximo. Ele olhou de um lado para o outro. A grama irregular, saindo da areia áspera, tremeu em um sopro de vento. Aerin apareceu na frente deles parecendo um fantasma, os olhos arregalados, a boca aberta num grito silencioso.

— O quê? — disse Seneca, segurando os ombros de Aerin. — O que está acontecendo? O que você viu?

— Brett? — sussurrou Maddox, ousando dizer o nome dele em voz alta.

Aerin abriu e fechou a boca e se esforçou para fazer o som sair. Com os olhos saltados, ela apontou para trás.

— *Ali* — sussurrou.

Eles abriram caminho na grama, passaram por umas caixas de papelão largadas e contornaram uma caçamba de lixo. Aerin parou e apontou de novo. Maddox olhou para baixo. Alguma coisa incongruentemente volumosa estava caída e retorcida no chão. Tinha volume. Firmeza. Ângulos. Seneca inspirou fundo e recuou. Os olhos de Maddox se ajustaram, mas ele levou um momento para entender o que estava vendo. Era uma mão. Uma mão humana.

— Ah, meu Deus! — gritou Seneca. — Chamem uma ambulância!

Maddox continuou olhando. Conectado à mão havia um braço, um ombro, um pescoço quebrado... e uma cabeça. O rosto estava de perfil, a pele cinzenta, os lábios entreabertos, o cabelo comprido e volumoso caindo em volta dos ombros. Maddox observou o nariz pontudo, o queixo esculpido, as maçãs do rosto invejáveis. Colocou a mão sobre a boca. O mundo começou a girar.

Era Jeff.

VINTE E UM

O QUE SENECA realmente lembrava, fora os passos incertos recuando na grama, fora os sons das sirenes, fora os paramédicos gritando que Jeff não tinha batimentos, fora a mãe do Jeff chorando histericamente ao entrar na ambulância com o filho, fora a mão na sua lombar a guiando, junto com Maddox, para uma viatura da polícia fedida a cigarro, com banco grudento e cintos de segurança que não funcionavam, era de estar no corredor da delegacia ao lado de um bebedouro. As paredes eram de concreto branco e o ar estava gelado. Ela apertou a alavanca e um fluxo de água fez um arco perto da sua boca. Aquilo a fez ela pensar em uma onda do mar, o que a fez pensar em quando Jeff disse que ela ia adorar surfar porque tinha os ombros certos para isso. E, por algum motivo, isso a fez pensar em sua mãe acertando seus ombros e dizendo *Não fica corcunda. Você é uma garota tão alta e forte.*

Estava óbvio que Brett tinha feito aquilo com Jeff. *Eu tenho uma surpresa de matar pra vocês!* E nenhum deles tinha previsto aquilo.

— Seneca.

Aerin tinha ido em uma viatura separada com Madison e estava descendo o corredor na direção dela. Suas bochechas estavam úmidas, como se ela tivesse chorado. Seneca reparou no cara ao lado dela. Era alto e arrumado, mas estava com a mesma expressão de choque de Aerin. Estava segurando uma máscara de Guy Fawkes. Ela o reconheceu na mesma hora. Era Thomas, o policial de Dexby que os ajudou com o caso de Helena.

Aquilo a fez ficar sóbria rapidamente.

— O que *ele* está fazendo aqui? — disse ela com rispidez.

Aerin pareceu abalada.

— É uma longa história. Mas Thomas estava comigo quando eu encontrei Jeff. Ele veio ajudar.

— Nós dois vimos Brett hoje — acrescentou Thomas. — Ele estava na festa.

Seneca encarou Aerin, o corpo todo gelado.

— Ele sabe sobre o *Brett*?

Aerin tirou o cabelo dos olhos assustados.

— Eu contei pra ele séculos atrás, antes de Brett enviar aquela carta. Mas aí a gente terminou e eu esqueci.

— Eu vim procurar Aerin em Avignon. Pedi pra fazer parte da investigação. Ela não tem culpa de nada disso — disse Thomas.

Aerin soltou um choramingo atormentado.

— Estou com a sensação de que é tudo culpa minha. Eu estou com medo de Brett ter nos visto conversando e ter feito alguma coisa com o Jeff.

Thomas pareceu estar sofrendo.

— Eu não queria que ninguém se machucasse.

— Mas uma pessoa se *machucou*! — rugiu Seneca.

— Eu sei. — Aerin cobriu os olhos. — A gente sente muito.

Seneca respirou fundo para tentar se acalmar. Ela olhou para Thomas. Ele estava com a pele pálida, olheiras e uma expressão amuada. Era óbvio que ele só quis ajudar. O cara foi praticamente a primeira pessoa a chegar no local quando Marissa Ingram os prendeu na festa do Coelhinho da Páscoa, e fez questão de verificar pessoalmente se cada um deles estavam bem depois. Ela sabia que sua raiva não era com Thomas. Era com Brett.

— Não, eu que sinto muito — disse ela com cansaço. — Eu não pretendia ser ríspida com você. Mas tenho a sensação de que isso não teve nada a ver com Brett ter visto vocês juntos. — Na cabeça dela,

Brett matou Jeff por causa da mensagem que Jeff mandara para ela: *Tenho uma coisa pra contar também.* Talvez Jeff *tivesse* descoberto alguma coisa. E talvez Brett soubesse.

Mas então ela se deu conta do que Thomas dissera. Seu coração disparou.

— Espera. Você disse que viram o Brett na festa? Tem certeza?

Aerin assentiu.

— Ele estava todo de preto. Eu só vi os olhos dele, mas foi o suficiente.

— Por que não contou? — Ela sentiu uma nova onda de desespero. Brett tinha chegado perto e ela não sabia?

— Ele desapareceu de repente — explicou Aerin. — Eu queria ficar de olho nele e fui atrás. Mas, quando vi Jeff no terreno baldio, me esqueci completamente. — Ela tapou os olhos com as mãos. — Desculpa. Eu estraguei tudo.

Seneca mordeu o lábio com força.

— Não é sua culpa — disse ela, a voz engasgada. — É minha. Eu me distraí. Também deveria ter visto Brett... mas não vi. — Ela se sentiu tão fraca de repente. Tão vulnerável.

— Com licença. Pessoal, podem vir aqui?

Um policial jovem com cabelo ruivo e uma explosão de sardas no rosto se inclinou parcialmente por uma porta aberta no corredor. Ele fez Seneca pensar no Woody dos filmes *Toy Story*, sincero e simpático e com as pernas meio arqueadas, embora tivesse dito que seu nome era Ethan Grieg.

O policial Grieg fez sinal para o grupo entrar na sala, que só tinha uma mesa redonda de madeira com cadeiras. Ele colocou um caderno comum em espiral na mesa com uma batida e ofereceu uma lata de Coca para cada um. Seneca olhou para a lata na sua frente e sacudiu a cabeça, se sentindo enjoada demais para tomar o líquido açucarado.

— Desculpe trazer vocês aqui. — Grieg se sentou. — Nós só precisávamos que dessem uma declaração sobre o que exatamente aconteceu quando encontraram o sr. Cohen. Vocês acham que conseguem?

— Ele está... morto? — perguntou Aerin.
Grieg baixou o olhar para a mesa.
— Foi confirmado — disse ele com voz firme. — O pescoço estava quebrado, aparentemente por uma queda. Sinto muito.

Seneca piscou com força, tentando absorver aquilo tudo. *Uma queda*. Ela pensou no terraço acima do terreno baldio. Ele teria caído de lá? Ou, mais precisamente, teria sido *empurrado*?

Maddox a encarou por um segundo e afastou o rosto. As feições bonitas dele estavam transformadas com a notícia. Seneca pensou na onda de emoções que tinha sentido por Maddox apenas uma hora antes, mas logo colocou tudo isso num lugar inalcançável. Parte do motivo para não ter visto Brett na festa foi por estar pensando em seus sentimentos por Maddox. O preço dessa distração foi a vida de Jeff.

Com respiração entrecortada, Aerin e Thomas começaram a descrever como tinham encontrado Jeff no terreno baldio. Aerin devia ter botado na cabeça de Thomas que era melhor não mencionar Brett, porque os dois resmungaram de um jeito constrangido que eles estavam na escada e ouviram um barulho estranho. Seneca ouviu as palavras deles sem prestar muita atenção, pensando no que tinha acabado de acontecer. Novamente, Brett fez uma coisa horrível e novamente se safou.

O sangue dela ferveu. Suas mãos se fecharam em punhos. Ela estava de *saco cheio* daquilo. Queria justiça por sua mãe, mas não que custasse outras vidas. Não queria mais saber do jogo de Brett. A situação era maior do que ela agora.

Ela levantou o rosto e encarou os olhos do policial.
— Foi o Corey Robinson.
Grieg segurou a Coca no caminho da boca.
— Como?
— Corey Robinson. Foi ele que fez isso com o Jeff. Você precisa encontrá-lo.
— *Seneca* — sussurrou Maddox do outro lado da mesa.
Seneca se inclinou na direção do policial.

— Nós achamos que ele sequestrou Chelsea Dawson também. Nós temos uma foto deles juntos na noite da festa, por volta do horário em que Chelsea sumiu e no local onde o sangue dela foi encontrado. O Jeff sabia disso tudo. Talvez ele estivesse chegando perto demais da verdade e Corey precisou calar a boca dele.

O único som na sala era o barulho do ar-condicionado saindo pela ventilação. Grieg se encostou na cadeira e cruzou os braços sobre o peito.

— Em primeiro lugar, é cedo demais para classificar a morte do sr. Cohen como assassinato. Ele caiu do terraço. Pode ter sido acidente ou até suicídio, mas... Tudo bem. Como você sabe disso tudo?

Seneca lambeu os lábios.

— A gente anda investigando o caso. Em grupo.

Grieg amarrou a cara. As sardas dele desapareceram e seus olhos ficaram sombrios.

— Você pode me dizer o nome do garoto de novo?

Seneca repetiu o nome. Ela também contou a ele sobre o Island Time e Kate, que pareceu incomodada para responder perguntas sobre Corey, e deu o endereço que ele tinha colocado no formulário do emprego. Depois de anotar no caderninho, Grieg olhou para Seneca de um jeito gelado.

— Não se mexa.

Os passos dele ecoaram no corredor. Quando sumiram, Thomas limpou a garganta.

— Tem certeza de que isso foi boa ideia?

Seneca abriu a boca, querendo falar que ele não tinha o direito de ter opinião. Mas talvez ela estivesse exagerando. Brett não matou Jeff porque Thomas era policial; ele pretendia fazer aquilo mesmo antes de saber que Thomas estava por ali.

— Isso não é mais uma brincadeira. Eles precisam encontrar o Brett antes que ele faça algo pior.

— Eu sei, mas e se contar pra polícia *fizer* o Brett fazer algo pior? — perguntou Maddox.

— Estou de saco cheio das ameaças idiotas do Brett. — Ela sentiu o desespero crescendo dentro dela, um calor quase palpável debaixo da pele. — Esse cara matou a irmã da Aerin. A minha mãe. O Jeff. Brett precisa ser detido *agora*. Está na hora de acabar com isso.

As luzes fluorescentes piscaram. Estava tão silencioso naquela sala que Seneca ouvia as bolhas de gás na lata de Coca de Grieg subindo e estourando. Seneca apoiou a cabeça nos braços e fechou os olhos, de repente exausta.

Quando a porta se abriu de novo, ela deu um pulo frenético e bateu o joelho na parte de baixo da mesa. Grieg entrou às pressas. Havia algumas folhas de papel na mão dele.

— É esse o cara? — perguntou ele com voz irritada, botando uma foto com um tapa na mesa.

Todo mundo olhou para a imagem granulada da câmera de segurança. As letras familiares estilo anos 1950 da placa em frente ao Island Time Café ao fundo. O cara da foto era o mesmo do PhotoCircle... e o mesmo de quem Seneca se lembrava do café. O boné estava bem puxado. A cabeça estava baixa. Ele tinha altura mediana e ombro largos e uma postura curvada.

— É — disse ela. Todos os outros assentiram também. — Ele foi à festa?

Grieg cruzou os braços.

— Corey Robinson foi viajar com os pais ontem. O avô dele faleceu inesperadamente de derrame e eles tiveram que ir ao enterro. E não acho que esse cara tenha sequestrado ninguém. Ele tem 15 anos. Não sabe nem dirigir.

Seneca piscou, sem entender.

— C-como é?

— Quinze anos? — disse Madison ao mesmo tempo.

O policial suspirou.

— Kate Ruggio, a gerente do Island Time Café, não mentiu pra vocês sobre esse cara ser um criminoso. Ela estava constrangida por fazerem perguntas sobre Corey porque ela o contratou para um emprego de quarenta horas por semana, sendo que isso é ilegal, por ele ser menor. Ela achou que ia se meter em confusão. Ela diz que Corey era tranquilo e trabalhador. Bem-comportado. Só queria economizar pra poder fazer um acampamento de sobrevivência no verão que vem.

— Ele não é bem-comportado — disse Maddox. — Nós soubemos que ele levou armas pra escola. Teve que ir pro reformatório.

Grieg olhou para ele de cara feia.

— Não há registro de armas e nem de detenção juvenil, nós verificamos. Vocês precisam fazer o dever de casa um pouco melhor.

Seneca passou a língua nos lábios.

— Mas e a foto dele com a Chelsea na calçada em frente à festa? Como você explica isso?

— O sr. Robinson não admitiu ter estado lá antes porque, novamente, o garoto tem 15 anos. Ele teve medo do que os pais iam dizer sobre ele tentar entrar de penetra numa festa onde havia álcool.

— Grieg empilhou suas anotações. — Eu não estou feliz de ele não ter se manifestado antes, mas essa não é a questão. Ele se lembra de ter cumprimentado Chelsea Dawson, mas que ela estava distraída. Ele disse que ela estava trocando mensagens com alguém. Que quase não prestou atenção nele. Corey foi embora um pouco depois. Não viu nada de estranho. O pai pode confirmar quando ele voltou para casa, e um amigo do Wawa que vendeu um refrigerante para ele disse que passou no local às 23h15. Quanto aos eventos desta noite, o sr. Robinson nem estava na cidade, então o envolvimento dele está fora de questão.

Houve um sentimento frio e vazio dentro de Seneca, como se o estômago dela tivesse sido removido com uma colher.

— Ah. — Era tão óbvio. Brett armou aquilo tudo. *Como*, Seneca não sabia. Mas só podia ter sido ele.

— Nós pedimos desculpas por termos feito você perder seu tempo — gemeu Maddox.

O policial riu com deboche. Seneca odiou o jeito condescendente de pena com que Grieg olhou para eles.

— Olha — disse ele quando se levantou —, isso é coisa de polícia, entenderam? Juntem seu grupinho, vão pra casa e deixem o resto conosco. Nós perdemos quase uma hora procurando um garoto de quinze anos por causa de vocês.

Não havia nada a fazer além de ir embora. O sangue parecia estar fervendo nas veias de Seneca. Alguém botou a mão no ombro dela e, quando ela se virou, viu que era Thomas. Ele parecia estar sofrendo.

— Como ex-policial — disse ele em voz baixa —, posso dizer que esse sujeito é um babaca de marca maior.

Seneca sentiu lágrimas ardendo nos olhos e, de repente, estava exausta.

— Como ex-policial, pode ficar à vontade para se juntar a nós — ofereceu ela. — Parece que precisamos de toda ajuda possível.

— Conta comigo — respondeu Thomas.

Seneca entrou no banheiro na entrada da delegacia. Havia uma policial em uma das cabines e ela abriu um sorriso apertado e compreensivo enquanto secava as mãos. Talvez todos soubessem, pensou Seneca. Todo mundo na cidade achava que ela era uma idiota. Seneca olhou para seu reflexo no espelho, mantendo a expressão neutra até a mulher sair. Só quando ela saiu foi que sua compostura desmoronou. Ela enfiou a cabeça embaixo da torneira, mas isso não ajudou a esfriar as bochechas.

Ela duvidava que algo ajudasse.

UMA VIATURA OS deixou no portão da pousada. Antes de o veículo se afastar, Madison perguntou ao policial se seria perigoso ela correr até o Wawa, que ficava a um quarteirão dali. O policial, um cara jovem que pareceu se animar quando Madison falou com ele, disse que a acompanharia, e ela se sentou no banco da frente e anotou os pedidos. Seneca não estava com vontade de comer nada. Seu estômago parecia um buraco dormente, revirado demais para receber comida.

Ela fechou a porta do quarto e parou no meio do carpete. De certa forma, ficou agradecida pela solidão temporária. Depois de trancar as janelas e verificar a câmera de segurança, ela foi até o frigobar, enfiou dinheiro na abertura e o abriu. A miniatura de vodca Stolichnaya ardeu sua garganta e a fez ficar com lágrimas nos olhos, mas infelizmente não a fez se sentir melhor. Ela abriu outra garrafa e bebeu na mesma velocidade. Em seguida se deitou na cama e olhou para o teto, meio tonta.

    Seu coração estava batendo forte e alto no peito. Os membros pareciam exaustos, e ela só queria dormir, mas sempre que fechava os olhos, a única coisa que ela via era Jeff sendo coberto com um lençol e colocado numa maca. Por que Brett resolver atacá-lo? O que Jeff descobriu? Será que um dia ela saberia a resposta?

    A porta se abriu de leve. Seneca fechou os olhos, achando que era Madison, mas de repente sentiu o colchão afundar. Madison tinha deitado na cama com ela?

    A mão de alguém, grande e áspera, a segurou no lugar.

    — Não ouse se mexer.

    As veias de Seneca viraram lava derretida. Ela conhecia aquela voz. *Brett*.

    A forma escura estava acima dela. Seneca não conseguia identificar as feições, mas sabia sem dúvida nenhuma que era ele.

    Ela se virou de lado, desesperada para acender uma luz. Brett segurou o pulso dela.

    — Se você se mover, morre. Se gritar, morre. Entendeu?

    Seneca assentiu, trêmula. Olhou para o contorno vago da porta que levava ao corredor. *Alguém, escute, por favor*. Maddox. Bertha. Aquele maldito cachorro incompetente. Mas a pousada continuou parada. Quieta. Escura. Desinteressada.

    — Então, escuta. — O hálito de Brett estava quente e ele tinha um odor pungente familiar. Repelente, talvez. De limão. — Estou surpreso por *você* ainda não ter me descoberto. Você achou que eu era um moleque de quinze anos? Sério? — Ele soltou um *tsc-tsc*. — Só mostra quem é a verdadeira mente genial.

    Seneca mudou de posição e Brett se moveu com ela, enfiando as unhas em seu pulso.

— Mas o jogo está demorando demais. Então, vou acelerar as coisas. Aquela vaca ainda está viva, mas você tem que encontrá-la até o meio-dia de sexta. Depois disso, ela morre. Vou até te ajudar, vou te dar umas pistas. Seu tempo começa agora.

Ele se levantou. Seneca ficou de pé na mesma hora, mas Brett a empurrou na cama. Ela soltou um gritinho surpreso.

— Meio-dia de sexta — sussurrou Brett. — Trinta e seis horas. Te vejo do outro lado. Ou não.

Os passos dele se afastaram. Seneca se levantou de novo, mas a adrenalina estava correndo desesperada pelas veias dela, e ela se sentiu meio tonta. Seus joelhos fraquejaram, e ela se segurou na cama para se firmar. Quando conseguiu ficar de pé, era tarde. Brett já tinha sumido na noite.

VINTE E DOIS

AERIN TINHA ACABADO de se deitar, mas deu um pulo quando ouviu um som alto. *Alguém estava batendo na porta.*

Detalhes da noite faziam suas têmporas latejarem. Thomas, de máscara, implorando para eles conversarem. Jeff caído sem vida no mato atrás da caçamba de lixo. A cena estranha na delegacia. Aquele erro *tão* grande sobre Corey.

Brett ainda solto por aí. *Matando* de novo.

Alguém se levantou do chão, e Aerin se deu conta de que era Thomas, que tinha ido dormir com eles em vez de voltar para o motel em uma cidade vizinha. Do outro lado do quarto, Maddox se levantou do divã e vestiu uma camiseta. Ele relaxou quando olhou pelo olho mágico e abriu a porta. Seneca entrou, murmurando histericamente. Madison entrou atrás, às lágrimas.

— Eu voltei do Wawa e Seneca estava deitada em posição fetal e eu não sabia o que fazer! — exclamou Madison.

Aerin foi da cama até Seneca, que estava olhando para todos com olhos arregalados e vidrados.

— Seneca, o que houve?

Os lábios de Seneca tremeram. Então, para o horror de Aerin, ela emitiu uma única palavra:

— Brett.

Aerin sentiu o coração parar.

— O quê? — sussurrou Thomas.

— E-ele esteve aqui. — Seneca foi até a cama de Aerin. Suas mãos estavam tremendo. — No meu quarto. Ele me ameaçou. Disse que temos trinta e seis horas pra encontrar a Chelsea ou ela vai morrer.

Aerin trocou um olhar assustado com Maddox e Madison e se virou para Seneca.

— Ah, meu Deus — sussurrou ela.

— Como ele estava? — perguntou Maddox ao mesmo tempo.

Seneca balançou a cabeça.

— Não deu para dizer. Não vi *nada*. Mas era a voz dele.

— Eu peguei a câmera de vigilância da janela — disse Madison, abrindo a palma da mão e mostrando o aparelhinho. — Mas parece... desligada. A luz verde não está piscando.

Seneca parecia atordoada.

— Eu fiquei totalmente aérea quando estava no meu quarto. Se ele sabia onde a câmera estava, pode ter levantado a mão e desligado antes de subir na minha cama.

Maddox fez uma careta.

— Meu Deus — sussurrou Thomas. Aerin ficou agradecida por seus dedos fortes entrelaçados nos dela. Eles a faziam se sentir... bem, não exatamente segura, mas pelo menos a impediam de desmaiar.

— Nós temos que contar ao policial Grieg, né? — disse Aerin com voz trêmula. — Talvez Brett tenha deixado uma digital sem querer. Talvez alguém o tenha visto entrar.

— Mas a polícia já nos acha malucos — resmungou Maddox. — Se a gente ligar agora, vão achar que estamos mentindo.

Madison fechou os olhos.

— A gente não pode pelo menos ir embora dessa pousada?

— A gente deveria ir — concordou Seneca. Ela passou as mãos pelo rosto. — Pessoal, *quem é* Brett? A gente ficou tão perto dele hoje. Ele não é Corey, mas tem outras coisas que a gente sabe. Tipo a cor dos olhos. E ele tem alguma ligação com essa pousada. E *Jeff* descobriu quem ele era. Foi por isso que Brett o empurrou do terraço. Quem sobra?

Aerin abraçou o travesseiro com força.

— Você acha que Jeff contou pra alguém sobre a desconfiança dele? Será que a gente não pode mandar mensagem de texto pra algum dos amigos dele?

— Mas e se o amigo *for* o Brett? — argumentou Seneca. Ela olhou para Aerin. — Na festa de hoje. Você consegue pensar em alguém que estivesse por perto quando você viu Brett? Isso vai pelo menos descartar quem ele *não* é.

Aerin tentou pensar, mas seu cérebro parecia derretido, lento.

— Aquela garota chamada Gwen — disse ela devagar. — E... talvez Alistair? E umas garotas que gostaram da minha bolsa? — Ela olhou para Thomas com esperança de que ele pudesse ajudar, mas ele só deu de ombros.

— Eu não sei o nome de ninguém. Só lembro que tinha uns Napoleões por aí.

— Que ótimo. — Maddox pareceu frustrado. — Qualquer um que era Napoleão *não é* Brett.

— Desculpem — disse Aerin. — Estou tentando pensar... mas tudo aconteceu tão rápido e... — Ela balançou as mãos com impotência, frustrada com tudo que não conseguia lembrar, irritada com os olhos de todos nela, esperando uma resposta.

Maddox deu de ombros, pegou um iPad na bolsa e abriu um aplicativo.

— Acho que a gente precisa voltar para o começo. Amanhã a gente deve conseguir montar um PhotoCircle da festa de hoje, mas, até lá, temos o da última festa, em que Chelsea estava. Brett também foi. Olha esses rostos, Aerin. Nos diz quem você viu ao mesmo tempo que viu o Brett e quem *não* viu.

O PhotoCircle abriu. Aerin olhou as imagens e foi apontando para várias pessoas que ela tinha certeza de que não estavam no local na hora que a forma escura de Brett apareceu; mas, mesmo assim, sua memória parecia confusa e nada confiável. Junto com a exaustão sufocante e a adrenalina latejando, ela não sabia mais o que era real e o que era sonho. Viu fotos de Brianna Morton e das amigas até chegar na foto borrada com Corey e Chelsea ao fundo. Aerin ficou olhando por um momento, os olhos vidrados e cansados, depois mudou de foto de novo. Mas sua mente deu um estalo. Ela voltou e apertou os olhos, com uma certeza repentina.

— Tem uma coisa estranha nesta foto.

Maddox se inclinou para perto.

— O quê?

Ela apontou para as meninas sorrindo no primeiro plano e depois para Chelsea e Corey do lado de fora da janela.

— Todo mundo está focado. A maioria das câmeras não faz isso.

Thomas se inclinou para trás.

— A maioria... ou todas?

— Acho que um fotógrafo habilidoso consegue deixar tudo focado, mesmo com distâncias diferentes. Mas uma câmera de telefone não consegue. E certamente não uma pessoa no meio de uma festa mexendo em uma câmera de telefone. É duvidoso, pelo menos. Fico pensando se foi Photoshop.

Madison estava com os olhos arregalados.

— Como?

Aerin se inclinou para a frente. Ela tinha ficado com um cara da faculdade de artes da região no ano anterior, e mesmo sem querer uma aula sobre retoques em fotos, ele começou a contar a história de amor dele com o Mac e ela morreu de tédio.

— Alguém pode ter tirado uma foto de Chelsea e Corey na rua e inserido na foto da Brianna, fazendo com que parecesse acidental. Alguém pode até ter tirado uma foto do Corey e outra da Chelsea *separadamente* e depois juntado no Photoshop, para fazer parecer que eles estavam conversando. Eu nem sei se a foto deles foi tirada da mesma janela. A perspectiva parece meio estranha.

— Então, teoricamente — disse Maddox lentamente, com expressão de dúvida no rosto —, Brett pode ter tirado uma foto da Chelsea, ou mesmo da Chelsea e do Corey, de outro lugar, onde ele estivesse escondido. Mas aí enfiou *nesta* foto, que bate com nossa linha do tempo e incrimina Corey.

— Exatamente — disse Aerin.

— Mas diz que a foto é do celular da Brianna — argumentou Madison. — Como Brett poderia ter acesso às fotos dela?

— É possível — observou Thomas. — Já vi hackers habilidosos fazerem todo tipo de coisa.

— Talvez ele estivesse vendo as fotos aparecerem no nosso grupo. — Seneca se mexeu na cama e fez as molas reclamarem. — Quando viu essa foto, pegou, inseriu Corey e Chelsea e arrumou um jeito de postar como ela.

Maddox fez uma careta.

— Parece coincidência demais. Brett teria que parar o tempo praticamente para encontrar a foto certa, fazer a magia do Photoshop, invadir nosso grupo e fazer parecer que vinha da conta da Brianna.

— Mas, quanto mais eu olho, mais tenho certeza de que tem Photoshop nessa foto — diz Aerin, olhando para as imagens até a visão ficar meio borrada. — Como isso é possível?

Madison levantou o rosto.

— Espera. Quando a gente ligou para o J.T., ele mencionou outro PhotoCircle, não foi?

Seneca apertou os olhos.

— Quem?

— É verdade. — Aerin contou a Seneca sobre a ligação com J.T., que ela não ouviu porque estava do lado de fora com Jeff. — J.T. pareceu irritado, como se fosse um desperdício do tempo de todo mundo. Talvez a polícia ou algum outro amigo tenha criado um PhotoCircle antes de nós. E todo mundo entrou *nesse* PhotoCircle e carregou as fotos. É possível?

— Mais ninguém mencionou outro PhotoCircle, mas não quer dizer que não exista — disse Seneca. — Vamos dar uma olhada nisso. Aposto que a foto da Brianna também está lá. E pode ser que Brett tenha visto a foto e se dado conta de que poderia usá-la pra incriminar Corey. Não sei como ele invadiu a conta dela de novo e inseriu a foto alterada na galeria, mas ele pode ter tido dias pra fazer isso, não minutos. Parece mais provável, não é?

Maddox entrelaçou os dedos atrás da cabeça.

— Então você está dizendo que Brett planejou incriminar Corey desde o começo?

Seneca assentiu.

— Acho que sim. Por outros motivos também. Quando falei sobre Corey, Jeff já sabia de um boato pronto sobre ele, sobre as armas. Mas a polícia disse que não era verdade.

Aerin sentiu o coração disparar.

— O boato jogou a desconfiança sobre Corey, a nossa e a de todo mundo. Seria possível que Brett o tivesse criado pra incriminar Corey?

Maddox apertou os olhos.

— Nós temos que descobrir quem deu início ao boato, então. Porque, se descobrirmos isso...

— Vamos chegar até Brett — concluiu Seneca.

Aerin pegou o celular, sentindo-se energizada de repente.

— Pra quem a gente pode perguntar? Alistair? Kona? Gabriel?

— Que tal o irmão do Jeff? — perguntou Seneca. — Jeff sabia do boato... Marcus também deve saber. Eu tenho o número dele.

— Sei lá — disse Aerin, inquieta. — O irmão dele acabou de *morrer*.

— Mas isso pode levar ao assassino do irmão dele — argumentou Seneca. — Se bem que você tem razão. E se a gente só mandar uma mensagem? Se ele não responder, a gente tenta outra pessoa.

Seneca procurou o nome de Marcus no celular. Aerin ouviu a notificação da mensagem sendo enviada, se levantou e abriu a janela. O sol estava nascendo, manchando o céu com nuvens rosadas e esbranquiçadas. Algumas gaivotas ocupavam o jardim da frente, bicando alguma coisa na grama. Duas pessoas passaram correndo, os tênis batendo alegremente no chão.

— Espera aí — disse Seneca de repente.

Aerin se virou. A testa de Seneca estava franzida de concentração. Suas mãos estavam pousadas com tranquilidade no colo.

— Quando Brett me atacou hoje, ele mencionou que achamos que ele era um *garoto de quinze anos*. Mas nós não dissemos o nome do Corey na festa. Não vejo como ele pudesse saber o que dissemos pra polícia na sala de interrogatório, a não ser que tenha botado uma escuta na delegacia. O único outro lugar em que falamos dele abertamente foi no Island Time, mas eu não vi ninguém lá olhando para a gente. E foi tão *cedo*. Mas a gente falou muito sobre o Corey quando começou a olhar o PhotoCircle. Onde nós estávamos?

Madison franziu a testa.

— No condomínio. Na varanda de Gabriel Wilton.

Seneca assentiu, como se já soubesse.

— E vocês repararam em alguma câmera lá? Algum microfone?

Madison riu com nervosismo.

— Por quê? Você acha que aquele apartamento estava grampeado?

— Por que Brett grampearia o apartamento de um cara qualquer? — perguntou Maddox.

De repente, Aerin entendeu aonde Seneca queria chegar. Seria *possível*? Ela tremeu e olhou para trás, com medo de Brett estar parado ali observando. Não era tão inimaginável, talvez. Afinal, ele esteve na frente deles o tempo todo.

O celular de Seneca fez barulho. Ela desbloqueou na tela.

— É o Marcus — sussurrou ela, e olhou a mensagem. Seus olhos se arregalaram. Sem dizer nada, ela virou o celular para os outros verem. Mas Aerin não precisou ler. Ela já sabia.

Eu lembro exatamente quem me contou os boatos. Gabriel Wilton.

VINTE E TRÊS

— **MERDA.** — Seneca olhou para a mensagem de texto. — A gente deveria ter previsto.

Maddox engoliu em seco, trêmulo.

— Gabriel grampeou o apartamento. Deve ter sido por isso que ele ofereceu de ficarmos lá. Ele queria saber o que a gente ia falar e se estávamos próximos de descobrir quem ele é. Deve ter ouvido a gente falando de Corey.

— Vocês acham que foi isso que Jeff descobriu? — sussurrou Aerin.

— Provavelmente — disse Seneca. Ela estava frustrada. Como era possível que eles tivessem estado na casa de Brett... sem ter percebido? E se Jeff tinha descoberto a verdade, por que não mandou a desconfiança por mensagem? Por que estava esperando pra encontrá-la pessoalmente?

A não ser que ele não tivesse certeza. Gabriel era amigo dele, afinal. E disse que estava defendendo a inocência de Jeff.

Aerin andou de um lado para outro, mergulhada em pensamentos.

— Então Gabriel, *Brett*, plantou os boatos sobre Corey da mesma forma que plantou boatos sobre Jeff no Caso Não Encerrado — acrescentou Aerin. — Qualquer coisa pra afastar nossa atenção da identidade dele.

Madison apertou um travesseiro.

— Mas as pessoas *conhecem* o Gabriel. *Nós* conhecemos o Gabriel. Isso faz algum sentido?

— A gente não o conhece *de verdade* — disse Maddox com uma risada debochada. — Nós o vimos por alguns minutos e ele deu o fora. Eu não senti que fosse Brett, mas ele também estava de óculos escuros, com o cabelo diferente, e falava de um jeito tão de surfista... que não parecia nem um pouco o Brett.

— Thomas e eu o vimos na festa, mas foi de longe — disse Aerin.

— Ele estava fantasiado. E Brett estava todo de preto. Por que Gabriel se daria ao trabalho de trocar de roupa se já estava nos enganando?

Os olhos de Seneca se iluminaram, a resposta repentinamente óbvia.

— A não ser que ele *quisesse* que você o visse, Aerin. Ele sabia que você se concentraria num cara de preto. Sabia que você o seguiria quando ele saísse correndo. É óbvio: ele queria que você encontrasse o Jeff. Ele te *levou* lá. Foi parte da surpresa dele.

Aerin passou a mão pelo queixo.

— Brett saiu correndo meio de repente mesmo — disse ela com voz trêmula. — E foi direto pra aquele terreno baldio.

Seneca se levantou de novo. O sentimento pesado e sujo de ter encontrado Brett tinha passado e ela agora se sentia renovada e energizada.

— Bom. Se fizermos uma linha do tempo, eu diria que Brett sabia que ia matar o Jeff há um tempo. Foi por isso que ele nos mandou aquela mensagem da *surpresa de matar*. Ele deve ter encontrado um jeito de fazer Jeff aparecer. E quem sabe? A minha mensagem sobre o Fitbit pode ter ajudado. — Ela sentiu culpa de repente, como se tivesse sido incluída involuntariamente no plano de assassinato de Brett. — Na festa, Brett apareceu como "Gabriel", o anfitrião. Mas, quando percebeu que Jeff estava indo para lá... e não sei bem como ele fez isso, talvez estivesse rastreando o celular do Jeff. Será?

— É possível — disse Thomas, interrompendo-a. — Existem aplicativos espiões pra celulares.

— Certo. — Seneca assentiu. — Depois que Brett percebeu que Jeff estava indo pra lá, ele saiu da festa e o encontrou na entrada do condomínio. Levou Jeff para o terraço. Encontrou um lugar escuro e o empurrou no terreno baldio. Depois, colocou o moletom preto e reapareceu na festa como um cara sinistro e anônimo, e ficou esperando que um de nós o visse.

Todo mundo parou por um momento para absorver o que ela disse. Thomas assentiu com relutância.

— Uau — disse Madison, perplexa.

Maddox limpou a garganta.

— E o "Gabriel" não trabalha em uma imobiliária? Bertha disse que tem um inquilino regular, aquele coroa, o Harvey. Pode ser que a empresa gerencie os aluguéis na pousada também. Será assim que o cachorro o conhece?

— Além do mais, morando no condomínio, ele tem acesso fácil à cena do crime — acrescentou Seneca. — Ele sabia um caminho particular e em que estacionamento pegar Chelsea. Devia saber um lugar em que poderia colocar um carro de fuga. Também sabia de um terraço discreto onde poderia matar Jeff. Tudo encaixa.

Thomas andou pelo quarto.

— O que a gente faz agora?

— Vamos olhar os apartamentos — disse Maddox. — A polícia está por toda parte, mas pode ser que a gente dê sorte. Brett pode ter deixado uma pista.

Seneca assentiu, vibrando com a adrenalina.

— Vamos nessa.

O SOL ESTAVA nascendo quando o grupo parou na frente do condomínio. Uma parte do prédio estava fechada pela fita da polícia por causa do ataque a Jeff. Havia alguns policiais na frente, as mãos nos bolsos ou segurando copos de café, as posturas curvadas e cansadas. Seneca e os outros discutiram uma estratégia sobre entrar no condomínio sem cartão magnético, mas acabou não sendo problema; um dos portões estava escancarado. Maddox entrou por ele.

— Acho que esqueceram de fechar esse depois da festa ontem.

— Ou Brett montou uma armadilha pra nós — disse Madison com cautela.

O estômago de Seneca ficou embrulhado. Será? E se Brett estivesse esperando por eles? Mas ela se empertigou. Não. A polícia estava lá.

Eles pararam na área da piscina, que ainda estava suja, com latas de lixo transbordando, garrafas de cerveja e guardanapos coloridos espalhados como confetes no deque. O pula-pula murcho estava caído de lado. Na escada que levava ao apartamento de Gabriel, eles fizeram uma pausa.

— Olha, é provável que Brett tenha ido embora — sussurrou Seneca. — Ele é inteligente demais pra ficar no local do crime com tantos policiais. Mas pode ser que a gente consiga entrar na casa dele e encontre pistas que indiquem pra onde ele foi.

Aerin mordeu a unha do polegar. A última coisa que ela queria era estar dentro do lugar onde Brett tinha dormido *de novo*. Uma vez fora suficiente.

Houve um estalo no ar e todos ficaram paralisados. Seneca puxou o grupo para debaixo da escada. Passos soaram à esquerda e depois acima. Alguém estava andando no andar de Gabriel.

Aerin se virou para Seneca com medo nos olhos. Maddox fechou a mão no pulso dela. Eles podiam estar espremidos debaixo da escada, mas seus corpos lançavam sombras longas no chão. Se Brett descesse por ali, os veria imediatamente.

Quando um segundo estalo soou, todos ficaram tensos. Em seguida veio uma batida alta.

— Abra a porta! — alguém gritou. Seneca olhou escada acima. Havia duas figuras de preto na entrada da casa de Gabriel. Policiais?

Um policial abriu a porta de Gabriel, que parecia estar destrancada.

— Sr. Wilton! — Os dois homens entraram no apartamento. — Sr. Wilton, é a polícia do condado de Dalton. Por favor, saia. Nós queremos fazer umas perguntas.

Seneca olhou para os outros, alarmada.

— Como a polícia sabe que é ele? — sussurrou ela. Todo mundo parecia tão perdido quanto ela. Será que só estavam indo fazer perguntas a Gabriel porque a festa foi dele? Porque ele era amigo de Jeff?

De repente, uma notificação soou no celular dela. Foi um alerta que Seneca programou para o post sobre Chelsea Dawson no Caso Não Encerrado. *Chelsea Dawson, Avignon, NJ tem um novo comentário!*

Ela clicou na notificação. Enquanto lia a postagem, ela foi franzindo a testa. Só podia ser piada. Aerin a observou.

— O quê?

Seneca foi lendo a mensagem.

— *"Eu sempre falei que era um mestre"* — leu ela em voz alta, a voz falhando. — *"Acontece que os registros da operadora do celular da Chelsea não são lá muito seguros, e eu descobri que ela tem duas linhas telefônicas, não uma. Mas acho que os amigos e a família dela não sabiam da segunda linha. Revirei um pouco o segundo chip: tem muitas fotos. Algumas sensuais que eram explícitas demais para o Instagram; talvez ela estivesse querendo fazer upload em um site mais hardcore que a mamãe e o papai não descobririam. E ela só fala com uma pessoa nesse celular, um cara chamado Gabriel. Alguém sabe quem ele é? Parece que a última mensagem de texto para ele foi momentos depois de ter brigado com o namorado na festa. Mas ela o dispensou. Sinto cheiro de motivo!"*

Maddox pareceu perplexo.

— Quem postou isso?

O lábio de Seneca tremeu. Um sentimento quente e grudento se espalhou pelos ossos dela.

— BGrana60.

Aerin caiu na gargalhada.

— Ah, tá.

— É verdade.

O sorriso assustado sumiu do rosto de Madison. Ela olhou para o apartamento de Gabriel e para os amigos.

— P-por que Brett armaria contra si mesmo?

— Existe alguma chance de Brett *não ser* Gabriel? — sussurrou Maddox.

Houve outro estrondo acima da cabeça deles e todos pularam. Os policiais saíram do apartamento com as armas abaixadas. Seneca esticou o pescoço, desesperada para ver Brett, mas os homens estavam de mãos vazias. Eles pareciam frustrados.

— Não tem nada aqui — disse um deles. — A perícia está vindo, mas aposto que não vão encontrar uma única digital. Parece que o apartamento foi limpo de cima a baixo.

Um vento tempestuoso soprou do mar, trazendo uma rajada de ar frio e perturbador. Seneca entendeu de repente. Brett era Gabriel... mas isso fazia parte do plano dele. Era só uma distração. Brett já tinha ido embora e já tinha se transformado em outra pessoa.

Ela viu a polícia sair correndo e olhou para a porta do apartamento. Estava entreaberta.

— Vamos — sussurrou ela, subindo a escada.

— Por quê? — perguntou Maddox. — A polícia acabou de dizer que estava tudo limpo, e agora você vai deixar a sua digital pra todo lado.

— Eu só quero dar uma olhada. Não vou tocar em nada e só vai levar um minuto.

Ela passou pela porta aberta e entrou no apartamento. O ambiente ainda estava com cheiro de sândalo e produto de limpeza, mas, como os policiais observaram, estava imaculado. Os travesseiros estavam arrumados no sofá. Tudo brilhava, desde o puxador da geladeira aos botões do micro-ondas. Sem tocar em nada, ela olhou dentro da pia e não viu pratos... obviamente, pois neles haveria DNA. Ela olhou o banheiro. O espelho estava reluzente. A pia brilhava, branca. Brett não deixou nem uma escova de dentes, nem um sabonete, nem um pente. O chuveiro não continha um único fio de cabelo. A privada parecia não ter sido usada. Ela puxou a manga por cima da mão e abriu o armário atrás do espelho, torcendo para encontrar Rohypnol ou alguma coisa parecida, uma droga que poderia ter feito Jeff apagar na primeira vez que ele foi vítima de Brett, a noite em que Chelsea desapareceu. Um único frasco de Advil ocupava a prateleira do alto. Claro que Brett era inteligente demais para deixar algo incriminador.

Ela saiu do banheiro com uma sensação de inquietação. Os outros tinham se reunido na porta, prontos para saírem correndo. Seneca não sabia por que duvidava da avaliação que a polícia fez do local; só tinha uma sensação estranha de que alguma pedra não tinha sido revirada. De repente, ela viu: ali, pouco depois da porta, havia um pedaço de papel. Ela correu e o pegou. Era um folheto feito de papel leve e escorregadio. Algumas partes estavam amassadas e as beiradas tinham digitais oleosas e sujas de comida, mas, quando ela viu uma coisa no canto, ela perdeu o fôlego.

— Puta merda — sussurrou ela.

Maddox se agachou e olhou com ela.

— *Sushi Monster* — leu ele na frente do folheto. — E daí?

— *Olha*. — Seneca apontou com mãos trêmulas. No canto, com lápis fraco, havia suas iniciais: *SF*.

Brett sabia que eles iriam lá. Sabia que eles o descobririam. E tinha deixado aquilo... para ela.

Ela só não sabia o porquê.

VINTE E QUATRO

BRETT ESTAVA NO meio do quarto vazio, olhando por uma abertura na persiana de madeira coberta de poeira. Os policiais saíram do apartamento e entraram no carro, parecendo desolados e confusos. Momentos depois, ele viu seus amigos destrambelhados subirem a escada. Brett sentiu um sorriso se abrir nos lábios. *Bingo.* Era bom voltar para os trilhos.

No dia anterior, tudo quase desandara. Ele sabia que Jeff tinha descoberto sobre ele. Por um software de rastreio, constatou que Jeff tinha verificado as redes sociais de "Gabriel" trinta e duas vezes no dia anterior. Ele viu o carro de Jeff passando pelo condomínio *três* vezes antes do meio-dia. Quando ele ligou para a imobiliária, sua chefe disse que "aquele garoto alto que apareceu no noticiário" tinha ido procurá-lo. Eles não eram *tão* íntimos assim. Ele não estava fazendo uma visita amigável.

Então Brett começou a trabalhar rapidamente para organizar os passos seguintes, enviando a mensagem para Seneca sobre a surpresa de matar, convencendo Jeff a ir à festa, no fim das contas. Mas ele ficou tão absorto no plano que cometeu um erro crítico: deixou Jeff ficar cada vez mais desconfiado. Jeff poderia ter contado tudo a Seneca ou até mesmo para a polícia antes da festa. Felizmente, não fez isso... mas

Brett ficou perplexo com aquela falha. Ele costumava ser tão cuidadoso com cada detalhe. Aquilo poderia ter sido um desastre. Mas ele foi poupado. Tudo estava *ótimo*. E só tinha cometido um errinho mínimo, nem deu para apitar no radar. Ele tomaria mais cuidado dali em diante. Estava pronto e animado para voltar ao jogo. *Podem vir*, murmurou ele silenciosamente para o grupo, vendo-os pararem na porta do apartamento. Ele andou pela casa vazia do outro lado da rua, abriu a porta da frente e a trancou com a chave da imobiliária. Essa era a coisa boa de trabalhar lá. Tinha acesso a todos os tipos de lugar pela cidade toda. Esconderijos imediatos sempre que precisasse.

Mais tarde, em vez de ir para a Central de Comando, ele destrancou o quarto de Chelsea e entrou. O ar estava com um perfume de lírio do vale. Então ela estava queimando velas. Borrifando perfumes.

A privada foi acionada. A porta do banheiro se abriu e ela saiu usando o minivestido dourado com cintura império que ele tinha deixado pendurado no closet aberto enquanto ela dormia. Seus olhares se encontraram e ela ficou paralisada. Ela franziu as sobrancelhas e, por um momento, abriu um sorriso esperançoso. Mas algo no rosto de Brett deve tê-lo entregado, porque ela de repente pareceu entender que ele não era seu príncipe num cavalo branco. Os cantos da boca de Chelsea murcharam.

Ela ficou num tom estranho de amarelo.

— *Gabriel?*

— É bom te ver — disse Brett, dando um passo na direção dela.

Chelsea recuou, as mãos fechadas na frente do peito.

— N-não chega perto de mim.

Brett apontou.

— Gostei muito desse vestido. A cor fica ótima em você.

Ela abriu a boca, mas nenhum som saiu.

— E você arrumou o cabelo. Está tão bonito, você não acha?

O lábio inferior de Chelsea tremeu. Quando Brett segurou o braço dela, ela soltou um choramingo sofrido. Seu antebraço parecia não ter ossos.

— Achei que você gostaria de ver o que está acontecendo no mundo. — Ele a levou até a cadeira mais próxima da televisão. — Aqui. Pode sentar.

Chelsea obedeceu lentamente, com cautela, parecendo entender que ele não devia ser desobedecido. Ela estava tendo espasmos de medo, os joelhos batendo, os dedos tremendo. Brett ficou ao lado dela, inspirando o aroma do xampu de ervas. Ele ligou a televisão.

— Você está em todo lugar agora. É uma estrela. — Na CNN, a foto dela apareceu na tela. Seus pais apareceram em seguida, com aparência maltrapilha, como se não dormissem havia anos. Chelsea soltou um gritinho estrangulado e cobriu os olhos.

— Não acredito que seja você — sussurrou ela por trás das mãos.
— P-por que faria isso comigo? Eu achei que fôssemos amigos.

Amigos. Aquela palavra era como um ferro quente marcando a pele. Amigos confiavam uns nos outros. Amigos não enganavam os outros. Amigos não usavam os outros.

Brett estalou a língua.

— É tão ruim assim? Você tem comida. Um teto. Maquiagem. Eu reparei em você admirando suas roupas novas no espelho. Aposto que quer tirar uma selfie.

Ele tirou o celular do bolso. Chelsea arregalou os olhos para a capa rosa brilhante. Brett apostava que ela estava tentando descobrir qual celular era, o que todo mundo conhecia ou aquele do qual só ele sabia. Ele se lembrava do dia em que tinha comprado o segundo aparelho para ela. *Os homens sentem ciúmes,* ele dissera. *Se Jeff descobrir que somos amigos, se souber que nós conversamos tanto, ele não vai ficar feliz. Esse vai ser nosso segredo. Confia em mim.*

— Eu guardei pra você — disse ele com voz melosa.
— Eu p-posso ver? — Chelsea esticou a mão para pegar o aparelho. — Posso dizer para os meus pais que estou bem?

Ele afastou o celular dela.

— De forma alguma. Mas vou tirar uma foto sua. — Ele segurou o celular superperto do rosto dela e, no momento certo, ela abriu um sorrisinho fraco. Ele olhou para a tela. — Não ficou das mais bonitas. Vamos tentar de novo.

Chelsea engoliu as lágrimas e sorriu obedientemente. Brett assentiu; bem melhor. Depois de um momento, ela pareceu reunir coragem de novo. Seu olhar percorreu as feições dele. Lentamente, ela lambeu os lábios trêmulos.

— Eu te dou o que você quiser. Qualquer coisa que te faça feliz. Eu sei que você me acha gostosa. Agora é a sua chance. Nós podemos ser um casal na vida real. Vamos contar pra todo mundo. Isso te faria feliz?

Brett riu com deboche. Ela não percebia que foi por isso que ele decidiu puni-la? Porque ela achava que todo mundo a amava. Porque achava que sua beleza poderia lhe conseguir qualquer coisa, até o perdão. Era desprezível.

Ele soltou os dedos dela da sua pele.

— É tarde demais pra isso.

A expressão de Chelsea se transformou. De repente, uma coisa na televisão chamou a atenção dela, atrás dele. O rosto de Jeff Cohen apareceu. *Suspeito morto*, dizia a legenda.

Chelsea ficou de boca aberta.

— Jeff... *morreu?*

Brett se virou, irritado com a dor na voz de Chelsea.

— Por que você ainda liga pra ele?

Uma coisa nova apareceu na tela. *Segundo suspeito no caso de sequestro de Dawson desaparecido.* Na foto, o cabelo de Brett estava mais comprido do que ele gostava. A barba estava quase insuportável de olhar, quase cômica. Ainda bem que ele mudaria de visual naquele dia mesmo. Porque agora, como o repórter falou, todo mundo estava procurando Gabriel Wilton.

Chelsea olhou para a tela e para ele. Seu olhar exibia uma mistura de vingança e medo.

— Te pegaram — disse ela com a voz baixa.

Brett riu com deboche.

— Não pegaram, não.

Ele se levantou. Chelsea estava olhando para ele sem entender, a linda boquinha aberta. De repente, parecia que ela era feita de algo extremamente delicado, como farinha ou areia, e, se ele a tocasse, se desse um peteleco, ela iria se desfazer até não sobrar nada.

— Calma, calma — disse ele, tranquilizando-a. — Não precisa se preocupar. Tudo vai acabar logo. — E ele deu um tapinha na cabeça da garota, deu meia-volta e saiu do quarto, trancando-o bem em seguida.

VINTE E CINCO

ÀS 10 DA manhã, Maddox e seus amigos estavam na rua principal da cidade, entre um restaurante de panquecas e um escritório chamado Imobiliária Golden Shores. O restaurante era um lugar claro, pintado em tons alegres de amarelo e laranja; havia turistas comendo pilhas de waffles e omeletes fofos e amanteigados. Mas o clima estava tenso. Havia três viaturas da polícia na calçada, e os crimes que abalaram Avignon estavam na boca de todos que esperavam na fila por uma mesa. Maddox ouviu o nome Gabriel Wilton em pelo menos três grupos diferentes. A notícia de que Gabriel era uma "pessoa de interesse" no caso de sequestro de Chelsea tinha sido divulgada naquela manhã. Pela notícia, uma dica anônima num site sobre crimes revelou evidências de uma segunda linha telefônica no nome de Chelsea, e, depois de certa investigação, a polícia conseguiu encontrá-la e olhar os registros. Ao que parecia, Gabriel e Chelsea trocavam mensagens sem parar, inclusive na noite da festa. Sua fuga repentina do apartamento era muito incriminadora.

Seneca inspirou fundo e indicou uma loura platinada gorda usando batom rosa demais que entrava rapidamente na imobiliária.

— *Pronto*. — Era Amanda Iverson, a chefe de Gabriel Wilton. Eles ficaram a manhã toda esperando que ela chegasse no trabalho. Seneca correu até a mulher. Maddox foi atrás.

— Sra. Iverson? — disse Seneca.
A mulher olhou para ela com cautela. Apertou os olhos cinzentos. Mas, antes que Seneca pudesse dizer mais alguma coisa, um repórter a empurrou com uma cotovelada para passar.
— Sra. Iverson! Alguma declaração? — O repórter enfiou um microfone na cara dela. — O quanto você conhecia Gabriel Wilton? Você desconfiou que ele pudesse ser um sequestrador?
A sra. Iverson enfiou a chave na fechadura com dificuldade.
— Sem comentários.
— Você sabe para onde ele pode ter levado a srta. Dawson? Ele alguma vez pareceu violento?
A mulher finalmente conseguiu abrir a porta. O chaveiro, um pé de coelho rosa grande, balançou alegremente na fechadura.
— Eu já contei tudo que sei pra polícia. — Ela entrou correndo no escritório e fechou a porta. O repórter bateu com força, mas ela só fechou a persiana. Dando de ombros, o homem recuou para a calçada e parou um transeunte. — O que *você* acha sobre o sequestro de Chelsea Dawson? — perguntou tranquilamente, o microfone na mão.
Thomas fez cara feia para os repórteres.
— Esses caras são uns abutres.
Madison estava lendo uma notícia no celular.
— Parece que a polícia não conseguiu encontrar nenhuma conta bancária de Gabriel Wilton. Ele pagava tudo em dinheiro. Além do mais, diz que o Prius dele está desaparecido. Ele tirou coisas do apartamento. Ninguém o viu em lugar nenhum.
Maddox se sentou num banco de madeira perto da rua.
— Isso é porque ele não é mais *Gabriel*. Ele é outra pessoa. E sei que ele largou o Prius em algum lugar em que nunca vai ser encontrado.
Ele viu a transmissão de televisão no aparelho que havia na bancada do restaurante de panquecas. Havia um repórter na frente do hospital da região. Ele sabia que estavam falando sobre Jeff Cohen. Ele estava

prestes a se virar quando uma imagem chamou sua atenção: uma selfie de Jeff sério, no Instagram. Abaixo da foto, destacado para que os espectadores pudessem ler com clareza, havia uma frase simples e horrível: *Às vezes, tudo é demais.*

Seu queixo caiu. Ele pegou o celular e abriu a conta de Jeff. A postagem estava lá. Tinha sido feita no dia anterior, às 21h08, por volta do horário em que Seneca deu a entender que estava a fim dele.

— Seneca — disse ele com intensidade na voz, fazendo sinal para ela se aproximar. Ela arregalou os olhos quando leu a postagem e os comentários abaixo, que diziam coisas como *Queria que a gente tivesse conversado mais, cara* e *Uma vida interrompida cedo demais* e um número de telefone para prevenção de suicídios.

Seneca olhou de um lado para o outro.

— A gente sabe o que aconteceu com o celular do Jeff?

Maddox assentiu.

— A polícia encontrou quebrado perto do corpo. Acharam que estava com ele quando ele caiu.

Ela trincou os dentes.

— Ou a pessoa que o empurrou pode ter jogado lá de cima depois de postar uma mensagem suicida nas redes sociais.

— Exatamente. — Parecia outro ponto para Brett.

Seneca bateu com as mãos nas laterais do corpo.

— Bom, não tem nada que a gente possa fazer sobre isso agora. Mas a gente tem que pegar o Brett. A gente *tem que* pegá-lo. — Ela mostrou o cardápio do Sushi Monster que eles pegaram no apartamento de "Gabriel". — Isto tem que significar alguma coisa.

Um casal num carrinho de golfe passou pela rua principal. Alguém estava ouvindo uma música de thrash metal pela janela aberta de um carro. Maddox observou o papel com atenção.

— Será que tem alguma coisa no Instagram? A gente procurou Sushi Monster na conta dela?

— Procurei na conta dela, procurei a hashtag em geral. Não tem muita coisa — resmungou Aerin.

Ela mostrou o celular para todo mundo. Estava mostrando um vídeo de Chelsea de alguns meses antes. O rosto de Chelsea ocupou a tela, o sorriso branco, os olhos brilhando.

Oi, pessoal! Eu só quero dizer primeiro que estou muito feliz por tantos novos seguidores. Muito obrigada pelo amor! E agora, como eu sei que vocês estão esperando, vou contar o que fiz esta semana...

Aerin e Madison olharam o Instagram mais um pouco, mas não acharam nenhuma referência a sushi. Thomas ficou na frente da imobiliária, talvez esperando a sra. Iverson sair de novo. Seneca foi para o banco onde Maddox estava e esbarrou na perna dele quando se sentou. Ele sorriu, mas ela afastou o olhar rapidamente e balançou o pé com nervosismo.

— E aí — disse ele, a voz falhando. Ele queria tanto dizer alguma coisa sobre o que tinha acontecido entre eles na festa. Em parte, se perguntava se tinha *mesmo* acontecido, foi tão rápido. Mas parecia que aquela Seneca tinha desaparecido de novo, sido engolida pela Seneca "solucionadora de crimes determinada a capturar Brett". Agora não era a hora certa.

Ela estava com o cardápio de sushis na mão e ficava dobrando e desdobrando nas marcas.

— Ele deixou isto de propósito. Eu *sinto*.

— Será que é o restaurante favorito do Brett? — sugeriu ele, mas se sentia completamente sem ideias. Eles tinham olhado aquele cardápio maluco por horas e só parecia... bem, um cardápio. Mas, de repente, uma coisa chamou a atenção dele, e ele se aproximou. Raios de sol iluminaram o papel brilhante e deram um tom meio iridescente, apurando as manchas. Antes invisível, ele agora reparou em algumas marcas de lápis em volta de certos itens do cardápio. Os pratos "edamame", "kani" e "rolinho do primeiro encontro" estavam circulados.

Ele mostrou para Seneca.

— Olha.

Ela ergueu as sobrancelhas e aproximou o cardápio do rosto.

— Será que é a primeira letra de cada prato, E, K, P? Ou talvez "primeiro encontro" seja o importante?

— Podem ser os números. — O primeiro prato era o número dezenove entre as entradas, o segundo estava indicado como nove na parte de sushi nigiri e o terceiro, três na parte dos rolinhos. — Dezenove, nove, três — disse ele em voz alta. — Uma senha?

Seneca se levantou e olhou para o outro lado da rua, para uma placa decorativa grande. Quando houve uma interrupção no tráfego, ela correu até lá; Maddox foi atrás. Era um mapa de Avignon. O restaurante de panquecas onde eles estavam aparecia no início da rua Noventa e Cinco, o Ralph's aparecia no final, e apontadas no mapa também estavam a loja de surfe, a loja de fudge, a sorveteria e o Wawa. Espiralando a partir da rua principal havia outras ruas, e no pé do mapa havia ondas abstratas que representavam o mar.

— E se for um endereço? — sussurrou ela.

Eles trocaram um olhar. Maddox ergueu as sobrancelhas. O canto da boca de Seneca se elevou num sorriso nervoso. Eles chamaram Madison, Aerin e Thomas e disseram que tinham que ir.

— Pra onde? — perguntou Madison com cautela.

— A gente explica no caminho — disse Seneca. — Venham.

A CASA DE número 19 na rua Noventa e Três tinha três veículos diferentes com adesivos da polícia municipal na entrada e, em determinado momento, um valentão corpulento e com expressão severa saiu para o jardim e fez cara feia para eles. O número 1 da rua Noventa e Nove era um prédio velho ao lado de uma marina, e não tinha apartamento 3 lá. Mas havia um número 1993 na avenida Yellowtail, que pareceu promissor, pois *yellowtail* era um dos peixes disponíveis no cardápio e isso talvez fosse uma ligação.

Eles foram até lá, cansados, desesperados por uma pista. A casa na avenida Yellowtail era amarela, no estilo vitoriano, grande, com quatro varandas no segundo andar, três janelinhas no telhado e uma biruta em forma de peixe se agitando perto da porta principal. A frente oferecia uma vista da torre de água da cidade, e Maddox ouvia o oceano a um quarteirão dali. Quando era pequeno e eram só ele e a mãe, ela costumava prender fotos de casas de praia como aquela num caderno e dizia que um dia eles tirariam férias num lugar parecido.

A casa estava em silêncio, e não havia carros nas vagas da rua. Havia uma placa grande na frente declarando que ela estava sob os cuidados de uma agência de aluguel da região, a mesma na qual Brett (ou Gabriel) trabalhava. Mas não parecia haver ninguém ocupando-a naquela semana. Madison segurou os vergalhões do portão de ferro fundido.

— Vocês acham que ela está lá dentro? Todas as janelas são enormes e não tem nada coberto. Dá pra ver tudo.

— Será que tem um porão? — perguntou Aerin.

Seneca olhou para a base em busca de janelinhas que indicassem um subsolo.

— Acho que não. — Ela começou a andar pelo local. Seus tênis esmagaram o cascalho branco do pátio.

— O que você está procurando? — perguntou Maddox, indo atrás dela.

— Não sei direito. — Ela se abaixou para pegar uma coisa debaixo de uma pedra, mas era só uma tampinha de Sprite. Maddox olhou o relógio da companhia elétrica nos fundos e enfiou o dedo do pé num arbusto. O jardim estava impecável. O cascalho estava arrumadinho, como num jardim zen.

Mas, quando Maddox foi para o outro lado da casa, ele parou de repente.

— Opa. — Preso à amurada do deque inferior, flutuando no céu, havia um balão brilhante com um sinal da paz nas cores do arco-íris na frente. Maddox prendeu a respiração. Era o mesmo desenho do folheto da festa de Dia da Bastilha de Gabriel. — Pessoal!

Os outros foram correndo. Maddox soltou o balão da amurada; a corda ficou esticada na mão dele, o balão indo na direção do céu. Era uma pista? Não havia nada escrito no balão. Nenhum bilhete amarrado no cordão. Ele o deixou subir mais um pouco; o balão quicou de leve quando o cordão ficou esticado. Seneca franziu a testa.

— Faz isso de novo.

Maddox segurou o balão entre as mãos, puxou-o para baixo e o deixou voar na direção do céu novamente.

— Parece que tem alguma coisa aí dentro — disse Seneca.

Madison recuou.

— Um explosivo?

Maddox olhou ao redor. A rua estava tão imóvel. Parecia que ninguém morava naquela cidade. Ao longe, ele ouviu uma sirene da polícia. No céu, um avião fez barulho. Quando o vento mudou de direção, ele pôde jurar que viu uma coisa se movendo atrás dos arbustos, mas, quando ele afastou o olhar, tinha sumido.

Ele se virou para Seneca.

— Devemos abrir?

Ela assentiu, as mãos já no nó na base do balão. Em momentos, estava aberto. O gás hélio começou a sair, e o balão logo murchou. Ela o apertou para desinflá-lo.

— Tem mesmo alguma coisa aqui dentro.

Ela rasgou o sinal da paz no meio. Um pedaço de papel dobrado caiu e Maddox ofegou. Na frente do papel, datilografado genericamente com a mesma máquina de escrever ruim que tinha sido usada para a carta, estava o nome *Seneca*.

Seneca pegou o papel e abriu. Seus olhos percorreram a mensagem. Ela franziu a testa.

— Quê?

Maddox leu por cima do ombro dela, mas a mensagem também não fez sentido para ele.

Vermelha, branca e incrível
Com calda de caramelo e
Uma mancha acima do olho.
Eu a conheci e foi amor.
Achei que ela pensou o mesmo.

VINTE E SEIS

NAQUELA TARDE, SENECA botou a mala na cama do quarto novo no Reeds Hotel. Os lençóis estavam com cheiro de limpos e não havia um único gato ou cachorro que cheirava virilhas. Eram esses pequenos detalhes que deveriam deixá-la feliz, se seu estômago não estivesse totalmente embrulhado e sua mente não estivesse lotada de perguntas. Não estava claro se as pessoas tinham ido embora de Avignon por causa do desaparecimento de Chelsea ou da morte de Jeff, mas eles quatro conseguiram um quarto para cada no hotel e não precisariam mais dividir. Mas a privacidade não era mais uma coisa que Seneca desejasse. Assim que fechou a porta, ela começou a tremer. O quarto estava vazio demais. Silencioso demais. As cortinas finas tremeram e ela deu um pulo. Ela olhou embaixo da cama e nos armários só para ter certeza de que Brett não estava lá.

Ela se sentou na cama e desdobrou o último bilhete de Brett. Que poeminha estranho. O que significava? Falava sobre se encontrar com Chelsea em algum lugar... Onde Brett e Chelsea tinham se visto pela primeira vez? Em uma festa? Em um estacionamento? Na praia? O poema dizia *calda de caramelo*. Teria sido em uma sorveteria? Eles entraram no Jeep de Maddox e percorreram todas as sorveterias de Avignon, mas não descobriram nada. Talvez fosse uma referência ao

Quatro de Julho, com o *vermelha, branca e incrível*? Eles ligaram para J.T., para Kona da loja de surfe, para Alistair e até para Amanda Iverson, a chefe de Gabriel na imobiliária que a imprensa tinha perseguido de manhã. A sra. Iverson não atendeu. Nem o irmão de Jeff. Quando falou com Kona, ele disse: "Tem *certeza* de que Gabriel é culpado aqui? Ele é tão... *tranquilo*."

Seneca tinha se controlado para explicar para Kona que Brett era muitas coisas, mas *tranquilo* não era uma delas.

Ela se sentou à mesinha que tinha no quarto e se perguntou se a mensagem estava codificada. Criptogramas? Rearrumar as primeiras e últimas letras de cada palavra? Mudar o verso várias letras para a frente? Depois de uma hora de trabalho, seu telefone tocou. Era o alarme que tinha programado para falar com o pai. Ela olhou para o aparelho por um momento, tentando reunir energia. Parte dela queria estar em casa com o pai, encolhida no sofá. Em segurança. Alheia a isso tudo.

Ela ligou e seu pai atendeu no segundo toque. Ele estava no escritório, deu para perceber; a voz dele ecoou no aposento de pé-direito alto.

— Como você está? — perguntou ele.

— Bem — mentiu Seneca. — O tempo está ótimo. Aerin e eu fizemos aula de *stand-up paddle*.

— Ah, não tinha isso quando a gente foi nas férias — disse seu pai. O coração de Seneca se partiu com a confiança na voz dele. Ele limpou a garganta. — Escuta, eu vi no noticiário que teve alguma confusão aí. Um garoto se matou?

Ela contraiu os ombros. *Lá vamos nós.*

— É, eu também ouvi falar — disse ela com cautela. — Da sacada em uma festa, né? É isso que estão dizendo nos jornais?

— Não sei. — Alguém disse algo ao fundo, e seu pai fez uma pausa para murmurar alguma coisa. — Só me promete que está tomando cuidado.

— Eu estou. Juro. — Ela enfiou as unhas no edredom.

— Você volta logo?

— Amanhã — sussurrou ela. — Vou embora amanhã à tarde.

Se Brett não a matasse primeiro.

Seu pai desligou. De repente. Ela sentiu que ele estava preocupado... mas que estava tentando lhe dar um pouco de independência. Mentir fazia com que se sentisse suja e envergonhada. *Vai valer a pena*, ela disse para si mesma. Mas eles encontrariam Brett? E se aquilo fosse um beco sem saída?

De repente, ela sentiu pânico. Levantou-se, saiu para o corredor e andou até o quarto que ficava três portas depois. Maddox demorou alguns momentos para aparecer depois que ela bateu.

— Seneca? — Ele arregalou os olhos ao ver a expressão dela. — Você está bem?

— Eu não consigo entender, Maddox. Nós vamos perder.

— Não diz isso — disse Maddox, repreendendo-a. — Você não pode desistir.

Seneca o encarou.

— Mas eu não tenho ideia do que Brett quer dizer, e estamos ficando sem tempo.

— Ei — disse Maddox suavemente. — Nós vamos pegá-lo, Seneca. Estou sentindo.

Mas Seneca não tinha tanta certeza. Ela se sentou na cama dele e tentou pensar, mas só conseguia sentir o pânico a incomodando. Era como se todos os seus medos e preocupações e vergonhas tivessem sido colocados em uma garrafa, sacudidos e alguém tivesse aberto a tampa de repente. Ela estava transbordando, fora de controle.

Mas, não. Ela *não podia* perder o controle. Era o que Brett queria. Ela se sentou e respirou fundo. Maddox a observava com cautela. Nem imaginava como estava sua aparência. Mas, de repente, isso não importava. Maddox a estava vendo em seu pior momento, de olhos inchados, destruída, e era... bem, não era ótimo, mas também não era horrível.

— Você está certo — disse ela. — Você *tem que* estar. Nós vamos encontrá-lo. — Ela baixou a cabeça. — Desculpe o surto.

— Não tem problema — disse Maddox baixinho, com a garganta travando. — Eu não me importo de você surtar.

Seneca escondeu um sorriso, lembrando-se com tristeza da conversa na festa. Parecia ter acontecido um milhão de anos antes. Ela afastou o desejo, desdobrou o bilhete de Brett e o observou, como se estivesse vendo-o pela primeira vez.

— Isso é alguma coisa que Brett já nos disse alguma vez? Alguma coisa do Instagram da Chelsea? O que ele quer dizer com *uma mancha acima do olho*? Ele deu um *soco* nela?

— Acho que a gente não pode descartar nada — disse Maddox.

— Aerin e Madison estão olhando o Instagram dela pra ter certeza.

Ela levou o bilhete até a mesinha perto da janela e se sentou. Maddox saiu da cama e puxou as cortinas para revelar um céu azul brilhante de fim de tarde.

— Quando foi a última vez que você comeu, Seneca? A gente deveria jantar. Tem um restaurante no hotel.

Seneca balançou a cabeça.

— Traz alguma coisa pra mim. Não quero parar de trabalhar.

Ele voltou com uma sacola de plástico de restaurante tão rápido que pareceu ser poucos momentos depois.

— Obrigada — murmurou Seneca, sem nem olhar direito para as caixas. Ela bateu com o lápis no bilhete; tinha começado a rearrumar as letras e a procurar anagramas. Ela encontrara as palavras *zombou*, *embranquecido* e *punir*. Isso queria dizer... o quê?

Por um tempo, os únicos sons no quarto foram os talheres de Maddox tilintando. Ele se sentou ao lado dela e observou o bilhete enquanto comia, mas se levantou de repente e falou que seu cérebro parecia desligado e que ia correr.

— Às vezes deixa minha cabeça mais lúcida — disse ele. — Me ajuda a ver as coisas de um novo ângulo.

O sol se pôs nas janelas grandes. A porta estalou e Maddox estava de volta, suado e ofegante. Ele sumiu no banheiro e Seneca ouviu o chuveiro.

Anagramas não estavam fazendo sentido; Seneca riscou o que tinha escrito e decidiu por uma abordagem diferente... mas qual? Aerin, Madison e Thomas passaram no quarto, disseram que não tinham descoberto nada e que iam dormir. Seneca olhou para o céu escuro, o peito latejando. Eles tinham perdido um dia inteiro. O que não estavam vendo? O que tinham deixado passar?

Maddox saiu do chuveiro e se sentou na beirada da cama.

— Pode ficar o tempo que quiser.

Seneca olhou para ele com gratidão. Maddox parecia entender que ela não queria voltar para o quarto sem precisar explicar.

— Obrigada — disse ela baixinho.

Ela se curvou sobre a carta. A televisão estava ligada no volume baixo, mas nem prestava atenção aos programas passando. Pensou na carta de Brett para Maddox. No comportamento de Brett quando eles se conheceram em Dexby. Na conversa que eles tiveram em frente ao Centro Recreativo Dexby depois que Seneca pegou Maddox e a treinadora de corrida juntos. Na expressão no rosto de Brett na festa do Coelhinho da Páscoa quando ele descobriu que Aerin gostava de Thomas Grove, que os salvou de Marissa Ingram. Ela fez uma pausa nessa lembrança. Brett ficou tão arrasado. Ele foi embora antes de Seneca ter a chance de perguntar se ele estava bem. Na manhã seguinte, quando Seneca começou a ligar os pontos e perceber que havia algo de errado com Brett, ela tentou falar com ele, mas o número tinha sido desligado.

Quando ela levantou a mão de novo, o relógio na mesa de cabeceira marcava 2h03 da madrugada. Ela olhou para a cama. Maddox estava de costas para ela, o peito subindo suavemente, os dedos para fora das cobertas. Ela pensou em voltar para o quarto por uma fração de segundo, mas decidiu que não era uma boa opção.

Ela se deitou na cama dele. Depois de uma certa hesitação, enfiou um pé embaixo da coberta e depois outro. Ela ficou deitada na beirada, mas estava tão desconfortável e ela estava tão cansada. Ela se esticou um pouco e sua mão tocou a dele. Maddox podia estar dormindo, mas seu dedo se fechou instintivamente em volta do dela. Seneca ficou paralisada, sem saber o que fazer. Os dedos entrelaçados deram uma sensação gostosa. *Certa*.

Estava escuro no quarto, tranquilo. Ela fechou os olhos e tentou deixar o sono tomar conta dela. Talvez uma resposta surgisse de manhã. Mas, quando ela estava resvalando para o sono, seus olhos se abriram e ela se sentou ereta. As letras da pista, rearrumadas, revelaram uma palavra em que ela não tinha pensado antes. *Mãe*.

Vermelha, branca e incrível: um alvo. *Uma mancha sobre o olho*: o mascote, um cachorro. Até calda de caramelo, que era usada em algumas bebidas do Starbucks. Talvez Brett não estivesse falando sobre Chelsea quando disse *Eu a conheci e foi amor. Achei que ela pensou o mesmo.* Ele estava falando da mãe de Seneca.

Ele os estava mandando para a Target.

VINTE E SETE

SEXTA DE MANHÃ, Aerin parou no estacionamento da Target mais próxima da praia; a *única* Target em pelo menos sessenta e cinco quilômetros. A loja tinha aberto vinte minutos antes (eles pretendiam chegar na hora da abertura, mas pegaram um trânsito inesperado na ponte para sair de Avignon) e havia uma boa quantidade de carros no estacionamento. Turistas, provavelmente, comprando coisas para a praia. O céu estava cinzento e com nuvens baixas, e embora uma tempestade enorme tivesse caído ao amanhecer, a umidade tinha voltado e até os olhos de Aerin pareciam grudentos.

— Você está bem? — Thomas entrelaçou os dedos com os dela.

Aerin abriu um sorriso de gratidão.

— Estou. Obrigada. — Era estranho como a presença de Thomas era natural. Como se ele fizesse parte da vida dela e daquela investigação desde o começo. De repente, ela não conseguia lembrar como funcionava *sem* ele por perto.

Seneca saiu do Jeep e observou o estacionamento. O rosto dela estava cinzento e ela ficava apertando as mãos nas bochechas, como se para ter certeza de que ainda estavam lá. Aerin a observou com atenção. Uma Target em Annapolis era o local onde a mãe de Seneca foi vista pela última vez. Seneca tinha contado que *não ia* a nenhuma

Target desde a morte dela. Só de passar por uma, ela já tinha um ataque de pânico.

— Maddox trancou o carro.

— Você acha que ele está falando do Starbucks, né? Na carta, ele disse que era lá que eles ficavam.

Seneca olhou para ele.

— Você fala como se eles fossem *amigos*.

— Eu... eu não quis dizer isso. Só...

— Não foi um crime sua mãe ter falado com Brett — intercedeu Aerin. — Helena também ficou encantada por ele.

Seneca olhou para Aerin com impotência, e Aerin pôde imaginar os pensamentos fervilhando em seu cérebro. Deviam ser as mesmas emoções que ela sentia: fúria, descrença, desânimo, tudo recente e intenso. Os detalhes na carta de Brett arrancaram um band-aid que Aerin tinha se esforçado muito para deixar grudado na pele por anos, escondendo toda a situação com Helena. Por baixo, ainda havia uma ferida ensanguentada, aberta e nada cicatrizada.

Na mesma hora, Aerin se arrependeu de ter perdido contato com Seneca no verão. Pareceu egoísmo... mas também uma atitude autodestrutiva. Se elas estivessem em contato, se tivessem conversado, talvez lidar com aquela dor tão específica para as duas, o inferno que só as duas entendiam, pudesse ser um pouco mais suportável.

— Vem aqui. — Aerin a puxou para um abraço. Elas ficaram assim por muito tempo, as duas sofrendo em silêncio. — Sinto muito — sussurrou Aerin. — E, se você não quiser fazer isso, não precisa. Nós podemos resolver tudo. Nós podemos entrar lá.

Seneca acabou se soltando do abraço e secou os olhos.

— Não — disse ela com voz trêmula. — Brett está tentando me afetar. Acha que me levar a uma Target, me fazer recriar o que ele descreveu na carta vai acabar comigo. Mas não vou deixar. Venham. Nós não temos muito tempo.

Ela se virou e andou para a porta com passos confiantes. Madison olhou para Aerin, que deu de ombros. Seneca não tinha superado o que tinha acontecido, assim como Aerin. Mas elas eram parecidas nisso: precisavam de uma distração, outra coisa em que se focar.

Havia carrinhos de compras enfileirados na frente da loja. O ar estava fresco e com cheiro de pipoca amanteigada. O Starbucks, um pouco para a direita, estava sem clientes, e uma das baristas com expressão sonolenta estava lendo uma *Us Weekly* ao lado das máquinas de espresso. Elas não pareceram se importar de Aerin e seus amigos mexerem nas mesas, nas prateleiras de presentes e nos sacos grandes de grãos de café em busca de uma pista. Aerin reparou em uma bebida em uma bancada de coleta. O nome *Collette* estava escrito no copo. Seu coração parou no peito.

Ela mostrou o copo para Seneca, que parecia prestes a explodir. Ela correu até lá e pegou o copo.

— Para quem é isso? — ela perguntou para as garotas atrás do balcão.

A mais baixa se aproximou e leu o nome.

— Hã. Não sei.

— Você não lembra quem pediu?

A garota balançou a cabeça.

— Desculpa, não. A manhã foi movimentada.

Seneca pareceu aborrecida. Thomas indicou a registradora com o queixo.

— Olha os recibos. Descobre. Eu sou da polícia. É coisa oficial.

— *Thomas*. — Aerin ficou inquieta. — De que isso vai adiantar? Brett não seria tão burro a ponto de usar cartão de crédito.

Mas, para sua surpresa, a barista concordou, olhou para os detalhes do café na lateral do copo de papel e foi verificar a registradora.

— Só foram três Americanos — disse ela. — Um às 7h33, um às 7h41 e um às 8h02. Todos pagos com dinheiro.

Aerin olhou para o relógio acima do bar. Eram 8h30. Brett tinha mesmo estado lá tão recentemente?

Thomas olhou para a barista de novo.

— Vocês têm câmeras de segurança?

A barista pareceu desconfiada.

— Temos...?

— A gente pode ver?

Os olhos da barista ficaram distantes.

— Vou ter que perguntar ao gerente. A menos que vocês tenham um mandado.

Aerin gemeu. Aquilo poderia levar uma eternidade... e eles não tinham esse tempo. Ela pegou a bebida de Collette no balcão e olhou o copo por todos os ângulos. Se era uma pista, o que deveria revelar?

— Hum, moça? — A barista mais alta se afastou do balcão. — Você não pode pegar se é de outra pessoa...

Aerin a ignorou e saiu da loja com o copo na mão. Os outros foram atrás. Começou a chuviscar e depois a chover forte, e as pessoas correram do estacionamento para a loja com as jaquetas cobrindo a cabeça.

Ela tirou a tampa de plástico e todos olharam para dentro do copo. Havia um líquido escuro dentro... e um pedaço de papel enrolado.

— Opa — sussurrou ela quando o puxou. Pingou café das pontas. Brett tinha pedido a bebida, enfiado a pista dentro e ido embora?

Seneca desenrolou o papel com mãos trêmulas. *Hoje à noite no Aquário de Avignon, Oddly Shaped Men*, diziam as palavras no alto. Embaixo havia uma foto em preto e branco borrada de três caras com guitarras. A data era daquele dia, e o endereço era do aquário.

— Então a gente vai voltar ao aquário? — murmurou Madison.

Aerin estremeceu. A chuva repentina tinha sugado a umidade da atmosfera e sua pele estava fria.

— De jeito nenhum. Aquele lugar é sinistro demais.

Seneca se encostou num carrinho de compras perdido.

— Não dá para a gente simplesmente *não* ir.

— Olha. — Madison apontou para o folheto. — Tem mais números circulados. — Parte do endereço e parte dos dois números de telefone listados tinham marcas apagadas de caneta em volta.

— É *essa* a resposta. — Aerin se sentou em um banco vermelho, tirou um bloco de post-its e uma caneta da bolsa e escreveu os números circulados: 39, 8, 5, 74, 47. — Será que são letras? — Ela balançou a caneta.

— Camisas esportivas? — sugeriu Maddox. — Joe DiMaggio era número cinco. Kobe Bryant é oito. E tem um cara da NFL que é 39... Madison riu com deboche.

— Você acha mesmo que Brett saberia isso?

Maddox pareceu surpreso.

— Não é uma coisa que *todo mundo* sabe?

— Esperem. — Seneca repuxou os lábios. — Talvez sejam coordenadas de GPS.

— Era o que eu estava pensando — disse Thomas.

— Talvez longitude e latitude? — disse Maddox.

Thomas assentiu.

— As coordenadas de latitude daqui começam com 39 e a longitude é 74, que foi o que me fez pensar nisso. Mas faltam alguns números para termos uma localização precisa.

— E os números circulados no cardápio? — perguntou Maddox.

— Levaram a um endereço em Avignon, mas talvez sejam parte de algo maior. — Ele escreveu 19 e 93 na lista de Aerin.

— Se esse for o caso, nós temos que incluir este lugar aqui também — disse Madison. — Brett pode estar usando todas as pistas para dizer alguma coisa.

— Qual é o endereço da Target? — Madison apontou para o número no prédio. Vinte e dois.

Aerin pegou o celular, abriu o Google e encontrou um site que mapeava coordenadas de GPS. Depois que inseriu todos os números, seus olhos se arregalaram com uma imagem do Google Earth. A imagem aérea mostrava um pântano verde intenso um pouco depois de Avignon. À esquerda, havia uma cabana marrom detonada.

Uma onda de certeza tomou conta dela.

— Só pode ser aqui.

A garganta de Seneca travou quando ela engoliu em seco.

— Parece promissor. Mas e o aquário? Brett está tentando nos mandar em duas direções diferentes?

Aerin olhou a imagem de novo. Era lá que Brett estava prendendo Chelsea. Ela sentia.

— Eu vou para lá. Eu *tenho* que ir.

Thomas colocou as mãos no pulso de Aerin e ela sentiu aquela onda de eletricidade familiar.

—Vamos ter que nos dividir para conquistar — declarou ele. — Aerin, eu vou com você.

VINTE E OITO

BRETT ESPEROU ATÉ as nove da manhã de sexta para fazer a ligação.

— Eu sou tão idiota — disse ele para a garota do Starbucks que atendeu. — Eu pedi um café pra minha esposa, mas deixei na bancada. O nome dela é Collette. Por acaso ainda está aí?

— Desculpe, mas outra pessoa pegou — respondeu a garota. — Já estaria frio, de qualquer jeito. Se você der uma passada aqui, podemos preparar outro por conta da casa.

— Não precisa.

Brett desligou sem se despedir, só para o caso de Seneca estar rastreando a ligação. Ele sorriu. Todas as engrenagens estavam se movendo suavemente. Agora, ele só precisava contar que seus velhos amigos fariam exatamente o que ele queria, embora tivesse a sensação de que isso nem seria difícil.

Ele entrou no quarto de Chelsea. A garota se levantou, os olhos arregalados, e pareceu observar o cabelo bem curto, o rosto barbeado, as lentes de contato coloridas, a maquiagem nas bochechas e nas mãos para deixá-lo com a pele mais escura. Por um momento, ele percebeu que Chelsea achou que ele fosse outra pessoa, um estranho. Um salvador. Mas aí ela reparou-se deu conta: era a mesma pessoa, só um pouco diferente. Seus olhos se encheram de lágrimas.

— O que me revelou? — perguntou Brett, irritado. Ele tinha se esforçado tanto para fazer a transformação, para deixar Gabriel para trás da mesma forma que uma cobra muda de pele. — Meus olhos? Meu corpo?

Mas seria fácil ganhar massa. Em poucas semanas, seu corpo ficaria dramaticamente diferente. Ninguém dali conseguiria identificá-lo entre dez outros caras.

— Nós vamos fazer uma sessão de fotos — disse Brett. — O que você acha?

Chelsea só ficou olhando.

— V-você fica muito bonito com cabelo curto — disse ela com voz de medo.

Brett a olhou com frieza. Sabia o que ela estava fazendo, mas não funcionaria. Ele ergueu a câmera e levou para perto do rosto dela.

— Sorria, por favor.

Chelsea olhou o celular de novo. Brett soltou um ruído de impaciência.

— Não, não. Você não pode ver. Mas não se preocupe. Sua família vai saber como você está em pouco tempo.

Chelsea arregalou os olhos.

— O q-que você quer dizer?

Brett clicou no aplicativo da câmera.

— Eu só preciso que você sorria agora, está bem?

— Mas p-por quê?

— *Sorria* — disse ele por entre dentes. — O mundo vai querer ver como você estava bonita antes.

Os olhos de Chelsea se transformaram. Brett praticamente conseguiu ver o cerebrozinho lutando com o que aquilo poderia significar. *Antes.* O lábio dela começou a tremer. Ela não sorriu. Brett suspirou e tirou a faca do bolso. Só levou um segundo para levar até o pescoço dela. Ela fez um som baixo de gorgolejo.

— Sorria de verdade. Sorria da forma como você quer ser lembrada.

Chelsea pareceu apavorada, mas se empertigou. Enquanto Brett afastava a faca, ela relaxou, abrindo um sorriso incrivelmente convincente. Seus olhos brilharam. Seus dentes cintilaram. A pele parecia reluzir. Ela era mesmo uma profissional.

— Ótimo — disse ele, apertando o botão. — Foi tão difícil assim?

Ele guardou a faca e o celular e foi para a porta. Chelsea tossiu e ele se virou.

— Você não vai... — Ela parou de falar, mas o fim da pergunta pareceu pairar no ar, como um enxame de insetos.

— Te matar agora? — Brett gostou de ver como ela se encolheu ao ouvir a palavra. — Não. Preciso resolver outra coisa primeiro. — Depois de pensar por um momento, ele jogou para ela o controle remoto da televisão que tinha trazido da Central de Comando. — Aqui. Vai distrair sua cabeça.

Chelsea ficou com os olhos cheios de lágrimas de novo.

— Eu não quero ver televisão. Quero ir *embora*.

Brett revirou os olhos.

— Ah, por favor. Você sabe que quer se ver no noticiário.

Ele deu meia-volta, saiu pela porta e a fechou. Enquanto verificava se estava mesmo trancada, ele ouviu o barulho da televisão sendo ligada.

Sabia.

VINTE E NOVE

QUANDO O RELÓGIO bateu 9h30, Seneca, Madison e Maddox chegaram ao calçadão do aquário. A chuva fazia poças na areia. A praia estava quase vazia, exceto por dois velhos com chapéus de chuva passando detectores de metal na areia. Seneca olhou para o mural de peixes gasto e meio apagado na entrada. O peixe-palhaço, com as escamas laranja desbotadas em um tom de pêssego, parecia estar prestes a ter um derrame. Alguém tinha desenhado uma mulher sem sutiã ao lado do tubarão.

Havia um balcão de informações, mas estava vazio. Seneca passou direto. Maddox estava parado. Ele olhou para a estrutura desolada com desdém.

— Aerin tinha razão — murmurou ele. — Este lugar é *sinistro*.

— O folheto nos mandou para cá — argumentou Seneca. — Vale a pena dar uma olhada.

— Pode ser uma armadilha.

— A cabana também pode — disse Seneca, exasperada. — Vamos só dar uma volta, está bem? — Mas ela também estava com uma sensação ruim. Ela não gostava de o grupo ter se dividido. A força deles estava na união.

Ela entrou no aquário. Havia peixes nadando languidamente em tanques iluminados. Um tang azul olhou irritado para ela, mostrando dentinhos afiados como navalhas. A sala ao lado era ainda mais escura e exibia tanques com enguias, peixes arco-íris e uma bolha marinha manchada com olhos saltados. Seneca olhou ao redor, mas não viu nada. Não que ela soubesse o que estava procurando.

Alguém se mexeu do outro lado da sala e Seneca ficou tensa. Um homem de camisa preta estava na frente de um tanque de enguias elétricas. Havia algo rígido na postura dele, como se ele não estivesse totalmente à vontade com o corpo. Quando chegou mais perto, ela deu uma olhada no perfil dele e leu a plaquinha com o nome. Seu corpo ficou tenso. *Espere*. Talvez a pista não fosse física. Talvez a pista fosse uma *pessoa*.

— Você é o Barnes? — perguntou ela em voz baixa.

O homem se virou. Ela sentiu o olhar dele mesmo na escuridão pesada.

— Quem quer saber?

— Eu... eu tenho umas perguntas sobre Chelsea Dawson.

Barnes inspirou fundo.

— Você é da polícia?

— Não. Mas faço parte de um grupo que... — Seneca parou de falar. Explicar o Caso Não Encerrado não faria sentido para aquele cara. — Eu só quero saber o que aconteceu pela sua perspectiva — continuou depois de um momento. — Vocês eram amigos, né?

Barnes se virou para o tanque de peixes e não respondeu.

— E você sabe que ela está desaparecida? — insistiu Seneca. — Será que pode nos ajudar a encontrá-la?

Barnes ergueu o queixo, a luz batendo nas feições fortes.

— Não, obrigado.

Seneca fez sinal para Maddox e Madison, atrás dela.

— Aqueles dois são meus amigos. Eles também estão ajudando. Escuta, nós precisamos de você. Você conhecia bem Chelsea. Nós vimos sua conta no Instagram. Todas as conversas que você teve com ela...

A iluminação fraca e artificial deu à pele de Barnes um tom azul-esverdeado. Ele parecia irritado quando se virou de frente para Seneca.

— Vocês pagaram entrada?

Seneca parou.

— Não tem que pagar nada. O aquário é de graça.

— Bom, vocês precisam ir embora.

— Olha, nós não somos da polícia — declarou Maddox em tom de súplica. — Não viemos te dar uma dura nem nada. Chelsea é importante pra você, obviamente. Nós só queremos saber o que aconteceu.

As narinas de Barnes se dilataram.

— Para de falar da Chelsea, está bem?

Seneca sentiu uma queimação na boca do estômago. Barnes estava escondendo alguma coisa.

Ela se aproximou de Barnes. Ele cheirava a suor e falta de banho.

— Mas, se você continuar agindo assim, nós *vamos* chamar a polícia.

Os olhos de Barnes faiscaram.

— Alegando o quê?

— Você está se comportando de um jeito suspeito. Talvez tenha sido você.

Ele estufou o peito, quase como se estivesse se preparando para derrubá-la, como numa luta de sumô.

— Você acha mesmo... — gaguejou ele. — Você não faz ideia... — Ele virou a cabeça. Parecia estar lutando com alguma coisa na cabeça, mas perdeu o vigor de repente. — Olha, eu a amava. Profundamente. Eu nunca faria mal a ela. Mas sabe os comentários que você citou no Instagram? A amizade que acha que a gente teve? — Ele suspirou. — Eu mesmo que escrevi. Meus comentários... e os dela. Eu hackeei a conta da Chelsea, cliquei nas minhas fotos e fingi ser ela. Eu só... — Ele balançou a cabeça. — Ela nem me conhece. A gente nem conversava.

— Então vocês... *não eram* amigos? — perguntou Seneca com voz baixa, decepcionada. De repente, ela percebeu a possibilidade de Brett ter enviado o grupo ao aquário só como distração, para fazer o tempo passar até o prazo. Ela teria cometido um erro grave?

Barnes olhou para as enguias de novo. Seus ombros murcharam.

— Bom, eu a via muito por aí. E o dia em que ela veio ao aquário no verão passado foi o melhor dia da minha vida. Nós conversamos. *De verdade.* Eu contei pra ela sobre todos os peixes. Depois, ela perguntou se eu queria dar uma volta. Claro que eu concordei. Ela me disse que estava de saco cheio do namorado. Ele não a entendia. Sentia ciúmes. No fim da caminhada, quando nós estávamos embaixo do píer, ela me abraçou e me deu um beijo com tudo. Foi... — Havia melancolia no tom dele, mas seu rosto se transformou de novo. — Eu achei que daria em alguma coisa, mas nunca mais tive notícias dela.

Seneca teve uma sensação fria e grudenta na barriga. Havia algo tão emocionalmente sofrido nas palavras dele. Uma coisa que também a fazia se lembrar de Brett, principalmente no último poema que ele deixou para eles. *Eu a conheci e foi amor. Achei que ela pensou o mesmo.* Ele não tinha declarado explicitamente, mas Seneca achava que sua mãe tinha rejeitado Brett... assim como Helena. Eles poderiam acrescentar Chelsea àquela lista? Talvez essa fosse a motivação de Brett: punir mulheres que não lhe deram o que ele queria.

— Deve ter sido muito difícil, né? — disse ela gentilmente. — Você achou que vocês tinham uma conexão. Achou que significava alguma coisa pra ela. Foi horrível ela ter sumido.

— É — disse ele com mau humor.

— Foi por isso que você escreveu os comentários no Instagram. Se ela não queria participar do relacionamento na vida real, pelo menos você podia dar continuidade à fantasia.

Barnes ficou tenso.

— Mas eu não *fiz* nada com ela. Juro. Se a polícia olhar minha conta do Instagram, se virem o que nós escrevemos e descobrirem que *ela* não escreveu nada, bom, eu sei como vai parecer. — Ele balançou a cabeça. — Eu ando tenso. Uma garota veio aqui outro dia, ficou presa em um corredor dos fundos onde eu estava trabalhando. Ela era parecida com a Chelsea. Achei que alguém estava de sacanagem comigo, que tinham descoberto que eu havia mentido.

— Era só minha amiga Aerin — garantiu Seneca. — Ela também quer ajudar Chelsea. Nós não vamos contar nada pra polícia. Nós achamos que Chelsea deu um fora em alguém, da mesma forma que ela te rejeitou. Mas, diferentemente de você, esse cara surtou... e a sequestrou. Nós estamos com medo de que ele vá matá-la. Por isso, preciso que você veja uma coisa pra mim. Uma pista que ele deixou. Chelsea *precisa* de você, Barnes. E, se ajudar a encontrá-la, nós vamos dizer pra ela que você salvou a vida dela.

Barnes olhou para o teto por um momento e apontou uma lanterna para as pistas que Seneca tirou do bolso. Ele franziu a testa enquanto olhava o cardápio, o endereço da Target e o folheto do show no aquário.

— Ah. Sim, certo. Ela foi a esse restaurante japonês. Tirou uma foto lá. Eu lembro.

— Está no Instagram? — perguntou Seneca, soltando o ar que ela não sabia que tinha prendido.

Barnes pegou o telefone no bolso de trás. Depois de mexer um pouco, ele abriu a conta de Chelsea e clicou em uma foto dela numa mesa em um restaurante com pouca iluminação. Ela estava com um top dourado, hot pants e saltos plataforma brancos. A expressão no olhar dela exalava sexualidade e os lábios estavam entreabertos em um biquinho sensual. A foto tinha mais de 50 mil likes.

— Isso foi tirado no Sushi Monster? — perguntou Seneca. A foto não estava com localização marcada.

— Com certeza. — Ele mostrou o tanque grande atrás da cabeça de Seneca. — Aquilo ali é um *Centropyge boylei*. O Sushi Monster é o único lugar por aqui que tem um. Custam uns dez mil dólares cada.

Madison passou a mão no rabo de cavalo.

— E os outros dois locais destas pistas?

— Não faço ideia sobre a Target, mas ela veio ver essa banda tocar uma vez. — Ele apontou para o folheto do Oddly Shaped Men que eles encontraram no Starbucks. Ele desviou o olhar para o chão e sua voz travou. — Eu também estava lá. O dia seguinte foi quando ela me beijou.

Seneca olhou para os amigos.

— Será que essas pistas são sobre as pessoas com quem Chelsea traiu o Jeff? Na investigação sobre Helena, a gente descobriu todos os segredos dela: drogas, Ingram, a fuga. Nosso cara... — ela fez uma pausa por não querer dizer o nome de Brett alto na frente de Barnes — ... parece gostar de tirar as camadas das pessoas e mostrar que elas não eram tão perfeitas quanto pareciam.

— Então você está dizendo que talvez Chelsea tenha ficado com alguém naquela casa da rua Noventa e Três? — sugeriu Madison. — E que houve outra pessoa no restaurante japonês?

— Pode ser — disse Seneca.

— E daí? — argumentou Maddox. — Chelsea traiu o namorado. Jeff já nos contou isso. Me parece uma distração, não uma pista de verdade. Como isso indica onde ele está escondendo Chelsea?

— Não sei... — Seneca olhou de novo para a foto no Instagram. Uma coisa chamou a atenção dela: a foto tinha sido tirada cinquenta e duas semanas antes, exatamente. Ela clicou para ver a data exata e descobriu que tinha sido um ano e um dia antes.

Ela clicou na imagem seguinte de Chelsea, também tirada um ano antes no dia anterior. E realmente, era dentro de uma casa de praia, talvez a que eles viram na rua Noventa e Três. Na imagem seguinte, exatamente um ano antes, Chelsea estava em um corredor de maquiagens... da Target? Na foto seguinte, tirada horas depois no mesmo dia, Chelsea fez bico de beijo naquele calçadão. Seneca não conseguiu ver muitos detalhes quando aproximou a imagem, mas teve a sensação de que o prédio borrado ao longe era o aquário onde eles estavam.

Algumas ligações foram se formando no cérebro dela.

— A sequência das fotos do Instagram do ano passado bate com as pistas. A data de hoje poderia ter alguma importância?

— Poderia, mas qual? — refletiu Maddox em voz alta. — Dezesseis de julho. Não é aniversário dela. Não é nada. — Ele se virou para Barnes, que ainda estava parado ali. — Você sabe?

Ele assentiu.

— É o dia de atualização dela. — Ele estava com expressão tímida.

— Ela faz um vídeo de atualização todo dia 16.

Seneca olhou o celular. Realmente, a postagem seguinte era um vídeo de atualização: Chelsea agradecendo os seguidores e dizendo que tinha "grandes planos" para a página no futuro. "Fotos melhores", provocou ela. "Resenhas de maquiagem melhores. E muito mais de *moi*." Ela jogou um beijo para a câmera.

Seneca olhou para Barnes.

— Você sabe onde ela filmou isso?

Barnes apertou os olhos para a câmera.

— Eu vi esse muitas vezes. É na casa de praia de uma amiga. Ophelia alguma coisa.

O coração de Seneca disparou.

— Essa casa é aqui perto?

— É. Fica meio fora da cidade, num vinhedo. Mas acho que a família dela não veio este verão. Eu não vi Ophelia na cidade.

— Talvez isso não importe — disse Seneca, atordoada.

Ela pensou nos vídeos de atualização de Chelsea. Barnes parecia conhecer todos de cor... e ela apostava que Brett também. Eram uma coisa que ele devia amar e desprezar ao mesmo tempo, fascinado por sua beleza e enojado pelo narcisismo.

Maddox pigarreou. Seneca olhou para a frente, e ele a estava encarando, os lábios abertos, os olhos arregalados. Seneca percebeu que ele estava tirando as mesmas conclusões, preenchendo os mesmos espaços em branco.

— A gente tem que ir pra essa casa *agora* — disse ela. — Liga pra Aerin e o Thomas. Diz que a cabana pode ser uma armadilha.

TRINTA

AERIN E THOMAS não trocaram uma palavra sequer no caminho esburacado para fora da cidade, passando por algumas fazendas solitárias e entrando na região mais pantanosa. Ela tentou se distrair observando o interior do carro dele, um Ford Focus velho com janela de manivela e câmbio manual. Havia livros de biblioteca e DVDs cobrindo o banco de trás. Ela viu um mistério da Agatha Christie que também tinha lido e pensou em falar do livro, mas percebeu que estava nervosa demais para ficar de papinho.

Uma placa grande os alertou que eles estavam agora em uma área de proteção ambiental e que era proibido caçar, jogar lixo no chão e invadir propriedade privada.

— Ali — disse ela, ao reparar em uma coisa marrom, e apontou por cima das árvores. Quando eles fizeram uma curva, uma casa caindo aos pedaços apareceu adiante na estrada de terra, no meio de uma clareira. As janelas estavam tapadas com tábuas e o telhado estava podre e coberto de limo. Uma picape velha, toda enferrujada, ocupava a entrada de carros de cascalho junto com um abutre enorme comendo os restos de um animal morto.

Thomas se aproximou do acostamento e pisou no freio.

— Vamos parar aqui. Esse carro vai atolar se formos em frente.

— Tudo bem — sussurrou Aerin.

— Você acha que a gente devia ligar pra polícia antes de entrar? Aerin moveu a mandíbula.

— E se Brett estiver lá dentro e vir as luzes da polícia e matar Chelsea? Ou se ela estiver sozinha lá dentro e Brett estiver assistindo de outro lugar e vir a polícia e apertar algum tipo de detonador e explodir todos nós? Ou e se...

— Entendi — disse Thomas, interrompendo-a.

Ele também parecia nervoso. Quando abriu a porta do carro, o abutre levantou voo e saiu batendo as asas enormes. O ar estava tão parado e silencioso que Aerin ouvia o próprio coração disparado. Ela olhou para Thomas. Ele estava com os dentes trincados, os olhos concentrados à frente. Ele era todo profissional.

Thomas começou a andar na direção da casa.

— Fica comigo o tempo todo, está bem? Eu vou na frente. Você vem atrás. Não sai de perto de mim. Se a gente se separar, pode ser muito perigoso.

Aerin foi atrás dele. O ar estava com um cheiro estranho, um cheiro que misturava enxofre, asfalto molhado e eletrônicos queimados. O vento aumentou de repente e balançou o mato alto. Havia ervas daninhas em volta da casa toda, entrando nos alicerces. Quando eles se aproximaram, perceberam que a cabana gemia e chiava. Estava mais destruída do que ela achou, completamente inabitável. Ninguém morava ali havia anos.

Aerin ficou nas pontas dos pés e tentou espiar pela única janela suja do primeiro andar que não estava tapada por caixas de papelão. Será que Brett estava lá dentro? Chelsea? Ela se esforçou para enxergar, tentando identificar formas. Achou que viu alguma coisa se movendo e arregalou os olhos, mas estava escuro demais para ver.

Uma coisa se moveu na grama e ela virou o rosto. Quanto tempo havia que estava ali? Thomas tinha sumido. Ela ouvia passos distantes, quase fora do alcance dos seus ouvidos. Sua garganta estava seca. De jeito nenhum ela gritaria para chamá-lo.

Aerin seguiu pela lateral da casa. O mato estava ainda mais alto ali, e havia uma cerca por perto que parecia ter sido destruída pelos dentes de alguma coisa enorme e carnívora. Parte da lateral da cabana tinha corroído até a fibra de vidro. Havia pedaços grandes com ervas daninhas (e provavelmente hera venenosa) sob os pés de Aerin, mas ela seguiu andando mesmo assim. O vento soprou de um jeito sinistro de novo e jogou o cabelo na cara dela.

Clang. Ela deu um pulo e se virou. No quintal, um cata-vento enferrujado de galo sobre um toco de árvore girava loucamente e caiu em uma pilha de lixo que havia atrás. Aerin examinou a pilha: havia uma serra enferrujada, uns alicates e uma marreta de ferro que parecia pesar mais do que ela. Pareciam armas de tortura. Um tremor perturbador subiu pela coluna dela.

Havia moscas voando aos milhares acima de alguma coisa fora do campo de visão dela. Aerin engoliu em seco, contornou a pilha de detritos e olhou para baixo. A primeira coisa que ela viu na placa de tijolos foi uma mancha de sangue. Ela pulou para trás, a bile subindo na garganta. Quando olhou de novo, engoliu um grito. Havia ossos no chão, a carne toda arrancada. Aerin levou a mão à boca. Pareciam *enormes*. Talvez as pernas de alguém. Um antebraço.

Uma coisa se moveu atrás dela de novo. Na janela? Aerin esticou o pescoço e olhou tão intensamente que sua visão ficou borrada. O medo estava afetando seu equilíbrio, e ela deu um passo oscilante para trás e quase caiu. Aquela era uma péssima ideia. Eles não deveriam estar ali. Tinham que ir embora *agora*.

Nesse momento, ela ouviu Thomas gritar.

TRINTA E UM

NÃO FOI DIFÍCIL para Maddox, Seneca e Madison encontrarem a casa da família de Ophelia. Quando Maddox digitou *vinhedo Avignon* no Google, foi a única propriedade que apareceu. Ele batucou com nervosismo no volante enquanto seguia pela estradinha de terra escondida que dava na propriedade. Havia vinhas dos dois lados, secas e retorcidas, parecendo dedos, e as nuvens estavam densas e cinzentas no céu, ameaçando mais chuva.

— Merda — murmurou Seneca, clicando no botão vermelho no celular. — Aerin não atende. *Cadê ela?*

— Pelo menos ela está com Thomas — disse Madison com nervosismo. — Deve estar bem, né?

Houve uma parada na estrada e uma plaquinha manuscrita anunciava *Vinhedo Wild Goat*, com uma seta. Maddox virou o volante e eles seguiram pelo longo caminho. Ao longe, uma estrutura monolítica moderna de aço, vidro e pedra reluzia.

— Puta merda — sussurrou ele. A casa devia ter uns 600 metros quadrados.

Na metade do caminho, ele parou o Jeep.

— Vocês acham que a gente devia parar na entrada da casa? Brett vai nos ver.

Seneca assentiu.

— A essa altura, ele já está nos esperando. Acho que a gente deveria parar o mais perto da entrada possível, pra termos uma rota de fuga se for preciso.

Madison pareceu nervosa.

— Se Brett estiver lá dentro, como a gente vai lutar com ele? No soco?

— Vamos chamar a polícia — sugeriu Maddox. — Agora. Não sei se consigo entrar sem saber que estão vindo.

Seneca pareceu relutante.

— Brett não vai gostar disso... mas, por outro lado, talvez não importe. A gente entra primeiro, mas vai ter a polícia a caminho. Tudo bem, liga.

— Vou dizer que é pra denunciar uma invasão de propriedade — disse Madison, pegando o celular. — Que vi movimento suspeitos na casa do vinhedo.

Ela discou o número da emergência.

Maddox manobrou o veículo na frente da casa. Não havia sinais típicos de veranistas: toalhas penduradas na varanda, nem coisas de praia perto da porta, nem mesmo cadeiras de balanço no pátio. Tudo parecia trancado, quase abandonado. Se havia alguém lá dentro, essa pessoa estava disfarçando bem.

— A polícia chega daqui a pouco — disse Madison enquanto guardava o celular no bolso.

Maddox olhou para a casa. Era enorme. Cada andar tinha uma varanda grande, e Maddox reparou em uma piscina à esquerda. Um dos guarda-sóis listrados era familiar, de um dos vídeos de atualização de Chelsea. Havia alguns vasos de cerâmica vazios empilhados perto da porta dos fundos; ele andou até lá e olhou para dentro com cuidado, mas só encontrou uma aranha morta e uns montinhos de sujeira. De repente, os fios de cabelo da nuca dele se eriçaram. Ele se virou e olhou para o vinhedo denso, sentindo uma coisa que não conseguia identificar.

— O quê? — sussurrou Seneca, ficando imóvel também.

Maddox piscou.

— Não sei. Parece que tem alguém... *olhando*.

Todo mundo se virou para a plantação. Nada se moveu. Os galhos secos jogavam sombras compridas no chão. Se havia alguém lá, a pessoa estava parada como uma estátua.

Maddox olhou para a casa.

— Este lugar deve ter um ótimo sistema de segurança. Como Brett passou por isso?

— Você está esquecendo que Brett descobriu como entrar no Dakota, em Nova York — murmurou Seneca.

Maddox inspecionou a área da entrada em busca de algo que pudesse indicar a presença de Brett. Uma embalagem de chiclete no chão. Uma marca de tênis. Um dos fios louros e compridos do cabelo de Chelsea. Seu coração estava disparado, e a qualquer momento ele esperava que um alarme disparasse, que um carro chegasse ou uma bala o matasse. Quando ele se virou, outra sensação estranha se espalhou por sua pele.

— Pessoal. — Quando as duas estavam ao lado dele, ele farejou o ar. — Estão sentindo esse cheiro?

Madison fez que não. Seneca inspirou e franziu a testa. Mas várias sinapses dispararam no cérebro de Maddox.

— É o perfume do Brett.

— Brett usaria o mesmo perfume que usava em Dexby? — perguntou Seneca.

— Era bem marcante. — Maddox estava sentindo o cheiro claramente agora, apesar de estar fraco. — Mas tenho certeza de que estou sentindo.

Alguma coisa se mexeu de novo no meio do vinhedo. Todos se viraram e se empertigaram. Um pássaro com a asa torta surgiu acima das plantas. Maddox olhou para seu reflexo na janela e reparou em uma coisa estranha. As persianas estavam fechadas, mas parecia ter alguma luz acesa lá dentro.

— A gente tem que descobrir como entrar — disse ele para os outros. — Uma janela? Uma das portas do pátio? Tem uma portinha no terraço no andar mais alto...

— E a gente faz o que, escala a casa? — Madison foi até a porta da garagem de novo e girou a maçaneta. Ela deu um passo para trás e ofegou. Maddox correu até lá, com medo de ter acontecido alguma coisa. Outro sopro de perfume sufocante atingiu suas narinas. — Está... *aberto* — sussurrou Madison, apontando.

E, realmente, a porta estava destrancada, um pouco entreaberta. Maddox olhou para o aposento escuro. Só havia uma coisa a fazer agora. Entrar.

TRINTA E DOIS

— THOMAS! — gritou Aerin, correndo pelo mato. Seu pé prendeu num cano exposto e ela despencou de cara na lama. Quando se levantou, outro grito soou. Houve um som de batida também, de metal em osso. Aerin pensou na pilha de objetos retorcidos no quintal. Nos ossos no chão. O que Brett estava fazendo com Thomas?

Ela se levantou e correu. Enquanto seguia para a frente da casa, viu Thomas na varanda. Ele estava de pé, mas o corpo estava contorcido e os braços estavam cobertos de sangue.

— Thomas! — chamou ela de novo.

Thomas se virou com um aviso no olhar.

— Não!

Aerin foi em frente mesmo assim. Ela não ia deixar que Brett o machucasse. Ele já tinha machucado gente demais. Ela estava a poucos metros quando percebeu que havia alguma coisa correndo baixo no chão, um rabo balançando, dentes batendo. Ela parou, desorientada. Não era Brett... era um animal.

Thomas levantou uma pá enferrujada acima da cabeça e bateu com força para esmagar o crânio da criatura. A coisa soltou um berro e parou no chão, e um rabo careca e pálido se balançou de um lado para o outro. Aerin gritou e cobriu a boca. Havia dois outros roedores caídos perto de um balanço de varanda velho. Um estava com uma ferida aberta na lateral do corpo. O outro estava sem metade da cabeça.

— Ah, meu Deus — disse Aerin, engasgada.

Thomas olhou para ela da varanda. Ele estava respirando pesadamente e sua camisa estava manchada de suor.

— Jesus. — Ele parecia apavorado. — Esses eram os ratos mais gigantes que eu já vi.

Aerin estava respirando com dificuldade.

— A gente tem que sair daqui. Tem armas no quintal. E ossos.

Ainda segurando a pá, Thomas desceu da varanda e a segurou, primeiro num abraço apertado e depois olhando para ela com medo.

— Onde?

Aerin o levou pela lateral da casa. Apontou para depois das moscas na placa.

— Ali — disse ela, desviando o olhar.

Thomas se aproximou. Olhou para os ossos e baixou a pá.

— Está tudo bem. Não são humanos. Eu acho que é um cervo.

— Tem certeza?

Thomas assentiu. Ele olhou a pilha enferrujada de serras e marretas.

— Não sei o que pensar dessas coisas, mas não sei se podem ser qualificadas como armas. — Ele segurou o braço dela. — Quer olhar dentro da casa?

— Hã, *não*. — Aerin secou os olhos. O cheiro de morte estava deixando seu estômago embrulhado. — Mas também não quero esperar aqui fora sozinha.

Na varanda, os ratos guincharam e gemeram. Aerin se obrigou a não olhar na direção deles. Thomas tocou na maçaneta com o polegar e a peça inteira se desfez e caiu na varanda com um baque. Ele empurrou a porta com o pé, com cuidado. Uma nuvem de poeira subiu, e metade da estrutura caiu para dentro, deixando um pedacinho livre para eles pularem e entrarem.

Aerin foi recebida por um fedor bolorento, terroso, podre. Ela olhou para Thomas e ele assentiu, encorajador. Ela prendeu a respiração, passou por cima das tábuas e entrou. Thomas foi atrás, segurando a mão dela.

A sala estava escura, úmida e fedorenta. Aerin inclinou a cabeça e prestou atenção em sons, mas não ouviu nada. Thomas acendeu a lanterna e a apontou para o piso. Um fogão a lenha antigo estava se soltando da parede. Os cantos estavam sujos com teias de aranha, folhas secas e fezes de animais. Havia ossos de uma carcaça perto da outra parede, mas quando Aerin se virou para Thomas com medo, ele apertou a mão dela.

— São de rato ou esquilo. Não de gente.

Ele entrou na sala e apontou a lanterna para as janelas e para o chão. O piso precário rangeu.

— Não vejo porão — disse ele. — Nem alçapão. Nem... *nada*.

Aerin lambeu os lábios e assentiu. Parecia um beco sem saída. Mas, de repente, ela viu uma coisa colorida reluzir no parapeito da janela. Ela se aproximou, tomando cuidado com o piso podre. Quando viu o que era, seu coração parou... e começou bateu em ritmo redobrado. Era uma garça de papel vermelho.

— Mas o quê...? — murmurou Thomas.

Aerin segurou a dobradura com mãos trêmulas. Era *idêntica* à garça de papel que ela encontrou na cômoda de Helena depois do desaparecimento da irmã... só que mais desbotada, as dobras feitas e refeitas até terem ficado quase brancas. Ela virou a dobradura, quase esperando ver as iniciais *H.I.* na parte de baixo. Mas havia outra coisa, escrita com uma caligrafia apertada: *Jackson*.

Thomas olhou para ela.

— Você sabe o que isso quer dizer?

Aerin balançou a cabeça e engoliu em seco. Na mesma hora, ela foi transportada para o quarto de Helena, sentiu o perfume floral dela, se viu cercada de roupas vintage e sentiu o tapete de pele de carneiro embaixo dos pés. Parecia um milhão de anos atrás. E agora, naquela cabana úmida e mofada, ela abriu cada dobra da garça nova, desesperada para encontrar outra pista debaixo de uma asa ou dentro do bico... uma prova de que *era* de Brett e do que poderia significar. Mas, no fim das contas, ela só ficou com um quadrado todo marcado de papel de origami e nada mais.

TRINTA E TRÊS

SENECA USOU A lanterna do celular para iluminar o porão. Havia uma mesa de sinuca no meio da sala, uma de air hockey num canto e o que parecia uma máquina de pinball na parede mais distante. Em outro canto havia uma televisão enorme e pelo menos quatro tipos de videogames diferentes. O raio de luz percorreu o bar abastecido com todos os tipos de bebida imagináveis e um caça-níqueis de mesa.

— Aqui fica a escada — sussurrou Madison à esquerda.

Seneca e Maddox foram até ela nas pontas dos pés. Os três subiram até o primeiro andar e empurraram a porta com cuidado até darem de cara com uma cozinha moderna e reluzente. Não havia absolutamente nada nas bancadas. A lata de lixo não tinha nem um saco dentro. Uma tigela de frutas estava vazia. O único som no local era o zumbido baixo dos eletrodomésticos.

Seneca olhou para os amigos.

— Por que não tem nenhum alarme tocando? É uma armadilha?

— Talvez ela não esteja aqui — disse Madison.

Maddox inclinou a cabeça para a esquerda e apontou para um corredor comprido cheio de janelas.

— Esperem. Estou ouvindo alguma coisa.

Seneca se esforçou para ouvir. Depois de um momento, ela *ouviu* alguma coisa: vozes baixas. Um zumbido eletrônico. Sua pele ficou arrepiada. Ela encarou Maddox e assentiu.

Mas Madison deu um passo na direção da porta do porão.

— Talvez a gente devesse ir embora.

Seneca olhou para ela boquiaberta.

— Do que você está *falando*? A gente tem que ver o que é aquilo!

— Olá!

Uma voz soou no corredor. O coração de Seneca parou no peito. Ela não sabia se a voz era real... mas a pessoa chamou de novo.

— Olá! — Era uma garota. — Q-quem está aí?

Seneca correu na direção do som.

— Seneca! — gritou Maddox atrás dela, mas ela seguiu em frente. No fim do corredor havia uma porta fechada; alguém estava batendo na porta por dentro.

— Socorro! Me ajudem, *por favor!* Eu estou trancada!

A mão de Seneca tremeu ao tentar a maçaneta, que não girou. Às pressas, ela pegou um cartão de crédito na carteira. Enfiou o cartão embaixo da lingueta e moveu para cima num movimento rápido. A maçaneta nem se mexeu. Ela xingou baixinho.

— O que está acontecendo? — gritou a voz.

Seneca tentou o cartão na porta de novo, empurrando para cima com mais força. A lingueta soltou. A maçaneta girou e a porta se abriu. Uma garota estava encolhida no tapete, uma garota de cujo rosto ela havia decorado cada detalhe e no qual pensava tanto que era perturbador agora vê-la como uma pessoa de verdade.

Chelsea.

A garota encarava os três totalmente trêmula. O cabelo estava limpo e arrumado, as bochechas estavam coradas e ela estava usando um vestido que parecia recém-passado. Mas seus olhos estavam arregalados e cheios de lágrimas. Braços e pernas estavam tremendo. Quando Maddox deu um passo para dentro, ela recuou, protegendo o peito.

— Vocês estão com *ele*?

— Com quem? — perguntou Seneca, apesar de já saber.

— Não — disse Maddox ao mesmo tempo. — Claro que não.

Chelsea olhou de um para o outro.

— Ele vai encontrar vocês. Vai *machucar* vocês.

— Cadê ele? — Maddox olhou em volta. Havia uma expressão estranha no rosto dele. — Ele está aqui?

Seneca também olhou em volta. Só então ela percebeu que Chelsea estava presa em uma suíte luxuosa. Havia uma cama king de dossel no meio do quarto. As persianas estavam fechadas, mas a televisão estava ligada num canal a cabo. Um espelho bonito, com um sutiã e várias roupas, estava visível no canto. Depois havia um banheiro enorme de mármore, a bancada uma bagunça de frascos e potes e esponjas. O ar cheirava a perfume e café fresco.

Ela olhou de volta para Chelsea. O cabelo estava brilhante e escovado. Seneca também reparou que ela estava usando maquiagem: delineador, rímel, batom rosa. Havia um colar dourado no pescoço dela e várias pulseiras nos braços. O pavor no rosto dela era positivamente incongruente.

— E-ele costuma falar comigo de outro quarto — disse ela, o corpo oscilando. — Só ontem que ele veio para cá e eu vi o rosto dele. — Ela olhou para o corredor, apavorada. — Ele vai nos machucar se descobrir. Sei que vai.

— Está tudo bem — disse Seneca enquanto corria para perto dela. — Nós vamos te tirar daqui agora. Está bem? Você acha que consegue andar?

Chelsea assentiu, trêmula. Seneca esticou as mãos e ajudou a garota a passar pela porta.

Seneca ouviu sirenes. Pela janela, viaturas da polícia fizeram a poeira subir na entrada de carros. Maddox abriu uma das portas de vidro e foi para a varanda.

— Nós encontramos uma pessoa aqui! — gritou ele para a polícia. — É Chelsea Dawson!

Seneca e Madison apoiaram Chelsea enquanto atravessavam o corredor. O coração de Seneca ficou disparado o tempo todo, na expectativa de Brett aparecer. Mas, quando elas abriram a porta e levaram Chelsea para o ar fresco, nada aconteceu. A polícia a envolveu na mesma hora. Ela voltou para dentro da casa, para deixar os socorristas de emergência darem uma olhada em Chelsea. Eles conseguiram. Chelsea estava salva. Agora, era hora de encontrar Brett.

Ela se virou e começou a trabalhar rapidamente, abrindo portas, olhando em alcovas, subindo escadas, sabendo muito bem que Brett poderia atacá-la a qualquer momento. Mas ela encontrou tudo vazio.

A casa estava com cheiro limpo, imaculado, a mesma mistura de sândalo e produtos de limpeza do apartamento de Gabriel, ela percebeu assustada. Inquieta, desceu a escada e entrou no quarto de Chelsea de novo. Olhou a área da piscina. A despensa. Nada.

— Cadê você? — sussurrou ela, parada no meio da cozinha. Obviamente, ele não ia responder. Isso também era parte do plano de Brett, e ele tinha executado com perfeição.

Um policial apareceu do nada e segurou o braço dela.

— Moça, você vai ter que ir embora — pediu ele. — Nós precisamos da perícia aqui. É a cena de um crime.

— Mas... — protestou Seneca.

Com apatia, ela chegou para o lado e deixou a polícia entrar. Sabia que não encontrariam nada. A casa estava vazia. E conforme essa certeza crescia, Seneca também se sentiu vazia.

TRINTA E QUATRO

PASSAVA DAS ONZE quando Aerin e Thomas chegaram à casa no vinhedo e encontraram o local lotado de viaturas da polícia, veículos de transporte de cães policiais, paramédicos, um caminhão de bombeiro, o esquadrão antibombas e vans de televisão de vários canais da região. Aerin ofegou. Quarenta minutos antes, Seneca tinha enviado várias mensagens meio desesperadas, dizendo que eles estavam indo olhar o vinhedo e que a cabana podia ser uma armadilha. Aerin não viu na hora porque tinha deixado o celular no silencioso enquanto estavam na cabana. Quando voltou para o carro, ela tentou falar com Seneca, mas não conseguiu. E se alguma coisa tivesse acontecido?

Thomas mal tinha parado o carro quando Aerin viu Seneca, Maddox e Madison parados sob a marquise da garagem. Seu coração se encheu de alívio e ela correu até eles.

— O que está acontecendo? — perguntou ela, indicando as viaturas da polícia.

Seneca olhou para ela com uma expressão vazia. Maddox deu um passo à frente.

— Nós encontramos Chelsea. — Ele falou com orgulho, mas também abalado. — Ela estava na casa. Trancada num quarto.

Uma mistura de felicidade e descrença despertou em Aerin.

— Você está de *brincadeira*!

— Mas nada do Brett — completou Seneca, a voz seca. — Ele sumiu.

Aerin olhou para ela, as palavras não fazendo sentido. As luzes que giravam em uma viatura policial refletiram no rosto de Seneca.

— T-tem certeza? — perguntou ela.

Seneca baixou a cabeça.

— Eu olhei em toda parte. Ele não está na casa. Nem estou surpresa. Claro que ele foi embora. Eu só achei... Tinha esperanças...

Aerin sentiu os batimentos intensos latejando nas têmporas.

— Cadê a Chelsea agora? Ela está... viva?

— Ela está ótima — disse Maddox. — A polícia está conversando com ela lá dentro.

— Que bom! — exclamou Aerin, sentindo uma fagulha de otimismo. Ela olhou para os amigos. — Isso quer dizer que vão conseguir informações sobre o Brett e para onde ele foi, não é?

Madison abriu um sorriso fraco.

— Um grupo de policiais já saiu andando pelo vinhedo caso Brett tenha fugido naquela direção.

— Isso tudo é muito bom! — disse Aerin, olhando para Seneca e rezando para ela se animar. Mas Seneca só deu de ombros. Ela parecia tão desanimada.

Então Aerin lembrou. Ela revirou os bolsos até encontrar o origami, que tinha dobrado em formato de garça de novo.

— Isso estava na cabana.

Seneca abriu os olhos e deu uma olhada no origami. Aerin virou a garça para ela.

— *Jackson* — Seneca leu em voz alta, parecendo confusa. — O que quer dizer?

— Não sei. Mas talvez tenha as impressões digitais dele. A polícia poderia verificar.

Seneca fungou.

— Tenho certeza de que Brett não foi burro a ponto de deixar uma impressão digital. — Mas ela inspecionou a garça surrada com cuidado, segurando-a delicadamente por baixo das asas, como se a dobradura pudesse se desfazer.

Um grupo de policiais apareceu no meio do vinhedo de mãos vazias. Um deles reparou em Aerin e no resto do grupo e se aproximou. Era Grieg, o mesmo homem sardento com quem eles tinham falado depois da morte de Jeff.

— Isso vai demorar um pouco — disse ele em tom gentil. — Nós vamos precisar de declarações de Seneca, Maddox e Madison com certeza, talvez de Aerin e Thomas também. Que tal nós levarmos vocês pra delegacia?

— Eu prefiro esperar aqui — disse Seneca com firmeza. Ela estava encarando algo indeterminado no vinhedo, o olhar vidrado.

Pelo jeito que Grieg reagiu, ficou claro que ele preferia que eles fossem embora. A última coisa que Aerin queria era criar caso com a polícia, então andou até a viatura. Depois de um momento, Seneca foi atrás. Ninguém falou nada enquanto colocavam o cinto de segurança. O único som era o das gotas de chuva batendo no teto.

Aerin olhou para a casa. Sombras se moviam atrás das janelas, um monte de policiais lá dentro, revirando o local atrás de provas. O que encontrariam lá? O que Brett teria deixado para trás?

A viatura saiu do caminho de cascalho. O ar-condicionado começou a jogar ar frio no banco de trás e o carro ficou com um cheiro leve de mofo e estofamento molhado. Aerin encostou a cabeça na porta, meio enjoada. De repente, seu celular vibrou no bolso. Maddox tinha enviado uma mensagem para o grupo.

O que a gente vai DIZER?

Madison escreveu primeiro: *É melhor a gente falar a verdade. Contar tudo.*

Concordo, respondeu Maddox. *É o único jeito de eles conseguirem encontrar Brett. Nós fizemos tudo o que pudemos.*

Aerin viu Seneca franzir a testa para a tela do celular e começar a digitar. No celular de Aerin, três pontinhos ficavam aparecendo e desaparecendo enquanto Seneca lutava com as palavras. Ela podia imaginar o que se passava na cabeça de Seneca. Sua amiga queria encontrar Brett e queria encontrá-lo sozinho, sem a polícia. Só que agora eles estavam encurralados. Não havia para onde ir. *Precisavam* da polícia para ajudar. Aquilo era maior do que todos eles. Seneca olhou para a tela por muito tempo, como se em transe. Finalmente, ela baixou o olhar e suspirou profundamente, como se abrindo mão de alguma coisa. Os três pontinhos apareceram na tela de Aerin de novo e a resposta de Seneca apareceu. *Tudo bem. Acho que não temos escolha.*

VÁRIAS HORAS E três copos de café ruim da delegacia depois, Aerin se sentou na sala de espera, segurando a garça de papel em uma das mãos e folheando uma revista *Time* de um ano antes com a outra. Os outros estavam espalhados pelo espaço pequeno e apertado, mexendo no celular (Maddox e Madison), olhando de cara feia para as portas internas fechadas que levavam aos escritórios (Seneca) e, no caso de Thomas, acariciando o cabelo de Aerin, o que a fazia oscilar entre se sentir agradavelmente sonolenta e sentir culpa por se sentir agradavelmente sonolenta. Apesar de alguns breves *eles logo virão falar com vocês* do policial da recepção, parecia que a polícia tinha se esquecido deles. E isso era enlouquecedor. Eles não sabiam que estavam perdendo tempo valioso?

Finalmente, Grieg apareceu na porta.

— Vamos, pessoal.

Todos se levantaram e o seguiram pelo corredor. Aerin ensaiou mentalmente como eles iam contar a história... e o que significaria. A polícia conseguiria encontrar Brett com os detalhes que eles tinham a dar?

Grieg abriu a porta de uma salinha nada diferente de onde eles ficaram quando Jeff Cohen foi assassinado. Ele fechou a porta, bateu na mesa com o mesmo caderno que parecia carregar por aí e disse com voz distraída e nada entusiasmada:

— Desculpe por ter deixado vocês esperando. O dia foi corrido. Então, sim, se vocês quiserem resumir o que sabem, a gente vai poder dispensar vocês logo.

— Como é? — disse Seneca intensamente. Ela fez um ruído debochado. — Nós não temos interesse em comentar por alto o que aconteceu. Nós queremos contar tudo.

Grieg arqueou a sobrancelha e a expressão no rosto dele era uma mistura de exaustão e irritação.

— *Tuuudo bem.* — Ele ligou um gravador. — Digam seus nomes e idades.

Eles disseram, e quando Grieg fez a pergunta seguinte (*descrevam como vocês encontraram Chelsea hoje*), Seneca falou subitamente:

— Porque o sequestrador dela nos mandou até lá.

A expressão de Grieg se fechou. Ele se recostou e entrelaçou as mãos na barriga.

— Explique.

Houve um silêncio longo e constrangedor. Aerin olhou ao redor. Seneca levantou uma sobrancelha para ela e Aerin respirou fundo.

Ela contou para Grieg como conheceu Brett, sobre a busca pelo assassino de Helena e como eles perceberam depois que Brett deu todas as pistas que incriminavam Marissa Ingram. Maddox começou em seguida a contar sobre a carta de Brett que recebera. Seneca, Madison e Thomas preencheram as lacunas sobre o que a carta queria dizer. A caneta de Grieg ficou parada acima do caderno, mas ele não escreveu nada. Depois de uns cinco minutos, ele levantou a mão.

— Me desculpem, mas o que isso tem a ver com Chelsea Dawson?

Seneca parecia prestes a explodir.

— É nisso que a gente vai *chegar.*

Ela explicou que Brett os atraiu até Avignon, que invadiu a pousada, que deu pistas e que empurrou Jeff do terraço porque Jeff tinha descoberto a identidade dele.

— Depois, ele nos deu mais pistas para encontrarmos Chelsea no vinhedo. Ele sabia quando a gente ia chegar e limpou tudo antes de ir embora. Mas, olha, ele já matou mais gente. Se vocês não forem atrás dele agora, ele vai matar de novo.

Ela se sentou com uma expressão séria no rosto. Estranhamente, Grieg parecia desprovido de emoção. Em determinado momento seu olhar até se desviou para o *celular*. Era impressionante. Talvez todos os policiais tivessem que desenvolver uma forte aparência de estoicismo, mas Aerin esperava *alguma* reação: choque, sem dúvida, e depois gratidão. Afinal, eles basicamente fizeram o trabalho por ele, não foi?

Houve uma comoção no corredor, e Aerin olhou pela janelinha quadrada. Um cachorro passou com a língua de fora. Uma policial passou com um celular no ouvido. Finalmente, Grieg fechou o caderno com força. Ele não tinha anotado nem uma palavra.

— Isso tudo é muito interessante. Mas não acho que vocês estejam no caminho certo.

Aerin piscou rapidamente, a boca de repente viscosa e seca.

— Como é?

— Você acha que foi *outra pessoa*? — disse Seneca. — Você tem outro suspeito? — Ela riu com incredulidade. — Seja lá quem você acha que foi, está errado.

Grieg lambeu os lábios finos e se ocupou enfiando o caderno na pasta.

— Infelizmente, não posso dar muitos detalhes no momento.

Seneca chegou para a frente na cadeira.

— Sério? Você não vai nos contar nada?

— Seneca — disse Maddox suavemente, segurando o braço dela. Ela se soltou.

— Nós estamos sentados aqui há horas — disse ela, olhando Grieg intensamente. — E fomos *nós* que encontramos Chelsea. Vocês nos devem uma explicação. Senão… — As narinas dela se dilataram.

— Senão nós vamos procurar contar a nossa história para os jornais.

E vamos dizer que vocês não estão ouvindo e que a cidade está em perigo.

Grieg levantou a mão em alerta.

— Ninguém vai procurar os jornais. A última coisa de que precisamos é piorar a situação. — Ele trincou os dentes. — Olha, eu parabenizo vocês por trazerem a srta. Dawson para casa em segurança. Mas, até agora, nossas descobertas sobre a cena do crime no vinhedo são... inconclusivas. Não há sinal de entrada forçada na casa. E não há sinal de que a srta. Dawson tenha sido torturada ou sequer maltratada. Nossos melhores médicos a examinaram. Tem o estado mental dela, claro, mas isso parece meio... melodramático.

Seneca fez expressão perplexa.

— O que isso significa?

Grieg pareceu pensar em alguma coisa e falou com voz condescendente:

— A srta. Dawson estava com roupas limpas, tinha tomado banho e estava assistindo televisão quando vocês a encontraram. Isso não é comum em casos de sequestro. Além do mais, as histórias que a srta. Dawson contou sobre o captor dela não batem com o que descobrimos.

— Como assim? — perguntou Maddox.

— A srta. Dawson disse que seu captor parecia estar falando pela parede, por um sistema de microfones. E que parecia saber o que ela estava fazendo o tempo todo, como se tivesse câmeras. Mas não havia sinal de nenhum dispositivo assim no quarto em que ela estava e em nenhum outro quarto que tenhamos revistado. Não há fios dos quais podem ter sido desconectados. Ainda estamos procurando, mas temos especialistas nisso. Eles já teriam encontrado alguma coisa.

Aerin se moveu para a frente.

— Talvez tudo fosse sem fio. Seneca tinha uma câmera de vigilância portátil no quarto dela da pousada.

Grieg olhou para Seneca de um jeito estranho, como quem diz *Que tipo de garota carrega uma câmera de vigilância portátil sem fio?*

— Acho que é uma possibilidade — disse ele calmamente. — Mas, mesmo se encontrarmos provas de uma câmera sem fio, por que não podemos achar que foi a própria srta. Dawson que a instalou? Como outra forma de se filmar?

Seneca olhou para ele, boquiaberta. Aerin sentiu o estômago ficar embrulhado. Aquilo estava mesmo acontecendo?

— Mas, quando chegamos até ela, o quarto estava trancado — disse Seneca. — Nós tivemos que destrancar com um cartão de crédito. Como você explica isso?

Grieg franziu a testa.

— Isso também pode ter sido armado. Nós encontramos uma chave no quarto principal. Estava em uma gaveta, mas não estava exatamente escondida. A srta. Dawson poderia ter destrancado aquela porta quando quisesse, e nós achamos que ela fez isso. Nós ainda não temos dados oficiais, mas tem muitas digitais por toda cozinha. Alguns fios de cabelo louro comprido também. As buscas preliminares encontraram as mesmas digitais na maçaneta que levava à garagem, onde encontramos um saco cheio de lixo, quase todo de comida. Ainda não temos a confirmação das digitais e nem temos evidência de DNA de que *Chelsea* comeu a comida, mas é o que nós achamos que aconteceu.

Seneca balançou a cabeça.

— Não. Isso é impossível.

Grieg cruzou os braços sobre o peito.

— A srta. Dawson também disse que não tinha acesso ao celular, apesar de ter visto o aparelho alguma vezes. Nós o encontramos do lado de fora do quarto, aquele segundo telefone, o que ela usava para falar com o Gabriel. As digitais dela também estão nele. Quando olhamos as fotos, encontramos várias imagens recentes da srta. Dawson no quarto. Ela está sorrindo em todas. Na verdade, elas parecem... posadas.

— Tipo para o Instagram. É isso que você está pensando? — murmurou Thomas cinicamente.

Aerin olhou para ele. Aos poucos, sua mente foi absorvendo a história. Grieg estava mesmo dizendo o que ela *achava* que ele estava dizendo?

— Mas o sequestrador não poderia ter preparado as fotos para que *parecessem* selfies? E a obrigado a sorrir? — perguntou ela. Isso parecia bem o tipo de coisa que Brett faria.

Grieg balançou as moedas que tinha no bolso.

— Olha. A srta. Dawson conseguiu milhares de novos seguidores nas redes sociais desde que isso aconteceu. Ela está em todos os canais do país. Também devo acrescentar que nós encontramos um laptop naquele quarto, em uma gaveta. O primeiro item na busca do Google era o nome dela. Parece que ela *queria* que a gente encontrasse. — Ele esfregou os olhos. — Nós achamos que *não existe* sequestrador. Fim da história.

— Existe, sim! — Aerin gritou. — Tem que existir! Gabriel Wilton!

— Não há provas de que Gabriel Wilton estava envolvido — explicou Grieg. — Sim, eles eram amigos, bons amigos. E, sim, Gabriel foi a última pessoa com quem ela falou antes de ser "sequestrada", e parecia que ela tinha o rejeitado. — Ele fez aspas no ar quando falou *sequestrada*. — E, sim, alguém nos deu a dica sobre ele. Mas dicas anônimas enganam. Às vezes as pessoas dão informações falsas para incriminar outra pessoa. Um inimigo, talvez. É até possível que *Chelsea* tenha deixado a dica para afastar a desconfiança do que ela estava fazendo. Gabriel pode ser a vítima aqui.

Aerin ficou enjoada.

— Na verdade... — Grieg olhou para o corredor, como se refletindo sobre alguma coisa, e olhou de volta para eles. — Na verdade, eu acabei de saber que o corpo de Gabriel Wilton foi encontrado.

Aerin só piscou, sem acreditar. Seneca cobriu a boca com a mão.

— O quê? Onde? — perguntou Madison.

— Houve um acidente de carro. Um Toyota Prius bateu em uma mureta numa estrada sinuosa com vista panorâmica a meia hora daqui.

O veículo pegou fogo antes de ser encontrado, mas está registrado no nome do Gabriel. Tinha um corpo dentro, de um homem. E nós encontramos um documento de habilitação. Do Gabriel.

A boca de Aerin ficou seca de repente.

— Então ele está... *morto*?

Grieg assentiu. Ele apertou os olhos, mas os cantos da boca se curvaram de leve para cima, quase como quem diz: *Viram? Vocês estão tão, tão errados.*

Seneca bateu com o punho na mesa.

— Vocês são mesmo tão burros assim? Não é o corpo do Gabriel no carro. É só uma pessoa que se *parece* com ele. Gabriel, *Brett,* está vivo e bem.

Grieg ergueu uma sobrancelha.

— É uma acusação bem séria de se fazer, srta. Frazier.

— Me deixe identificar o corpo e eu peço desculpas — rosnou Seneca. O rosto dela estava completamente vermelho.

Grieg se levantou e fechou a mão no encosto da cadeira.

— Olha, vamos nos reunir depois que coletarmos mais fatos. E eu garanto que os teremos. — Ele pegou o caderno e foi na direção da porta.

— Nós estamos te *dando* os fatos e você não está ouvindo! — A voz de Seneca falhou. — Se Chelsea fingiu tudo isso, quem nos mandou aquela carta?

Com a mão na maçaneta, Grieg se virou.

— A que dizia que o tal cara é um assassino em série? A carta *diz* isso? Declara com todas as palavras que ele matou aquelas duas mulheres?

— Ela... — Aerin começou a falar, mas seus pensamentos pararam de repente. *Meu Deus.* A realidade pareceu pingar gota a gota. — Não diz — ela acabou dizendo com voz baixa. — Não abertamente.

— Porque ele é muito, muito cuidadoso — disse Seneca. — Mas *nós* sabemos o que ele quis dizer. Tudo bem, então mesmo sem a carta, por que alguém me enviaria pistas? Por que alguém me atacaria na pousada?

— Grieg a olhou diretamente.

— Eu gostaria que você tivesse denunciado isso na ocasião, srta. Frazier.

Seneca foi pega de surpresa e ficou com a boca levemente aberta.

— Nós não pudemos — Aerin conseguiu dizer. — O sequestrador nos disse que mataria Chelsea se nós envolvêssemos a polícia.

— Infelizmente, não tem muita coisa que eu possa fazer agora — disse Grieg. Havia um ar de riso no rosto dele de novo, e Aerin quase pôde visualizar o que ele tinha na cabeça. Como eles não denunciaram nada e como não podiam *provar* nada, a história deles era tão frágil quanto a de Chelsea. O que tinham para mostrar da fúria de Brett? Uns cardápios e folhetos com números circulados? Um poema estranho deixado no parapeito da janela de Seneca e outro enfiado num copo de café? Um colar torto que poderia ter sido danificado de outra forma? Algumas conversas num site amador de solução de crimes?

Aerin se deu conta de que era possível que Grieg achasse que eles estavam trabalhando com Chelsea, quatro jovens desesperados para fazer nome como especialistas em solução de crimes, ansiosos por atenção. A garganta dela ficou seca. Ela estava tomada por uma fúria quente e líquida, mas não tinha ideia do que fazer com o sentimento.

Todos saíram, atordoados. Aerin olhou para os amigos ao redor, sem saber o que dizer. Era como se eles estivessem presos num pesadelo em que a verdade não importava.

Resmungando, ela saiu pela porta dupla e parou na calçada. A tarde estava chegando ao fim e, apesar de a umidade ter diminuído um pouco, o céu ainda estava cinzento. Combinava com o humor dela. Uma única frase se repetia na mente dela: Brett os enganara... de novo. Brett escapara *de novo*.

Me desculpe, Helena, pensou ela com cansaço, sentindo um gosto ácido subir pela garganta.

— Ei.

Aerin se virou. Thomas tinha parado ao lado dela e estava com os olhos apertados na luminosidade nublada.

— Oi — disse ela secamente, os olhos ardendo com lágrimas. Ele passou o braço em volta dela e a apertou com força.

— Aquele policial é um desastre. Nós vamos encontrar Brett. Se ele ainda estiver por aí, se não estiver morto, eu vou fazer tudo que puder para encontrá-lo.

Aerin deu de ombro.

— Eu tenho a sensação de que é uma causa perdida.

— *Não*. Quando eu estiver em Dexby de novo, volto para a polícia se for preciso para fazer alguém olhar esse caso com seriedade. Isso é uma coisa *importante*, Aerin. Sabe aquela carta que o Brett escreveu? Nós vamos descobrir um jeito de pegar esse cara. Talvez a resposta esteja naquele origami, sabe?

— Ou talvez não queira dizer nada — resmungou Aerin. Mas ela o encarou mesmo assim. Os olhos dele pareciam centrá-la e firmar sua cabeça tonta. Lentamente, ela esticou a mão e tocou na dele. — Obrigada. — Ela o abraçou com força, sentindo as lágrimas de decepção escorrerem pelas bochechas.

Thomas só se afastou quando seu celular tocou. Aerin o viu olhar para a tela e sua expressão mudar lentamente para algo sombrio.

— O que foi? — perguntou Aerin com nervosismo. — Brett? Thomas balançou a cabeça.

— É do médico da minha avó. — Ele pareceu atordoado. — E-ela está no hospital. Parece... sério. — Quando ele levantou o rosto, seu olhar pareceu procurar algo familiar no céu. — Eu... eu tenho que voltar para Dexby. *Agora*.

— Eu vou com você.

Thomas passou a mão no cabelo.

— Tudo bem. Que bom. — Ele olhou para ela como se só agora tivesse ouvido o que ela falou. — Espera. Você vem mesmo?

— Claro — disse Aerin, segurando a mão dele. Thomas ficou ao lado dela, afinal. Era o mínimo que ela podia fazer.

E não havia mais nada para ela ali.

TRINTA E CINCO

MADDOX SE SENTOU no saguão do Reeds Hotel e comeu a primeira coisa do dia todo, um sanduíche enorme cheio de maionese e uma porção de batata frita. A porta do banheiro nos fundos do saguão se abriu e sua irmã e Aerin apareceram. Ele ia perguntar se elas queriam pedir alguma coisa quando reparou em um cara de uma rede local de televisão usando uma camisa polo se aproximar e perguntar alguma coisa na recepção.

Ele se empertigou. Com o cabelo louro penteado e sorriso largo, Maddox na mesma hora reconheceu o cara como sendo Matt Warburg, um repórter que ele tinha visto comentando o dia inteiro sobre o Embuste de Chelsea Dawson, como o caso estava sendo chamado agora. O público achava que Chelsea era uma fraude. Fim.

Aerin e Madison se sentaram à mesa. Madison pegou um cardápio, mas o colocou de volta na mesa, com expressão infeliz. Em seguida, Seneca também apareceu, pegou um pão na cesta e o cobriu lentamente com manteiga. Todos estavam em silêncio, olhando para o celular ou para o nada.

— Eu não quero ir embora, mas falei para o meu pai que ia hoje — disse Seneca. —Preciso pelo menos chegar lá e dar um oi, mas aí vou pensar numa forma de voltar pra cá. Sei lá.

— Espera, o quê? — Aerin pareceu chocada. — Por que você voltaria para cá? Brett foi embora. Nós vamos ter que esperar até que ele apareça de novo.

Seneca botou a faquinha no prato. Havia uma linha funda entre as sobrancelhas dela.

— De jeito nenhum. Nós temos provas concretas de que ele esteve aqui, mesmo a polícia não acreditando. Brett *morou* aqui. Alguém o conhecia bem e vai nos dar uma pista. Nós só temos que fazer mais perguntas. E a mensagem na garça da Aerin? Pode ser outra pista. Nós só temos que descobrir o que significa.

— Nós temos *certeza* de que não era Brett no acidente? — sussurrou Madison.

Seneca bufou, debochando.

— Por favor. Brett armou aquele acidente para parecer que ele morreu e a polícia nem começar a procurar por ele, nem fazer perguntas... e querendo que nos largássemos o caso.

— Então quem *estava* naquele carro? — perguntou Aerin com inquietação.

O sanduíche pesou no estômago de Maddox. Ele tinha passado o dia pensando naquilo. Brett tinha feito outra vítima. Devia ter sido o plano dele o tempo todo.

Ele sentiu uma movimentação atrás e se virou, tenso. Um garçom passou com uma bandeja. Uma mulher de vestido azul-marinho entrou num elevador.

Seneca deu uma mordida no pão e mastigou.

— Sugiro que a gente se reúna de novo, bole um plano de ataque e encontre uma pista de quem Brett pode ser e de onde ele pode estar. Deve haver alguma coisa. Eu *sinto*. — Ela se encostou na cadeira e cruzou os braços. — Ou sou só eu? Eu sou a única que quer continuar com isso?

Todos se mexeram, incomodados. Madison olhou para as unhas. Maddox colocou o guardanapo no prato, em dúvida. E Aerin falou com voz baixa:

— Eu estou dentro.

— O suficiente para querer voltar e ajudar? — A voz de Seneca estava esperançosa.

Aerin assentiu e seu rabo de cavalo balançou.

— Sim.

— E você? — Seneca se virou para Maddox. Ele sentiu o estômago embrulhar com uma mistura de medo e raiva.

— Tudo bem — disse ele, sem nem acreditar que estava fazendo aquilo. Procurar Brett agora parecia inútil. O sujeito tinha orquestrado um sequestro complexo, transformado tudo para que parecesse uma fraude e organizado uma escapada no melhor estilo Houdini. Por outro lado, Maddox não conseguia se imaginar indo para casa. Ficar de bobeira o resto do verão. Correndo. Preparando a mudança para o Oregon. Tudo parecia tão... ilógico. Brett tinha feito mal a eles. A *todos* eles. Não dava para dar as costas para isso.

— Eu também venho — disse Madison depois de um momento. — A gente deveria passar uns dias em casa, mas depois Maddox e eu vamos pensar numa desculpa pra voltar pra cá.

— Que bom. — A boca de Seneca tremeu e seus olhos brilharam um pouco. Ela pareceu agradecida, como se não esperasse que todos concordassem.

— Vou voltar assim que puder — disse Aerin. — Vou tentar fazer o Thomas voltar também. Mas vou precisar de uns dias.

O rosto dela se fechou e ela olhou para o relógio. Em seguida, pegou a bolsa ao seu lado e se levantou.

— O que foi? — perguntou Seneca.

— Thomas me falou para encontrá-lo lá fora às duas. Nós vamos para Rudyard. A avó dele está no hospital. Parece sério. — Ela se virou para ir, mas voltou e abraçou cada um. — Até logo. Tranquem suas portas à noite. E talvez seja bom instalar umas câmeras, por garantia.

Todos riram com cautela. Depois de mais abraços, Aerin jogou o cabelo louro comprido por cima do ombro e saiu andando pelo saguão de mármore. Maddox olhou para as costas dela com remorso. Muito tempo antes, ele tinha sido apaixonado pela irmã mais velha de Aerin, Helena, daquele jeito típico de um garoto pateta e incompreendido de 12 anos. Era impressionante como Aerin estava parecida com ela agora. De costas, as duas poderiam ser gêmeas. O olhar dele pousou na imagem de Chelsea, congelada na tela de televisão. Ela parecia tão vibrante e feliz. Quem ela seria depois de aquilo tudo? Que horrores tinha aguentado como prisioneira de Brett? O pior de tudo aquilo era que ninguém acreditaria em uma palavra que ela dissesse.

Madison jogou o cardápio na mesa e se levantou também.

— Ugh, de jeito nenhum eu vou conseguir comer com tanto estresse. Acho que vou fazer a mala pra gente ir embora. — Ela gemeu. — Maddox, por que você me disse para trazer duas malas grandes? Vai levar uma *eternidade* para eu guardar tudo.

— Eu não... — Maddox começou a dizer, mas sua irmã já tinha dado meia-volta e seguido para os elevadores. Maddox a viu se afastar com um sorriso irônico. Quando eles voltassem, Madison não levaria tanta coisa. Seu estômago pesou de novo. Ele ainda não conseguia acreditar que voltariam... tão rápido.

Ele foi atrás dela, achando que não havia nada a fazer além de pegar as malas. Mas sentiu alguém segurar seu braço.

— A gente pode conversar um segundo?

Seneca parecia nervosa, mas esperançosa. O coração de Maddox se inflou e ele virou para ela.

— Claro.

TRINTA E SEIS

O HOTEL TINHA um pátio pequeno adjacente ao saguão com sofás, palmeiras, um lago grande e um bar. Quando Seneca e Maddox afundaram em um sofá, ela ouviu alguns hóspedes falando sobre Chelsea.

— Que tipo de garota sequestra a si mesma? — comentou uma mulher no bar enquanto tomava vinho tinto.

O homem ao lado revirou os olhos.

— O tipo que precisa ser o centro do universo.

Se eles soubessem a verdade.

Seneca se acomodou no sofá, sentindo uma nova onda de desespero, com Maddox sentado ao seu lado. Ela se controlou por ele; não adiantava exibir toda decepção que ela sentia.

— Eu só queria me despedir antes de ir embora — disse ela. Ela olhou o relógio. Passavam alguns minutos das duas. — Prometi ao meu pai que estaria em casa até o fim da tarde. Prefiro que as coisas corram bem para eu poder *voltar* pra cá.

Maddox assentiu.

— Então ele ainda não sabe sobre…?

Ela balançou a cabeça negativamente.

— E eu não pretendo contar. Pelo menos não por enquanto. — Ela só contaria quando Brett estivesse atrás das grades. Nem parecia mais uma enganação. Era só como as coisas tinham que ser.

Ela olhou para Maddox. Ele estava encolhendo os ombros musculosos, e algo na mecha de cabelo presa em sua orelha esquerda fez o estômago dela saltar.

— Sabe — disse ele delicadamente —, a gente ainda não sabe se Brett estava falando a verdade naquela carta. Ele pode ter pintado o relacionamento com a sua mãe de uma forma mais próxima do que realmente era.

Seneca teve a sensação familiar de aperto no coração sempre que ela pensava em sua mãe e Brett como amigos... ou o que quer que eles tivessem sido.

— Talvez — disse ela. — Mas também consigo ver aquilo acontecendo. Aerin está certa, Brett pareceu inofensivo. Ela flertou com ele. Eu desabafei com ele sobre a minha mãe e ele foi muito solidário. — Ela sentiu o ardor das lágrimas. — Brett tem uma capacidade incrível de se transformar naquilo que você precisa que ele seja. E acho que foi isso que ele fez com a minha mãe... e com Chelsea também. Eu olhei alguns dos dados telefônicos que foram liberados. Ao que parece, ele e Chelsea trocavam mensagens sem parar naquele segundo telefone dela. Chelsea contava tudo pra ele. Coisas da faculdade. Coisas da família. Brett queria mais, obviamente, mas ela, não.

— Você acha que ele era o cara com quem Jeff achava que ela o traía?

— Provavelmente — disse Seneca. Ela sugou o lábio inferior e repensou nas informações que Grieg tinha lhes dado sobre Jeff. — Mas é irônico que Jeff se importasse, considerando o histórico *dele*.

Assim que falou, ela se sentiu cruel. E daí que Jeff tinha traído Chelsea? Talvez ele tivesse um motivo; as pessoas são complicadas, às vezes cometem erros idiotas. Eles foram enganados ou agiram de forma impetuosa e tola baseados em palpites e impulsos, assim como sua mãe podia ter feito durante aquele fatídico beijo com Brett no Starbucks. Seneca não podia culpar Jeff por estragar o relacionamento, porque ela não sabia a história toda. Teria sido bom se Jeff tivesse sido sincero com ela, mas não fazia diferença agora.

Quando fechou os olhos, visualizou o corpo pálido dele caído de bruços naquele terreno baldio atrás do hotel. Era culpa deles Jeff estar morto? Ela teria que viver a vida toda se sentindo responsável por aquilo?

Uma rolha de vinho estalou. A música no aparelho de som mudou para algo com um toque de jazz, cheio de saxofones. Maddox se mexeu ao lado dela, e Seneca percebeu que os dois estavam pensando em Brett e como ele tinha manipulado cada aspecto daquela situação.

— Eu ainda não acredito — murmurou Maddox. — Brett usou a vida de Chelsea para nos impedir de procurar a polícia, mas esse acabou sendo o motivo para a polícia não nos levar a sério.

— Eu sei — disse Seneca. — A outra coisa que eu não entendi é como pode não haver provas na casa em que Chelsea estava. Nenhuma câmera? Nada fora do lugar? Nem uma digital?

— Ainda estão recolhendo provas. Talvez encontrem alguma coisa.

Seneca grunhiu, sem acreditar. E acrescentou:

— O mais estranho disso tudo é que Brett fez todo aquele esforço para sequestrar Chelsea apenas para soltá-la depois.

Maddox inclinou a cabeça.

— Parece o clássico Brett. Ele apontou um facho de luz para o maior pecado dela, o fato de se achar o centro do universo. Ninguém vai levá-la a sério agora que acham que ela fingiu o próprio sequestro. Ouvi que um monte de gente parou de segui-la no Instagram. Sua reputação está destruída.

— É, mas o clássico Brett não *mata* as vítimas? Quer dizer, ele até matou o Jeff... e pra quê? Chelsea é a primeira pessoa que sabemos que ele soltou. Ela tem informações sobre ele agora. Talvez até mais informações vitais do que nós. Nós deveríamos falar com ela.

Maddox baixou o olhar.

— Eu ouvi dizer que os pais vão colocá-la numa instituição psiquiátrica.

— Bom, então vamos visitá-la — disse Seneca. — Vamos perguntar tudo que ela lembra. Vamos dizer que *nós* acreditamos nela, mesmo que ninguém acredite. Mas Brett deve estar pensando nisso. Ele correu um risco enorme ao deixá-la viva. E isso me faz pensar que Chelsea não era o objetivo dele.

Maddox se acomodou na almofada.

— Você acha que Chelsea foi um peão, né? Brett tinha um problema com ela, mas o problema maior é com *a gente*.

Seneca bateu com as mãos nos joelhos.

— Acho. A gente procurando por ela, a gente aqui, por algum motivo isso é mais uma peça do quebra-cabeça.

— E nós fizemos exatamente o que ele queria.

Seneca massageou a nuca. Era uma teoria que tinha ficado em sua cabeça o dia todo, mas era horrível falar em voz alta.

— É verdade. Nós deveríamos ter percebido. Mas eu estava tão concentrada em encontrar Chelsea... e poder enfrentá-lo.

— Você *queria* enfrentá-lo?

Ela o encarou.

— Claro que queria. Você não?

Maddox estreitou os olhos verdes e segurou as mãos dela.

— Eu estava morrendo de medo de que isso acontecesse, mas teria ficado ao seu lado. A qualquer custo.

Seneca sentiu a boca tremer. A conversa deles na noite da festa voltou à cabeça dela. Quando ela chegou mais perto, seu coração disparou.

— Maddox? — disse ela com voz baixa. — O que a gente *é*?

Maddox pareceu surpreso.

— Você não sabe mesmo?

Ela sentiu as bochechas ficarem vermelhas.

— Eu deveria?

Maddox olhou para ela por um momento, segurou os ombros dela e a puxou para perto. Seneca inspirou intensamente e sentiu toda a tensão do corpo sumir quando ele encostou os lábios nos dela. Ela fechou os olhos. Os sons do bar sumiram e ela só conseguia sentir as mãos quentes dele nos braços dela e a boca macia na dela. Quando ele se afastou, olhou para ela docemente. Ela sorriu e baixou a cabeça.

— Ah. — Isso foi tudo que ela conseguiu pensar em dizer. — Bom, tudo bem. Que bom. — Ela se moveu na direção dele de novo, sem querer acabar o beijo tão rápido, mas seu celular tocou.

Seneca olhou para a tela, irritada pela interrupção. Era um número local desconhecido. Ela atendeu e botou a ligação no viva-voz.

— Srta. Frazier? — disse uma voz. — Aqui é Amanda Iverson. Da imobiliária Golden Shores.

— Ah! — Seneca franziu a testa. Era a chefe de "Gabriel". — Oi.

— Estou retornando a sua ligação. Desculpe por não ter ligado antes. Eu tive uma semana bem confusa. Você está interessada em uma das nossas propriedades?

Seneca passou a língua sobre os dentes ao lembrar que não tinha dado detalhes de quem era e nem do que queria na mensagem para a sra. Iverson.

— Hum, o motivo de eu ter ligado é irrelevante — disse ela, organizando os pensamentos. — Mas sou amiga do Gabriel Wilton. Estou organizando um memorial para ele, caso você esteja interessada.

A sra. Iverson inspirou fundo.

— Ah. Eu... não tenho certeza.

— Por quê? Você acha que as histórias sobre ele eram verdade?

— Não! — exclamou a sra. Iverson na mesma hora.

— Então você acha que *não eram* verdade?

— Claro que não, mas... — A mulher pareceu nervosa. — É melhor eu desligar.

— Espera! — Seneca se sentou mais ereta, desesperada para segurá-la na ligação. — Olha, eu também não acho que ele tenha sido um criminoso. É uma vergonha como a imprensa o demonizou. — Cada grama dela odiava estar dizendo aquilo.

A sra. Iverson tossiu.

— Sim. Gabriel era uma pessoa boa. Eu estou triste... bom, eu estou triste de isso tudo ter acontecido. Ele vai fazer falta.

— Eu concordo — disse Seneca, a voz tremendo de sentimento falso. — E é por isso que eu queria que o memorial dele se concentrasse em como ele era bom, não nas acusações falsas antes da morte trágica dele. Se você tiver alguma coisa que gostaria de dizer sobre ele...

— Quando é o memorial? — perguntou a sra. Iverson, interrompendo-a.

— Sim, nós estamos organizando agora — disse Seneca rapidamente, rezando para alguma *outra pessoa* não estar fazendo a mesma coisa.

— É em Avignon? Ou na cidade do Gabriel? Pensando bem, eu não *sei* qual é a cidade dele...

Bem-vinda ao clube, pensou Seneca com amargura, trocando um olhar irônico rápido com Maddox.

— Sim, vai ser aqui. Entrei em contato com alguns amigos. Colegas. Familiares. Nós queremos reunir palavras gentis sobre como Gabriel *realmente* era. Você não quer contribuir?

— Familiares? — A voz da sra. Iverson tinha aumentado um tom.

— Então vocês entraram em contato com a irmã dele?

Seneca olhou para Maddox de novo. O coração dela disparou de repente. Contato com a *irmã* dele?

— Hum, na verdade nós ainda não conseguimos falar com ela. *Você* sabe como poderíamos?

Houve uma longa pausa.

— Eu... — Iverson respirou ruidosamente. — Eu não sei...

— Sra. Iverson, por favor — disse Seneca. — Nós adoraríamos fazer contato com ela.

— Tudo bem — disse a sra. Iverson baixinho. — Eu olhei os e-mails dele hoje de manhã. Foi por causa do trabalho, ele estava cuidando de uns clientes que agora eu preciso assumir. Gabriel era um funcionário ótimo, quase nunca falava com *ninguém* que não fosse de trabalho. Mas eu encontrei uma coisa na pasta de e-mails apagados dele. Ele procurou uma mulher chamada Viola com uma foto anexada. Eu não abri, mas ele a chamou de *mana*. Mas ela tem um sobrenome diferente. Nevins. Eu já mandei e-mail para ela, mas ainda não recebi resposta.

Seneca colocou o telefone na almofada e encarou Maddox. Ele estava segurando a lateral da cabeça. *Puta merda*, disse ele com movimentos labiais. Ela pegou o telefone e conjurou sua voz mais doce e calma.

— Você pode me dizer o endereço de e-mail?

— Hum... — disse a sra. Iverson com relutância, mas Seneca a pressionou um pouco mais e ela acabou falando. E acrescentou: — Onde e quando vai ser o memorial?

Seneca falou o nome de uma igreja que ela lembrou ter visto em Avignon e a data dali a dois dias. Quando a sra. Iverson descobrisse que era mentira, eles já estariam longe. Ela desligou o telefone e olhou para Maddox. Por alguns segundos, ninguém falou nada.

— Você acha mesmo que essa pessoa é parente? — sussurrou ela. — Ou é outro truque?

— O e-mail tinha sido deletado — disse Maddox. — E se ele pretendia esvaziar a lixeira e esqueceu? Será que ele tem mesmo uma irmã secreta em algum lugar? Será que foi um escorregão ou foi intencional, mais uma pista que ele deixou?

— Nós finalmente descobriríamos o verdadeiro nome dele. Nós descobriríamos quem ele *é*. — Seneca queria tanto que aquela mulher fosse a resposta que o desejo era quase tangível, um sabor na língua. Ela se imaginou levando o nome de Brett para a polícia. Contando para seu pai. Imaginou Brett sendo julgado e indo para a cadeia para sempre. Não seria tão bom quanto ter sua mãe de volta, mas seria justiça mesmo assim.

O telefone dela tocou e ela o pegou, mas só viu uma mensagem de texto com uma série longa e desorganizada de números, uma linha de zeros e uns, bem parecida com as mensagens que ela recebia da operadora de celular quando chegava ao limite de dados.

Não se deem ao trabalho de nos procurar. Já estamos longe.

Ela mostrou a mensagem a Maddox. Seu estômago estava embrulhado de novo.

— Você acha que é do...

— Eu... eu não sei. — Maddox apontou para a palavra quase no fim da frase. *Nos.* — O que ele quer dizer com isso? Ele e a irmã? A tal Viola?

Não parecia certo. A não ser que Brett tivesse grampeado o celular dela, como ele poderia saber que ela tinha acabado de descobrir sobre Viola? Os pensamentos de Seneca voltaram ao sentimento ruim que ela sentira desde que Chelsea foi encontrada, que o sequestro era só uma parte pequena de um plano muito maior. De que tudo que ele planejou foi deliberado, preciso e que o pior ainda estava por vir, uma coisa que os pegaria de surpresa.

Ela sentiu um arrepio até os ossos. Alguma coisa tinha acontecido, ela sentia. Só não sabia ainda o que era.

TRINTA E SETE

AERIN SAIU DO saguão do hotel e ficou embaixo da marquise. Thomas tinha dito que ia pegar as coisas no motel fora da cidade, onde ele se hospedou quando chegou a Avignon para procurá-la, e que voltaria às 14h. Passava um pouco das duas, mas ela ainda não via o carro dele. Ela balançou a perna com nervosismo. A avó de Thomas era tão importante para ele. Ele não teve tempo de explicar o que tinha acontecido, mas Aerin esperava que ela estivesse bem.

O sol estava brilhando e havia turistas andando pelas ruas com bolsas de praia nas mãos. Aerin se encostou na parede do hotel, lamentando não ter ido lá relaxar na praia. Talvez ela e Thomas pudessem fazer uma viagem para Cape Cod quando aquilo tudo acabasse.

Por outro lado, será que *algum dia* acabaria? Ela esperou o aperto previsível no estômago. Estava lá, claro, mas junto com um sentimento firme de determinação. A missão de pegar Brett não era mais só uma brincadeira, um *mas o que eu estou fazendo?* Ela queria ir até o fim. Quase conseguia imaginar Helena parada atrás dela vendo tudo, a estimulando a seguir em frente.

Seu telefone tocou e ela olhou. *Mãe*, dizia o identificador de chamadas. Aerin ergueu uma sobrancelha. Havia uma eternidade que ela não via *aquele* nome na tela. Às vezes, parecia que sua mãe nem reparava que ela estava longe.

Saudade, querida. Isso era tudo que a mensagem dizia. Um nozinho afrouxou no peito de Aerin. Talvez sua mãe também tivesse reparado na sua ausência. Que loucura. Nenhum deles tinha se recuperado plenamente. Ela segurou o telefone tentando decidir o que escrever. *Tem tanta coisa que eu preciso contar. Tem tanto mal no mundo. Mas vou consertar as coisas. Pra todos nós.* Mas ela acabou decidindo escrever *Eu também. Nos vemos em breve.* Uma resposta chegou em seguida. *Definitivamente. Divirta-se em LA!*

Aerin franziu a testa. Desde quando ela ia para Los Angeles? Ela nem *conhecia* ninguém lá.

Um ronco rompeu sua concentração. O Ford branco de Thomas tinha encostado no meio-fio. Aerin pendurou a bolsa no ombro e foi na direção do caro. Ela acenou para Thomas pelo para-brisa, mas ele estava de cabeça baixa, o boné azul dos Yankees escondendo os olhos. Parecia estar digitando alguma coisa no celular. O coração dela deu um pulo. Seria alguma coisa com a avó? Talvez as coisas estivessem piores do que eles pensavam.

O porta-malas estava aberto e ela botou a mala lá dentro, depois foi para a frente e entrou no carro. O ar dentro estava fresco e com cheiro de hortelã; bem melhor do que o cheiro do carro mais cedo, quando eles foram para a cabana. Thomas devia ter mandado limpar. Ela começou a botar o cinto de segurança enquanto o carro dava ré e seguia para a rua.

— O que os médicos disseram? Ela está bem?

— Ela está bem, Aerin. Muito bem.

O mundo virou um túnel em volta de Aerin. Na mesma hora, o coração subiu até a garganta. A voz não era de Thomas... mas era familiar. *Muito* familiar. Quando o carro acelerou e atravessou um sinal amarelo, o homem no banco do motorista olhou para ela e seus olhares se encontraram. Aerin viu as sobrancelhas grossas, o sorriso malicioso e os olhos brilhantes. Parecia que todas as células do corpo dela, todos os ossos do esqueleto, iam entrar em combustão. Ela soube. Na mesma hora, ela *soube*.

    Era Brett.

DEPOIS

BRETT SABIA QUE era loucura pensar que Aerin ficaria feliz de vê-lo, mas ficou decepcionado quando ela gritou. Onde estava a simpatia e o flerte que ela já teve por ele? Onde estava a antiga conexão confortável?

Ele apontou para ela antes que ela gritasse de novo, o pé ainda apertando o acelerador.

— *Quieta*. — E, com a velocidade de um raio, ele tirou o celular dos dedos trêmulos dela e o enfiou embaixo da própria coxa. — Você não vai precisar disso no lugar para onde *nós* vamos.

Aerin se virou para a porta, mas ele também esperava isso. Ele tinha acionado a tranca de proteção contra crianças antes de ela poder tentar abrir a porta.

— Sério? — disse ele em provocação, rindo.

Ela olhou para ele, grudada no assento. O lábio inferior tremeu. O rosto estava pálido. Mas, ah, como ela estava linda. Aquele cabelo louro. Aquele rosto perfeito. Tão linda. Tão *vulnerável*. Todas as peças tinham se encaixado e agora ele a tinha exatamente onde queria.

Atravessando mais sinais amarelos, Brett abriu um sorriso apertado.

— Então... nós voltamos a nos encontrar. É bom, não é?

— O q-que você está fazendo? — gaguejou Aerin.

— Dirigindo, naturalmente.

Ela apontou para a janela. Os prédios passavam lá fora. Em pouco tempo, eles estariam na rodovia.

— Eu... eu tenho que ir. A avó do meu namorado está doente. Eu tenho que vê-lo. Ele vai me buscar.

— Ele é seu *namorado* agora? — Brett balançou a cabeça. — Meu Deus, Aerin. Eu achei que você fosse mais inteligente. Você acha que vou te deixar sair ali na esquina? Além do mais, eu já falei. A avó do seu brinquedinho está bem.

A testa de Aerin estava franzida, mas ele viu o momento exato em que tudo fez sentido para ela. *Ele* tinha enviado a mensagem de texto para Thomas. Brett conseguia hackear qualquer coisa. Ele tinha armado aquilo *tudo*, mais do que ela podia imaginar. Os dominós tinham finalmente se alinhado com precisão. Ele levou todos até Avignon. Fez com que pulassem pelos aros, encontrassem Chelsea e destruíssem sua própria credibilidade com a polícia. E agora, ele podia botar a parte final do plano em ação.

Brett esticou a mão e tocou na bochecha dela.

— Nós vamos nos divertir tanto juntos, Aerin. Eu prometo.

Aerin tremeu. Um som baixo e apavorado escapou da garganta dela. Quando ele tocou nela, ela fechou os olhos e fez uma careta.

Bom. Melhor ir logo para a parte seguinte. Brett parou na rodovia que levava à praia e pegou a bolsa de couro no banco de trás. Quando encontrou o que precisava, ele enfiou na perna dela. Aerin viu e se debateu, esbarrou no couro, esperneou, mas não importava, não tinha ninguém olhando. Brett a segurou e enfiou a agulha na pele dela. Ela gorgolejou. Seus olhos se reviraram. Os músculos relaxaram e ela ficou inerte no couro. Seus olhos ainda estavam arregalados de descrença, mas ela ficou subitamente paralisada demais para falar... para se mexer... para correr.

— Assim é melhor — disse Brett. E segurou o volante de novo, aumentou a música de Bruce Springsteen e seguiu com tranquilidade e graça para longe do mar. Ele estava com um braço apoiado na janela e se esforçou o máximo que pôde para dirigir casualmente, quase sem destino, como se estivesse indo dar um passeio agradável.

Era mentira, claro. Ele sabia exatamente para onde estavam indo. Ele tinha tudo planejado, até o fim.

AGRADECIMENTOS

FOI TÃO DIVERTIDO terminar o segundo livro desta série, e eu não teria conseguido sem a ajuda de Josh Bank, Sara Shandler, Annie Stone e Lanie Davis da Alloy e Julie Rosenberg, Kieran Viola e Emily Meehan da Freeform. Agradeço imensamente também à equipe da Freeform por todo o apoio a tudo relacionado aos Amadores: Mary Ann Zissimos, Andrew Sansone, Holly Nagel, Elke Villa e Seale Ballenger, são vocês! Pop sockets descolados, brindes perfeitos, apoio amoroso. Agradeço também a Crystal Patriarche e Kelly Bowen da SparkPoint Studio pelo pensamento criativo e entusiasmo sem fim. E a todos os autores que conheci recentemente ou reencontrei nos meses de turnê: Sarah Mlynowski, Margaret Stohl, Katie McGee, Danielle Paige, Soman Chainani, Leigh Bardugo, Kami Garcia, Nicola Yoon, Kim McCreight (eu adorei termos visto Padma juntos em Miami!), Caleb Roehrig e tantos outros — vocês são uns amores e estou tão feliz de não fazer isso sozinha. Ah, e também Caroline Kepnes, você é um cristalzinho precioso e eu provavelmente não teria mantido a sanidade sem você.

Muito amor e beijos para a minha família: Michael, que esquece tees de golfe nos bolsos da calça e quebra nossa máquina de lavar. Henry, que ama tanto nosso gato que o deixou semidomesticado.

E Kristian, a única criança que conheço que gosta de cantar a música tema de *My Little Pony* e também "Bad to the Bone". Vocês são os melhores do mundo.

Impressão e Acabamento:
BARTIRA GRÁFICA